執靈怨

庚晴——著

目次

楔子

幽幽月影下，稀疏光線在黑暗的樹林中紊亂搖曳，儘管寒風冷冽，陣陣未曾停歇，男孩始終沒有停下慌亂的腳步。

腳下那雙鞋滿是泥濘，已然看不出原有的潔白，他逃命似地拚命往前衝，他不明白，為什麼是他！數道光源仍在後頭緊追不捨。男孩繼續奔跑，掠過林間，任枯枝劃破自己的T-shirt，內心是滿滿的疑問：為什麼？

步伐緩下，男孩不得不面對自己的體能極限，他已經跑了好一段路；回首，卻見光源又緊逼而來，他不懂，明明都是同學，為什麼他們不肯放過他！

咬緊牙根，強忍著雙腿對自身的控訴，男孩硬是再跨出——

啊！男孩雙腿一軟，直接摔了個狗吃屎，本來就不愛運動的他，連番的奔馳早已讓他的雙腳逼近臨界點，身後追逐聲卻依舊。

意識到待在原地遲早被追上，男孩四處顧盼，決定就近在草叢藏身，也許他們找不到人就會放棄了！

「人跑哪去了！」一行六人的男生們追來，高頭大馬的那位明顯是領袖，他高喝著其他人尋找男孩的蹤影，自己則在原地張望。

「死娘砲，有種就別讓我找到，不然要你好看！」他啐了口口水，拾起地上木棒開始往附近的草叢戳刺，其他人見狀，也跟著有樣學樣撿起樹枝往樹叢裡戳。

男孩緊貼在樹下的草叢裡，雙手抱膝瑟縮著身子，不敢發出多餘聲音，看著手臂上的劃傷、膝蓋上的擦傷、以及身體的多處瘀青，眼淚不禁奪眶而出。

他只是長得比較白淨秀氣，說起話來輕聲細語，喜歡玩針織跟手工藝，為什麼同學們就要說他噁心、說他變態，甚至說他是人妖！還聯合其他人來欺負他，他又沒做過什麼傷天害理的事情！

像是今天……他壓根兒什麼事都沒做，同學們就闖進他的宿舍房間辱罵他，侮辱他的家人，他一時氣不過便回嘴幾句，誰知道竟惹得他們惱羞成怒，接著一群人湧上，開始動手扒他的衣服、褲子，為的就是要證明他到底是不是男的！

無論他如何哭喊求饒，室友始終冷眼旁觀，他拚了命抵抗才找到機會掙脫，一路從宿舍跑到這裡來，只是沒想到……他們仍不死心地追上來！

即使當他回過神，發現四周正是常被師長們告誡、禁止進入的學校後山，他也絕對不會再回去！

「找不到！」男生們跑回原地，「前面也沒有他的腳印！」

「我這裡也是！」

「死娘砲……讓我找到了就要你好看！」帶頭的高壯男孩對著空氣撂狠話，其實是警告躲起來的男孩。

「那個……」一邊矮小的男孩怯懦開口，「我們是不是先回去比較好啊……學校不是禁止我們來這裡嗎？」而且大家似乎沒注意到，他們已經追了好長一段路了。

「這裡感覺陰森怪氣的……老大，你說會不會有——」有髒東西……矮小男孩及時吞回話，因為老大正狠狠瞪著他。

此時男孩就躲在他們前方十點鐘的草叢裡，撫著手上一條條滲出鮮血的傷口，冷風刺骨，凍得他雙唇直打顫。

聽有人萌生退意，他心裡也燃起一線生機，悄悄移動自己的腳步，一步，再一步……啪！

——糟了！

像發現獵物似的，帶頭男孩沒有絲毫猶豫，直衝聲音的方向，「還不找到你！再跑啊！」他大手一探，硬是揪住男孩的衣服將他扯了出來，「把他拖出來！」

區區一個人怎敵得過眾人之力？男生們幾乎人手一肢，宛如吊山豬似地將男孩抬起，將其壓制在地。

帶頭男孩亮出了把美工刀，此舉更讓男孩面露驚恐地掙扎，他不停扭動，企圖擺脫身上的束縛，「放開我、放開我！」

「閉嘴啦死GAY！」帶頭男孩用力踹了一腳，男孩立時噤了聲，「敢頂嘴？你這不男不女的噁心東西！」

美工刀揮下，將原本殘破的襯衫劃得更是不堪，帶頭男孩索性把衣服扒得一絲不剩，露出男孩的雪白肌膚，「哼，皮膚不錯啊！怪不得連心理也變態！」

「住手！快放開我——」拚命掙扎，卻只是換來一頓打，從持刀者不懷好意的眼神可以發現，事情還沒完……

「你再繼續靠北啊？反正你那麼娘，不如……」他將視線往下移，這次目標——是他的褲子！

感覺到強烈的惡意襲來，男孩再也顧不得顏面，焦急地哭泣討饒，「不要！求求你放過我！我道歉、我道歉！」

這番話聽在持刀者耳裡，無疑是帖興奮劑，「壓好他！」

「啊——不要！」

刺耳的撕裂聲，由褲管至褲頭，像撥洋蔥般，帶頭男孩刻意將動作放慢，不疾不徐地品嘗獵物恐懼所帶來的快感。

男孩啜泣著，死命護著僅存的最後防線。

到底他做錯了什麼？為什麼要這樣對待他……

最初他們捉弄他、欺負他，也許是為了好玩、或是他總悶不吭聲，才令他們食髓知味、變本加厲……但是高中三年，他只想好好做自己的事、用功念書，最後考上國立大學，脫離這一切，誰能想到那麼艱難!?

你說他為何都不反抗？當然他也曾想過，可是那又有什麼意義？人多勢眾，其他人又施以冷眼，他又能怎麼做？

他其實覺得他們很幼稚，也犯不著太計較，反正短短三年，轉眼即逝，畢業了也就各奔西東、不再相見，只需要做好自己該做的事情就好。

可如今證明他是錯的……

「你哭屁啊！」帶頭男孩甩了他一巴掌，再順手將他的褲子也扒得精光，「你們這種娘砲不就喜歡被玩嗎？」

「哈哈哈——」

「我從來沒有得罪過你們，為什麼要這樣欺負我！」男孩忍無可忍，越說越激憤，雙眼湧上了憤怒的淚珠。

「對付你這種噁心東西，他媽的不需要理由！」帶頭男孩將手中的殘存布料甩在地上，「怎樣，爽嗎？」

「你……啊！」男孩怒氣沖沖想站起，但意識到身上只剩下一條內褲，連忙遮住自己的胸膛及重點部位，陰柔的行為惹惱了帶頭男孩，他二話不說，持起美工刀向前，打算將男孩的最後一道防線也劃破。

「別過來！」危機意識瞬間讓男孩著急起來，他一面護住自己的下體，一面撐著泥地後退，渾身宛如要被凍結。

然而近乎赤裸的他一下子就被逮到，他決定豁出去以雙手抵擋迎面而來的美工刀，但瘦弱的他並非高頭大馬的對手，企圖奪刀的手更被割傷，溫熱的血液順流手臂而下，滴進了土壤。

其他人看在眼裡，或是心有不忍，或是冷眼觀之，但都只是靜靜站在那，沉默看著他們老大一連串的揮刀、施暴、乃至最後扒褲的行為。

鮮血隨著男孩掙扎四處濺灑，即使他已經一絲不掛，但對方仍舊沒有要罷手的意思，依然盡其所能地予以毆打、羞辱。

「那個……你們不覺得老大有點過火了嗎？」一旁，矮小男孩終究看不過，怯生生地開口。

「你要是怕了，就去跟老大說啊！」說話的是抱持冷眼主義的男生，他才不管老大怎麼對付人，反正惹上麻煩的不是他。

這其實也是造就其他人漠視的主因，只要受害者不是自己，即便覺得過分，誰又敢開口說什麼？說不定此話一出，下個被針對的就是自己，那誰還敢插手？

「可是……」矮小男孩正要說下去，卻覺得哪裡怪怪的，眼前的畫面……好像少了點什麼？是哪裡呢？他轉了轉手電筒，照耀兩人的光源隨之晃動，先照照表情凶狠的老大，又照照滿臉淚痕的男孩，再順著他血流如注的手往下……

「你們看！」矮小男孩突然高呼一聲，引來其他同伴的不悅。

「看三小啦！又怎樣了？」有人受不了他的婆婆媽媽，不耐煩地應道。

「地上……怎麼會沒有血？」眾人聞言，紛紛將光源投向地面，還真如矮小男孩所言。

「啊不就被土吸進去而已？大驚小怪啥？」有人直接給出解答。

「可是被土吸進去的話，地上應該會有痕跡啊？」終於有人察覺不對勁，提出反駁。

就在這時，幾滴血液又因為男孩的掙扎濺落，但這次，旁觀者們都目擊到：當血液接觸土壤的那一刻，竟全數滲進土裡，沒有絲毫延遲。

一行人面面相覷，那情景太過悚然，即使是吸性再好的土壤，吸收液體也需要時間啊？而剛剛那土地活像有生命似的，渴求鮮血、吸取鮮血……

『嗚嗚嗚……』

幽幽哭聲傳來，帶頭男孩明顯怔了一下，停下手邊動作，回頭看向那票小弟，卻見每個人都慘白著一張臉，像是看到鬼。

這是怎樣？如果不是他們在靠么，也不是這個娘砲，那是……？

『嗚嗚嗚……』

哭聲再度響起，比上回更加清晰，矮小男孩甚至驚叫出聲，勢已至此，無論是誰都不得不相信事有古怪。

學校的禁令、老師的叮嚀、長輩的耳提面命，通通在這一瞬間閃過腦海。

沒人來得及反應，樹林開始颳起陣陣陰風，風吹過樹叢，發出咿咿咿的刺耳聲，在此同時，四面八方也迴盪起淒厲的哭聲，眾人宛如身處地獄，慌張失措。

突然間，一隻骨手從地底竄出，勾住帶頭男孩的腳，上頭還帶有未腐化全的肉屑與蛆蟲，嚇得素來威風的他也在小弟面前失了分寸，大叫出聲。

頭兒已亂，嘍囉頓失其首，其餘人等便像無頭蒼蠅般亂逃亂竄，誰知下一秒，更多骨手如雨後春筍般一隻接一隻冒出，將所有人困在原地，進退不得！

「哇啊啊——」尖叫聲、哭喊聲此起彼落。男孩狼狽地爬起身，他是唯一沒有被骨手纏上的，但是他好怕、怕極了！

照理說他應該要立刻拔腿就跑，跑得越快越好，一刻也不停留！但是，他又不忍心見死不救——可惡！

喀啦！男孩到底還是不忍背棄同學逃跑，他是膽小沒錯，但若要他見死不救自己逃跑的話，他會一輩子良心不安的！

「大家快跑！」男孩忍住想嘔吐的噁心感，硬是再踢斷一隻骨手，將帶頭男孩拉出了骨手範圍，吆喝著眾人逃命。

「謝謝……你救了我們……」矮小男孩哭得一把鼻涕一把淚，還是不忘道歉，「我們還欺負你，對不起！」

「先別說這個了……我們快跑！」男孩臉上也滿是淚痕，天曉得要多大的勇氣才敢踢斷那些骷髏手，更別說他是連螞蟻都不敢殺的人。

他們越過樹林，試圖找尋來時的路，但手電筒早在剛才的混亂中遺失，一陣兵荒馬亂後，他們才稍微找到定點喘息。

一行人倚著樹幹，試圖平緩自己急促的心跳呼吸，但是樹林內的悲鳴聲還在迴盪，就連土地也被聲音震得晃動不止——

晃!?

不知何時，這片土地居然變得異常鬆軟，難以立足，眾人只顧逃命，完全沒留意腳下異象！泥土還在翻湧，不斷從深處湧出泥來，眼尖的人甚至可以發現，其中還夾雜著骷髏白骨，他們都看過殭屍片，知曉這下從地底爬出來的多半不是什麼好東西。

「快、快跑！」男孩催促眾人逃跑，現在連他們踩著的土地也開始崩塌！

他們倉皇地穿過樹林、越過土丘，終於在極限的盡頭，看見灑落一地的皎白月光——是他們來時的路！

說時遲那時快，骨手再度竄出，使最後頭的赤裸男孩整個人向前仆倒，雙手只能死命抓住不怎麼牢固的雜草，以防自己被拖走。

「哇啊啊——快救救我！」他不斷扭動自己的雙腳，但那骨手扣了個死緊，無論男孩怎麼掙扎，始終聞風不動！

男生們呆愣在原地，看著越來越多的骨手將男孩往下拖，就在千鈞一髮之際，一個人影率先衝了出去！

「抓、抓緊我的手！」矮小男孩吃力地說著，身體卻跟著被往前拖行。

「老大！怎麼辦！」見男孩的半身已沒入土裡，有人遲疑著到底救還不救，但是他不敢貿然上前啊！

「救！」帶頭男孩徐步向前，背對手下的他，竟勾起了一抹殘酷冷笑，「當然救！」

餘音未止，帶頭男孩腳跟向後，用力踢掉那雙沾染血跡的素手——

男孩雙眼盈滿恐懼，不可置信地看著幾分鐘前他親手救出的同學，他……捨棄了他!?

「哇啊啊啊——」

失去力量牽制的男孩轉瞬被拖入土塹，所有人原地呆愣，完全不敢相信剛剛眼睛所看到的……

帶頭男孩緩緩轉過身，銳眼掃過面如死灰的同夥們，「今晚的事……誰都不准提起！別忘了你們也有份！」

「走！」他踢了踢還趴在地上的矮小男孩，喝令著眾人逃跑。

臨行前，他不忘回頭瞥了眼，要怪就怪那傢伙是個噁心的娘砲！如果讓其他人知道他這個老大被娘砲救了一命，那他顏面何存？哼！

身子沒入土中，只剩頭部遺留在外，儘管淚水模糊了男孩視野，還是可以從濃密的樹蔭縫隙中，瞧見今晚的月亮又大又圓……

幾百公尺外的少年們仍在奔逃，耳邊彷彿還迴盪著男孩最後的話語——

「為什麼……」

啪嚓。

第一章　預兆

滋滋滋……肉排丟在煎台上發出誘人聲響，金黃的蛋液填補了煎台上的空缺，飄香於數十公尺外，令往返的行人駐足回首，食指為之大動。

天濛濛亮，澄澈得沒有一絲多餘的雲，老舊的燈泡光在巷內特別顯眼，炊煙裊裊從店內飄出，伴隨著熱情的招呼及吆喝聲。

早上七點，是通勤上班族與學生最奔波也最痛苦的時段，人潮來來去去，尤其在捷運站附近，車水馬龍，時常擠得水洩不通。怪不得有人說都市生活緊湊、上班像戰場，原來這點從早晨通勤的盛況就可看出。

而這間位於捷運站旁的早餐店也不例外，東鄰捷運站，西通高中與觀光景點，優越的地理位置成為許多上班族與學生群早起上工的中繼站，上門的客人絡繹不絕，一個接一個，是以讓負責煎台的老闆娘手一刻也沒停過。

「挖工舒澐啊！哩馬咖糗勒！（我說舒澐啊！妳也稍微笑一下！）」操著一口流利台語的是老闆娘彩華嬸，她在這附近是出了名的和藹可親，因此靠這種性格延攬了不少老主顧，這間早餐店才能屹立不倒三十年。

她將肉排翻過來又蓋過去，旁邊再硬騰出兩個空位炒鐵板麵，一旁還有油鍋隨時得注意溫度，看似忙得應接不暇，對十八般武藝樣樣精通的她卻是小兒科！

「我說婆婆，我們賣的是早餐，不是笑容。」身後的恬靜女孩看都沒看她一眼，只是熟練地將烤好的吐司抹上美乃滋，放上剛起鍋的肉排以及荷包蛋，再依序疊上番茄、洋蔥、生菜，最後蓋上吐司紙袋一刷——

「同學你的肉排蛋吐司三十謝謝。」沈舒澐神速地遞出餐點，前前後後花了不到十秒，站著她面前的學生還一臉錯愕，甚至在付錢的時候因為太緊張而將硬幣灑了一地。

雙手從未停下動作的彩華嬸這時心裡暗暗喊了聲「夭壽」，這囝仔又嚇到人了，唉……

學生慌忙地撿起地上錢幣，內用的熟客們只是笑看這一切，彷彿習以為常。

「哎唷小心小心，慢慢來不要趕鼽！」她趕緊笑臉安撫學生，人客都在看了啦！她呵呵地笑了起來，溫和的台灣國語與爽朗的笑聲聽起來的確親切人心，足以化解一時尷尬。

「婆婆，這可不關我的事。」沈舒澐將收回的零錢往盒子一扔，儼然知道彩華嬸心中在想些什麼。

事實上，她的確知道。

這是她與生俱來的能力，能夠接收、感知別人的「念」。所謂念，即是人的意念，許多想法、念頭、情緒都包含在裡頭，有好有壞、有善有惡，能夠反映出一個人在當下的感受，以及訴求。

只可惜，這種能力她無法選擇。

她總會在自己「不願意」的情況下，接收到他人的念，就像是一群人突然跑到自己耳邊嘮叨不休，卻無法叫他們閉嘴。

不過倒也不是每個人的念她都能感知到。意志堅定的人、心思縝密的人，還有——城府極深的人，這些人或能堅定、或能隱藏他們內心的想法，使意念不易流出。當然她可以選擇主動去感應，只不過須耗費不少精神，很累人罷了。

這樣的能力究竟是好是壞，呵，她認為至少不會是好的——

像是位於外桌的粗獷大漢，講話三句內不離一個幹字，粗壯的手臂滿是刺青，一副殺氣騰騰的樣子看是要把人千刀萬剮——但有誰能想到，此刻他想的是待會要多帶幾份餐點，分送給捷運站的遊民吃？

又好比在店外等待餐點的大嬸，一副慈祥面貌，佝僂著背與蒼蒼白髮和其他人寒暄——誰又能夠相信，此刻她正盤算著如何檢舉早餐店，好讓她早晨有一刻清淨？

每個人都戴著面具生活，在面具底下藏著不為人知的想法，是以她的這種能力，能夠看盡人性醜惡——卻也讓她不相信人。

「呼……」彩華嬸擦了擦額頭的汗，轉頭看向牆上時鐘，已經快九點了！這是最能偷閒的時刻，該上課的都去上課、該上班的也不會多留，能夠讓她坐著跟客人聊天，是她最逍遙的時候，反正有事的話，舒澐那囝仔也足夠應付了。

不然長時間站在煎台那，她這副老骨頭哪吃得消吶！

轉頭看著沈舒澐趁空檔補充食材、清理桌面，她便覺得窩心，這個囝仔實在很乖巧，雖然個性是奇怪了點，不過也是可憐，從小就被扔在外面，要不是她撿回了這個囝仔，那就真正造孽喔！

唉……也不怕這麼小一個囝仔餓死在外，丟棄她的父母心腸實在有夠狠毒喔！

沈舒澐停下手邊工作瞥了彩華嬸一眼，兩人正好四目相交，彩華嬸只好趕緊別過頭，繼續朗聲笑著跟客人談天說地。

不過……沈舒澐沉下雙眸，她感知到了。

倒也不是不堪回首，她那時只是個襁褓嬰兒，從沒見過親生父母，真要問她對父母有沒有恨，她想是淡然多於怨恨吧。

人往往看待事情只看一面，不會深究其背後原因，她不想美化人性，但也不願妄加忖度。也許她的父母有不得已的苦衷，可能是經濟問題，或許難以言喻，但至少不置她於死地，這點就該謝天謝地。

能蒙婆婆撫養長大，更是該心懷感激。

人生很短，與其計較已經逝去的事情、執著無可挽回的事物，不如放眼現在——

嗯？不懷好意的意念襲來，她順著方向往門口看去，正走來三名穿著白色高中制服的男生，她對這間學校的學生一向沒有太大好感，總結來說，學生約可區分為兩類：成績不好但是力求上進的乖學生，以及無心課業、就連個性也有待教育的小痞子。

這兩種學生的比例懸殊，而牆上的指針指著九點，這群人不在學校上課反而在外閒晃，很明顯屬於後者。但這不關她的事——

「需要什麼嗎？」沈舒澐冷冷地開口，沒有太多熱情，並不是因為對象的關係，而是她一向如此。

「嘿，老大，怎麼樣？要不要照我們計劃的那樣……」留平頭的那位賊頭賊腦地在體型高壯的同伴耳邊低語，沈舒澐挑了眉，她聽到也感應到了。

那高壯學生吊兒郎當地上前，一開口便訂了幾十樣餐點，數量多到連彩華嬸都放下聊天工作，準備來應付大訂單。

只是才掠過沈舒澐身邊，她立即被拉了住。

「係安怎？」彩華嬸一臉不明所以。

「同學，請先付款。」她冷峻地盯著學生群瞧，他們是把人當笨蛋嗎？

「蛤？不是做好才結帳喔？」抓著誇張刺蝟頭的學生張著大眼，看似無辜地嚷嚷。

「就是！怕我們不付錢嗎？」小平頭隨即搭腔，也是一副無賴模樣。

「妳是在針對我們嗎？要不要解釋一下？」高壯學生換上一副絕對稱不上友善的面容，逼近沈舒澐。

「沒事沒事，做好再結也可以齁！」眼見情況不妙，彩華嬸立刻呵呵笑地打起圓場，「同學先那邊坐，晚點就好齁！」

「早結、晚結，不是都得結帳嗎？」沈舒澐依舊用平淡的語氣說著，視眼前若無睹，「現在我沒事，你也不忙，為什麼不能結？還是——你們根本沒打算付錢？」

沈舒澐語出驚人，令彩華嬸瞪大了眼睛，夭壽喔！這對客人是多嚴重的指控啊！

果不其然，高壯男生一掌拍上了櫃臺，吸引了店內店外無數的目光，「妳什麼意思！有膽再說一遍！」

「呵，我只是說說罷了，如果不是作賊心虛，反應用得著這麼大嗎？」沈舒澐不溫不火地回答，一邊接收持續上漲的怒意，「現在這樣，我反而真的可以懷疑你們的意圖了。」

「幹！」高壯男生挽起袖子就作勢要打人，當然，這也在她的預料之內，只是有隻手更快，抓住了男生高舉的手往後拽，讓他踉蹌了幾步差點狼狽跌倒。

沈舒澐意外地看向出手的男人，像是想不到有人路見不平，畢竟冷漠在這個社會已是司空見慣的事情，會拔刀相助的更是少數。

「有什麼話不能好好說，非得要動手，而且對象還是一位女孩呢？」男人回首，俊俏的臉龐勾著淺笑，沈舒澐必須承認，那是張任誰看到都會覺得好看的臉蛋。

只是對她而言……

『啊──好帥喔！』

『天吶！又帥又有正義感！』

『他剛剛看了我一眼！看了我耶！』

不請自來的念從四周灌入沈舒澐腦內，比遇上奧客更讓她頭疼！

「妳沒事吧？」男人溫聲詢問，誰讓這位小姐看來一臉不耐？

「嗯……謝謝。」雖然身體上沒事，不過換來的是意念的衝撞，好像也沒比較划算？

「喂，你這人是怎樣！」小平頭立刻發難，標準的惡人先告狀。

「不要吵架、不要吵架！」彩華嬸一向相信自己的顧客素質，不懷疑客人更是她的待客原則，但她可不是傻子！

好歹跟舒澐也相處了十幾年，就算不是親孫女，那囝仔的個性她怎麼會不清楚！

何況她在旁邊親眼看著，誰對誰錯，她心中很是明白！只是店裡還有其他客人，她多多少少還是希望以和為貴，別傷了和氣。

但她不知道這樣的縱容其實只是徒增其他客人的困擾，以及增加得寸進尺的奧客數量而已。

「喂！阿婆，妳的員工跟妳的客人這樣亂誣賴人亂打人是可以的嗎!?」高壯學生惡狠狠瞪向彩華嬸，像是討不了男人與沈舒澐便宜，便轉找老人出氣。

「作賊喊抓賊啊？不過你說對了！」男人一個彈指，轉向彩華嬸，「老闆娘，您的客人剛剛作勢要打人，相信您應該有看到吧？」

輕鬆幾句話，主控權轉到了男人手上，高壯學生瞪大了眼睛，恍若沒料到自己的話術竟為他人所用……

「這裡不歡迎你們，出去！」最後，是沈舒澐下了逐客令，對於存心找碴的奧客，她沒有太多包容力。

面對壓倒性的劣勢，小平頭不禁拉拉老大的衣角，低語著好漢不吃眼前虧，尤其他看見有幾個客人好像快忍不住了……

「哼，今天的事我記下了，但我不會那麼簡單就算了！」高壯男生忿恨地撂下狠話，就在離開之際，男人朗聲叫住了他。

「給你們個忠告，平常沒事多積點陰德。」男人不疾不徐，還怕他們聽不懂似地放慢速度，「你們三個，印堂發黑、烏雲罩頂，勸你們凡事多留意啊！」

話一說完，那三名學生倏地臉色刷白。

「神、神經病！該吃藥了啦！」高壯學生還在回嘴，而他身邊的手下活像見鬼似地，直拉了他頭也不回地逃走。

「喔喔喔——」客人們幾乎拍手叫好，彩華嬸表面上也尬笑著，天曉得她卻傷透了腦筋，唉……舒澐那囝仔也真是的，客人再差，也用不著撕破臉啊，要是傳了出去……

「婆婆，我們是做對的事。」沈舒澐毫不避諱，她不在乎少賺這種客人的錢。

或許會有人說她不通情理，不懂人情世故，但對她來說，錢夠用就好。

一如她所說的，她們賣的是早餐，不是服務，只是台灣人好客、熱情的天性使然，才會使得某些人覺得受到服務是應該。

過度遷就客人，只是養成奧客心態上的理所當然而已。

實際上，許多店家都是如此，總是以客為尊，面對奧客只有卑躬屈膝，尤有甚者，甚至不惜降低自己的人格，以為那區區五斗米。

如果說為了賺錢就得犧牲自己的尊嚴，那叫本末倒置，她，做不到。

她不是不缺錢，而是她有更需要堅持的原則，更別說她們又沒收什麼服務費？

那男人微笑向眾人頷首，禮貌地走回座位上，繼續未竟的早餐時光。

解下頭巾，烏黑的秀髮流瀉而下，素雅的臉蛋如同個性般不加粉飾，卻不落俗套，反而隱隱散發冷豔美，「婆婆，還有課，我先上去了。」

「好，上課小心齁！」彩華嬸親切叮嚀著，邊把幾個總匯三明治裝成一袋，擺在櫃臺，好讓她離開前能順便帶走。

沈舒澐點頭示意，她食量是不大，不過這是長輩關心的方式，她也就不阻止，就某方面而言，這也是一種幸福，是有人在意的象徵。

上樓前，她特意瞥了男人一眼，剛剛她的確感知到那些學生驚慌波動的恐懼，這人說的，恐怕不只假話這麼簡單。

◆◆◆

梳洗罷，沈舒澐換上簡易的T-shirt與牛仔褲，扣上皮帶，最外面再套上一件羽絨背心，這樣便足以抵禦歲末年終的寒冷。

看了看時鐘，離校車發車的時間還有十五分鐘，她隻手提著背包下樓，方才的男人已然不在，她向彩華嬸知會一聲後，便取走早餐離開。

戴上口罩，秀髮在寒風中飄逸，颯爽的身影穿梭於熙來攘往的人群間，俐落而不拖泥帶水，就連男生也不免讚嘆著帥氣。

踏上校車，她逕自在後頭挑了處沒人的位置坐下，這便是提早出門的好處，可以避開尖峰時段的壅塞，不必人擠人，腦袋也能清閒點，頂多只是感應到司機大叔的日常抱怨而已。

車內空空如也，按照慣例，這車通常得等到塞不下人才甘願發車，所以她拿出早餐，解鎖手機，朵頤著片刻美味悠閒。

咬了口三明治，濃郁的起司與蛋香立即在嘴裡散發開來，烤得酥脆的吐司與清脆的洋蔥增添不少口感，煎得微焦的肉排厚而不膩，怪不得她們店總能歷久不衰，即使景氣不好，也足夠應付開銷與支出。

指尖滑過，看見又是新的一起分屍案，內容是人夫教練向學生求歡不成，便將對方勒死，褻瀆遺體，爾後為免屍體曝光，索性將屍體分塊，運送不同地方掩埋，行徑令人髮指。

她嘆了口氣，近幾年來，社會案件層出不窮，手法一件比一件還殘忍，而且頻率持續上升，沒有下降的跡象。

光是這個月，就已經至少五起分屍案了！人民開始鼓譟是否要大動死刑，而廢死團體到處奔走，雙方意見僵持不定，加以法務部長高倡不可錯殺一人，於是罪犯終能隱沒，只要靜待假釋即可。

反正人忘記事情總是很快，何況現下幾乎每週都有新的殺人案件，替換率高、新鮮感足，只要用點手段拖延時間就能淡出螢光幕。

要是還不夠，大可裝作思覺失調的精神病，說不定連罪都不用受。

只是她不明白，活人的權益要顧，死人的權益又在哪？因為都死了，所以不需要在意嗎？

每每發生這種事情，人民總是群情激憤，名嘴利用熱度哄抬鼓吹，只要能使收視率高，就算誇大造謠也在所不惜；而政客利用話題性進行抨擊，高喊口號，藉此謀求自身曝光度，以爭取下一次勝選的機會。

每個人實際上都是為己，尤其所謂的上位者，幾乎沒有什麼人是真正以百姓作為出發點的——至少在這個現況、這個國家是這樣的。

仔細想想，在過去即便偷竊這種芝麻小事也會引起大量的社會輿論撻伐；但近年來，社會案件手段愈加殘忍、犯案理由益加荒誕，只要一個動機，就可以上捷運砍人，可見人心在這個世代，已逐漸走向崩壞。

這是一個悲劇。

像是呼應動盪的年代，疫情人禍氾濫，天災也不斷，各國皆然。以台灣為例，遠從九二一地震、SARS流感、八八水災，近至美濃地震、低溫寒害、花蓮地震都能看出一些端倪——

地質學家認為地震屬於正常能量釋放，而科學家認為極端氣候其來有自，是全球暖化所造成的結果，但——以她的角度來說，她會認為是天罰。

人的執念、慾念、貪念種種成了導火線，引發世間的負面黑暗，並將這種情緒渲染增幅，使得人心思反、自然反撲，最終連天也看不下去。

她所擁有的天賦，還不足以證明嗎？

『唉，好想趕快放假喔！跨年耶！』

『這麼冷真不想出門上課……』

『為什麼爛課還需要點名！莫名其妙！』

不知不覺中，校車上已漸漸塞滿了人，司機大叔還廣播著要學生往裡頭站，勢必把空間擠得一絲不剩才甘願啟程。

沈舒澐蹙著眉，真吵。

這輛車是直達車，從車站到學校，順暢的話，約是十五分鐘的車程，不少站著坐著的人已打起盹來，畢竟十點鐘的課，對於正常的大學生來說，是比高中七點起床還痛苦的。

還是做慣早餐店的她耐操，實際上她也習慣早起，清晨的空氣總是清新，隱隱地還能聞到淡淡花香，最重要的，是夠安寧。

駛進校門，是一條長達約千公尺的大道，是這所學校唯二的出入口，而這條路又有個有趣的別稱——冤家路。因吵過架的朋友，或是分手後的情侶，絕大多數都有機會在這條路上再度碰頭，取冤家路窄之義。

大道左邊是一條淙淙溪流，源頭來自後山，無論四季，溪水始終保持著澄澈剔透，運氣好的話甚至能碰上野生的白鷺鷥掠食；右邊則是一列樹蔭林道，時值冬季，也另有一種蕭瑟之美。

冤家路後是一座拱門，右手邊依序是警衛室、停車場、綜合大樓；左手邊則是一大片操場與教學大樓。在警衛室與停車場之間，還有一條坡道通往山上，那兒是學生宿舍區，有男宿、女宿，以及租借給其他高中的宿舍。

她念的是私校，出現這樣的營利狀況她並不意外，也與她無關，只要別損及她自身的權益即可。看向窗外，居然還有高中生在外遛達，真是愜意的很。如果不想念書，又何必浪費時間浪費金錢呢？

『不能……原諒。』

沈舒澐瞬間怔了怔，微睜的雙眼瞪向前方，掃視起車上的男男女女。是誰突然冒出這麼一股念？只有純粹的怨恨與陰寒，不像是眼前這票或睡或醒的學生會有的意念……

通常她能感應到的念分為兩種，一是普通人所具有的念，另外一種……則是非人的怨念！

看樣子，這明顯屬於後者——

『嘻嘻……開快點開快點！』

『等了這麼久……終於等到了！』

『來了、來了！』

霎時間，車身陡然歪斜！所有人瞬間撞得東倒西歪，恐懼、慌亂、緊張的意念四處奔竄——沈舒澐緊咬著牙，這太誇張了！

「同學們不要慌亂！抓緊扶手，小心安全！」司機大叔用力吼著，努力讓車身維持平衡，驟然踩煞車只會造成車輛翻覆，屆時造成的傷亡他負擔不起啊！

排山倒海的意念與尖叫聲讓沈舒澐感到頭昏腦脹，她握緊粉拳振作起來，深知這輛車絕對撐不久的，這是抓交替，她、她——可惡！

她抓牢椅背上的扶手，勉力從角落擠出人群來到走道，縱使危險當頭，多數學生仍慌張得沒有任何應變能力，在原處等死的大有人在，真不知這些人平時課堂上學的危機處理能力都去哪了！

「讓開！」一個男生至此還擋在她前面發愣，旁邊還有個女人只管尖叫，吵得她心浮氣躁！火氣瞬而升起，她一把抓過懸掛窗邊的擊破器，將男生推倒，跟著二話不說朝窗角用力敲擊，玻璃窗應聲而碎！

她將背包掃過窗沿，將剩餘的玻璃碎屑清光，再充當沙包扔了出去，最後攀住窗緣，使勁向外一躍——

與此同時，刺耳的摩擦聲咿咿大作，伴隨著叭叭汽笛聲，緊接著是一連串的髒話與驚叫——

砰！匡啷匡啷……

『鮮血，終於染上這片土地了……要開始了……』

第二章　巧合

早上十點鐘，本該是寧靜的校園卻充斥著鳴笛聲，救護車進進出出，擔架一副抬過一副，醫護人員忙得不可開交，有誰想得到，平白無故地在校園內也會有校車翻覆？

這起車禍發生於警衛室與停車場之間的坡道口，包含司機在內，初步估計一共死了六個人，其餘活著的同學均有輕重傷，倒楣的是，翻車時還順道壓死了一名正在遊蕩的高中生。經警方判定，右方輪胎全數破裂是翻車的主因，疑似是在碎石路上行駛過，否則怎麼這麼巧破的全是右輪？

教官們全數出動，除了協助警察疏散車道、維護現場外，還得驅離想看熱鬧的學生們。真是搞不懂這群年輕人，都出人命了，還圍著看是什麼意思！

沈舒澐拍拍身上灰塵，皺眉看著那輛翻毀的廢車與來來去去的救護擔架，要不是最後一刻她擊碎窗戶跳了出來，恐怕她現在也是那擔架上的一員。

回首，也有幾個狼狽的學生正抖瑟著，看來不只她在最後關頭賭了一把，只是他們尚未從生死交關的情緒中抽離。也是，並非每個人都像她一樣很快就能平復心情。

像這種時候，她就會很感謝她所擁有的「天賦」，能夠在事情發生的前幾秒感知到危險，進而趨吉避凶。

但，她知道事情還沒完。

她沒忘記她跳車後所感應到的念：「要開始了。」

開始什麼？這不只是一般的地縛靈抓交替而已嗎？還是翻一次車不夠，得多來幾次才夠本的意思？

——也罷，生死有命，她從來就不是個愛管閒事的人，也沒有那種能力，何況這個世界上的事情何其多，要管她是管不完的。

當然，只要事情不要主動惹上她就好。像現在她看見警察逐步走來，就有預感得先走一步，否則耽誤到上課時間、自己還成為受關注的焦點，可萬萬划不來。

加上因為血腥味，使這裡沉睡的亡者們都甦醒了，雀躍而鼓譟的念吵得她幾度想拿耳塞封耳，儘管是白費工夫。

趁著人仰馬翻鬧得一團亂時，她決定走為上策。

混入人群，假裝自己只是路過，她的課是十點十分開始，照理說應該直直走進教學大樓，但是她選擇繼續向前。

這間學校座落於山腳下，地勢基本上左低右高，因此腹地狹隘，佔地也是長條形的，主要的建築都建在那一長條大道上，而往上山腰的部分，就是圖書館與宿舍區，再往上，便是人煙罕至之地，只有大一登山課才會往上攀登。

在那山頂上，有一座歷史悠久的古廟，據說祀奉的是前朝將領，不過因為那上頭實在荒涼，因此也有不少靈異傳聞是圍繞著那間廟而生的，算是學校的經典怪談。

而教學大樓與綜合大樓再往後延伸，則是教堂、登山坡道、與學校第二個對外出口——隧道。這就是冤家們幾乎都在冤家路上碰頭的原因，隧道常年陰暗潮濕又冗長，加上因為山區，生態上沒什麼受到破壞，不少野生動物時常聚集在此，比較常聽到的有青蛙、青竹絲，偶爾還會有蠍子、龜殼花等等，倒楣的她就中獎過一次，是以沒什麼學生會想不開從這裡離校。

沈舒澐來到這裡，東張張西望望，拿出背包裡的飼料袋搖了搖，發出窣窣的聲響，她勾起微笑，幸好扔出去的時候沒有摔碎。

一顆橘黃色的小頭狐疑地探出來，一見到是熟人，立刻飛也似地奔至沈舒澐腳前磨蹭。

她蹲下身來，不吝嗇地露出笑容，那笑容裡包藏著久違的純真，「抱歉，今天出了點事，來晚了。」

「喵～」橘貓應著，也不知道是不是聽得懂。

「你一定餓了吧？來，慢慢吃。」她倒出飼料，憐惜般地撫著橘貓的頭。

對於小動物，她永遠有著比人類還多的耐心與包容力。

牠們要的訴求很簡單，就只是吃跟喝，頂多再加上討摸摸，比起人類，實在單純太多，也不必賣弄心機。

從有意識開始，她便是被婆婆撫養長大，在早餐店面對各式各樣的人；求學歷程中，也曾因為她父母不詳、背景又一般，飽受他人冷眼看待，甚至是不平等的待遇。

同儕用異樣眼光看她，視她如災星；教師則因她的出身普通，所以在評分上遠不及那些「優秀乖巧」的富家子弟。

不過婆婆說得好，榮辱只是一時，分數的高低並不代表人格的優劣，這句話她由衷贊同。然而仍有諸多家長依然存有成績等於成就、課業等同人生的錯誤觀念，對此她不敢苟同，反正錯誤的教育，將來反受其害的勢必也是施教者本人。

所以她低調行事，不爭不搶，既不亮眼也不突出，只是在對的時間做該做的事情——所謂閒事莫理。

生而有理想有目標，再逐步實踐，這才是最重要的。

噹——噹——噹——

上課鐘響，沈舒澐毫不在意地繼續撫摸著橘貓，說來她跟這隻貓的緣分也挺奇妙，還記得剛入學時，她閒晃到了這個地方，這隻貓一見到她便低吼著，憤怒的意念震驚當時的她，還以為自己不受到歡迎，畢竟貓也是有領域性的。

後來才發現，她身後跟了一條蛇——千載難逢的龜殼花，這隻貓吼的不是她，而是蛇。

若非橘貓幫她解了圍，只怕她的人生就得匆匆了結。

自此之後，她每天都會帶飼料來餵養這隻貓，算是報答牠的救命之恩；橘貓似乎也很愛定時送來的飼料與罐頭，久而久之就和她成了好朋友。

「好啦，你乖乖吃，我先去上課了。」沈舒澐撒下最後一把飼料，再摸摸橘貓的頭，「下午再來看你。」

「喵～」橘貓仰首，叫聲眷戀著不捨。

重重的足音由遠奔近，正大快朵頤的橘貓不由得回首瞧了一下，隨後又繼續進食，是個對牠沒威脅性的人。

不過沈舒澐倒是瞇眼看著來人，這股雀躍興奮的念……

「舒澐——」

長馬尾、束著紫色絲巾的女孩兒開心地揮手大喊，深怕別人聽不到似的，還特地調高了音量，這對沈舒澐來說是一種困擾……很大的困擾。

她伸手擋住來人，口吻蘊含著不耐，「小聲點，妳不知道現在上課了嗎？」

「唉唷，就很難得遇見妳嘛！平常妳都只有上下課才出現，要找妳聊天都沒辦法啊！」女孩瞥見沈舒澐腳前的橘貓，雙眼為之一亮，「嘩——妳又在餵貓咪了喔！」

沈舒澐定定地看著女孩蹲下，撫摸那因陽光照耀而轉金色的毛，「你好幸福喔！都不必煩惱吃的就有人餵你！」

轉過身，沈舒澐便要回教學大樓上課，沒有惡意，只是她不習慣跟這種熱絡的人相處。

「咦？」女孩連忙拔腿跟上，「是說舒澐，怎麼這麼難得，都打鐘了妳還沒進教室啊？」

妳不也是？都上課了還能這麼愜意地跟人聊天？沈舒澐停下腳步，認真地盯著清秀開朗的女孩，「其實，我連妳叫什麼名字都不清楚。」她的意思是，她們沒這麼熟。

「喔——沒關係啊！我叫作晴風，晴天的晴，微風的風，姓柳樹的柳！」她笑吟吟地介紹起她富有詩意的名字來。

晴風？果然人怪，名字也跟著怪，沈舒澐暗暗下了這個註解。

她們「並肩」走進教學大樓，氣溫頓時暖和許多。嚴格來說，這棟大樓的格局不大，主要受到地形限制，像大廳門口對著的是大道，後頭就是潺潺溪流，因此空間不闊，只是建高以取便，高達十二樓。

大廳正前方是咖啡廳與樓梯間，右側則設置了三座電梯，主要作為疏通尖峰時段的流量用，也提供教室在高樓層的同學搭乘。

只不過這樣的立意雖美，一旦用之不善就會產生諸多弊病。譬如人的天性懶散，即使教室近如二、三樓，多數人寧願花數倍的時間等電梯，也不願動動腳多走幾步路。

像現在，沈舒澐還真不知該不該讚嘆這種情景，鐘至少響完五分鐘了，怎還有一堆人擠在電梯前嬉笑個不停？原來遲到不只在那間高中是常態，這間學校的學生也不遑多讓！

「哇，人好多喔！」說歸說，她們兩個還是認命排起隊，畢竟她們的教室在七樓，沒理由真用走的上去。

電梯降下，學生們魚貫而入，並無預想中的爭先恐後，在沒管制的前提下，還能保有這樣的禮儀或許便該慶幸了。

內頭空間不大，所幸她們倆尚能憑纖瘦的身材在角落謀得一席之地，不過通常這時候只要有人體味稍重、或是放了屁，便是地獄來臨的時刻。

但比起這些，都沒有沈舒澐感應到別人的抱怨連連來得痛苦——

『好煩啊！每次搭電梯都這麼擠，是不會用走的喔！』

『為什麼總有人要背大包包，一直頂到我很不舒服耶！』

『靠！怎麼有怪味？是哪個臭宅啦！』

嘖！怎麼似乎到了哪裡，都不得一刻安寧？幸好身邊這位柳同學雖然聒噪，不過意念還算純淨——屬於較沒機心的人。

一旁的柳晴風總感覺舒澐很不耐煩似的，不曉得是不是錯覺？

隨著樓層上升，人數減少，窒悶的空間逐漸獲得舒緩，否則空調再強，滿滿的二氧化碳也會逼得人喘不過氣。

叮！七樓到達，步出電梯便得一片開闊，由此向前，便是T型長廊，最前方仍是乏人問津的樓梯間；往左是幾間教師研究室，跟著銜接到陽台，從那兒俯瞰能將冤家路以來的風景盡收眼底，包含幾個正在操場揮灑青春的熱血青年；右轉則是一整排的教室，走到盡頭的兩旁分別設有貨櫃梯與廁所。

走進教室，沈舒澐隨意找了個空曠處坐下。她秀眉微挑，原來就是教授的常態性遲到造就了人人晚到的風氣啊，真是標準的上行下效。

戴上耳機，翻閱待會要上的講義，同時還得屏蔽後頭傳來的嬉笑聲。真是搞不懂這群人，平常天下太平河清海晏的時候，每個人都跟死魚一樣，巴不得多睡一分是一分，如今出了車禍，居然一個比一個還亢奮？

跟她上來的那位柳同學甚至已經跟朋友交換起最新資訊，敢情這些人都喜歡幸災樂禍嗎？

「天哪——」柳晴風驚叫了一聲，蹦蹦蹦地來到沈舒澐旁，檢視著她全身上下，看得她很不舒服，「舒澐！妳……妳沒事吧？」

沈舒澐不明所以，她應該要有事嗎？

「她們說剛剛車禍的時候，有看到妳跳車！」柳晴風指了指後面的八卦團，「天啊！我竟然不知道——」

哦，這就是她進教室後一直感覺到被注視的原因嗎？

「我人不是好好的？妳快回座位吧。」沈舒澐敦促著柳晴風離開，她不知道這種舉動引來了很多人的注目嗎？

她討厭受人矚目。

但事情就是這樣，越是抗拒，麻煩就越會找上門——幾個女生湊過來，繼續圍著柳晴風喋喋八卦，沈舒澐只是默默收拾，打算換個位子坐，她實在受不了這種吵鬧。

注意到沈舒澐拎起包包就要走人，柳晴風停止了八卦，狐疑地睜圓眼，「怎麼了舒澐？妳要翹課喔？」

……沈舒澐不知道該怎麼形容這種感覺，這是她第一次聽別人說話有想生氣的衝動，「妳們喜歡這裡就讓給妳們，我到別處去。」

「呃……」一群人傻在原地，她們不是不知道沈舒澐是有名的怪咖，只是沒想到她講話好直接……

「喂，妳夠了吧！」出聲的是班上的女王蜂，佘曼珊。

她站了起來，性感的身材與熱褲下長腿立即吸引了所有男生目光，「大家只是看妳都一個人，想拉近妳和同學間的距離，妳如果不喜歡就算了，用得著這麼乖僻嗎！」

面對突如其來的指責，沈舒澐只是淡淡地瞥了她一眼，挑了位置坐下，「我沒別的意思。」

「她們想在那聊天，我就讓給她們，僅此而已。」她翻過講義，頭也不抬地說著。

「妳！懂不懂什麼叫禮貌跟尊重啊！」這樣的反應惹惱了佘曼珊，平常就是女王的她，永遠不乏追求者，而這個怪咖竟敢這樣藐視她？

「什麼叫禮貌？什麼是尊重？上課了依舊吵鬧不顧他人感受？還是要別人照自己想法過活？妳要聊天是妳的事情，與我無關，不代表我就得順從。」

「每個人都是獨特的個體，有自己的抉擇，旁人無權干涉，這才叫尊重。」沈舒澐說起話來慢條斯理，始終維持不慍不怒去訴說她的理論，就像一道水牆，縱使被切割、破壞，卻實實在在地毫髮無傷。

眼看佘曼珊掄起袖子就要上前理論，柳晴風連忙拉住她，並搖頭示意她算了，其實舒澐說得也不無道理，是她們無禮在先。

「小風別拉我！」不負火爆女王之名，她今天要是不教訓這個女人絕不甘休！

「曼珊！算了啦，別理她就是了……」嬌小女孩祁欣也加入勸說行列，她是這個班上的優等生，有別於佘曼珊的火辣性格，祁欣屬於柔美可愛派的。

佘曼珊這才不甘願地甩過頭，惡狠狠瞪了沈舒澐一眼後，還特地推開桌子製造噪音以表達不滿。

怪咖！乖僻！她罵在心裡，卻切切實實地感應在沈舒澐腦裡。

『哇……看不出來沈舒澐敢跟佘曼珊對嗆耶！』

『沈舒澐怪雖怪，但她講的也滿有道理的……』

『兩大正妹的對決耶，這比上課還精采，哈！』

唉，教授要是再不來，她真的想走了。

她討厭虛偽，特別在她那種天賦的陪伴成長下，更讓她瞭解，無論做什麼決定，都一定會有人反對——這就是人類。

當然她身為人，每每感應到那些怒意、怨念，也曾猶豫動搖過：一次兩次她會傷心難過，甚至心神不寧；十次二十次她或許還會心存芥蒂——

但同樣的事遇個上百次呢？會痲木。

這就是她沒那個興趣也沒那個心力迎合別人、改變自己的主因，人生苦短，總是一味遷就別人而活，自己的人生意義何在？

所以她覺得那些懊悔早知道的人很傻，明明能及時把握，卻選擇委曲求全，早知如此，又何必當初？

逝去的不會重來，正如人生沒有第二次重來的機會，所以更應該珍惜每分每秒，努力而踏實地為自己而活才是。

叩叩兩聲，老教授姍姍來遲地捧著書與茶杯步上講台，這時教室終於變得安靜——撇除掉某些針對她的意念外。

她是修讀中文系的大三生，之所以選擇這個系，純粹是興趣來著，尤其對早期思想與神話層面，有著更濃厚的興趣。

是什麼樣的契機與想法，才會產生那些神話與傳說？又或者曾經存在，只是隨著時代的洪流掩埋？像是傳說中的龍，普遍被認為是虛構、不存在的，但為什麼這麼湊巧，東西兩方都有其相關的形象記載？

又如人魚的眾說紛紜，中國有鮫人說，希臘有海妖說，儘管只是透過傳說流傳下來，誰又能保證它不曾存在過？

至少在沈舒澐心中，持很大的保留態度，光是《山海經》中那群仙妖鬼獸，種類琳瑯滿目、百思莫解，誰又能肯定不是真的？

再拿鬼來說，普通人視之不見、聽之不聞，在科學上無法找到有力的證據證明其真實性——但事實上，它們不僅存在，甚至堂而皇之地在她的學校抓交替，自己更差點成為其中一員！

寫上筆記、劃上重點，看台上老教授說得口沫橫飛，而底下趴成一片，就知道對這個科系真正有興趣的人不在多數。

說到《山海經》，那是部中國史上最古老的地理性古籍，內容從山川河水到各式妖怪，以及單眼三尾的讙、鷹首蛇尾的旋龜等，種種異獸應有盡有，神祕而不可窺得的色彩令她喜愛。

肩膀忽被輕點，沈舒澐擰眉看著傳來的紙條，那人指了指她……給她的？

她不喜歡傳紙條，更別說她幾乎沒在認同學的樣子，除了分組報告會有短期交集外，這個班上她叫得出名字的大概也就剛剛的柳晴風同學吧？

反正大多是人生過客，會聚集在一起也是此刻擁有共同利益，爾後就算在路上碰到，不過打聲招呼，虛以委蛇，根本沒必要熟記。

翻開紙條，還真是柳晴風。

舒澐，真的很抱歉！剛剛是我們太吵了！我代表曼珊跟同學們向妳道歉，希望妳不要介意……

她忍不住瞟了柳晴風一眼，發現對方竟睜著無辜大眼，可憐兮兮地望著她！再往下看……

希望妳接受我的道歉，也願我們能繼續當朋友……

原來如此，這就是緊盯她不放的理由。

雙眼輕闔，眾多雜念中流竄出她想感知的念……呵，她不禁搖頭，還真的是名符其實的「誠意」。

其實柳晴風大可不必如此，只是萍水相逢的關係，畢業後也就不再相見，還專門寫紙條誠心代替別人道歉，真不知道該說她天真呢？還是說她傻？

不過沈舒澐挺高興在這個世代仍保有這樣的人，世道的冷漠與混亂，不正是因為缺少太多像柳晴風的這類人嗎？

既然人家誠意款款，她也不會吝嗇於區區幾句話。

下課鐘響，她主動走到柳晴風桌前，毫無疑問，又引來了一陣注目。

「我不介意，自然也沒放在心上，妳放心。」沈舒澐遞出紙條，沒有多餘的停留，便一個帥氣回身走出教室。

柳晴風呆坐在座位，一朵花逐漸笑開了靨，她剛剛得到舒澐的原諒了嗎？太好了，哈！

「欸，小風，那個怪咖跟妳說什麼？」佘曼珊走了過來，從口氣可以知道她還是很不爽。

「蛤？沒事啦，就我跟舒澐道歉，她跟我說沒關係！」柳晴風急忙地把書丟回書包內，她還得去道聲謝！

背起書包，柳晴風一路跌跌撞撞地搶到門口，沿途不忘連連的抱歉，在某種程度上，她也是這個班上的怪人之一。

無與倫比的樂觀、強大的正能量，以及說風是風的衝動……這也難怪，人家叫「晴風」嘛！

柳晴風衝到電梯前，看見沒人，扭頭旋身又衝進樓梯間！下課不比上課，下樓也不比上樓，有不少學生等不了電梯便選擇用走的下去。

而柳晴風三步併作一步，活像趕火車似地下樓梯，途中完全不怕踩滑踩空，卻嚇得沿路學生四散！深怕一個不小心便成一群人用滾的下樓。

「舒澐澐澐——等我一下！」奔出樓梯間，柳晴風終於在盡頭的大廳門前看見清麗的身影。

踏出的腳頓在半空，沈舒澐愕然回首，那傢伙是吃錯藥嗎？簡直窮追不捨！

「我說，妳——」

「啊——舒澐小心！」她看見柳晴風張大了嘴巴驚恐大叫，高舉著手往上，伴隨著周遭的驚呼與譁然——

「上面！」

上面？沈舒澐抬起頭，看見的是一片黑挾帶著風急速朝她而來——

砰！

「哇啊啊啊——」

◆◆◆

教學大樓前拉起了警示的封鎖線，一群學生就圍在那兒，在中心，可以看到一個恬靜的女孩板著臭臉站在那，配合警方做筆錄以及採集證據。

短短幾小時，校園二度發生了命案，前面的校車翻覆還沒解決，這會兒又有學生跳樓，完全讓警方與教官們忙得焦頭爛額！儘管屍體已用最快的速度移除，留下的那一大灘殷紅血泊依舊怵目驚心。

這次的死者是住在該校宿舍區的學生，據目擊同學表示，死者生前舉止正常，在頂樓也找不到相關證物，因此初步研判是自殺，其餘則有待進一步調查。

沈舒澐雖然逃過一劫，然而高速噴濺的鮮血與腦漿仍不免讓她的羽絨背心遭殃，身上紅白交錯，幾度令她作嘔。

但這都比不上她內心逐漸醞釀的怒火，為什麼又是她？

人生中可以一天遇到兩次橫禍，這機率是不是比被雷劈到還小？

要不是……沈舒澐看向高大俊朗的男人，要不是被他及時拉了一把，她早就成為那倒楣鬼的墊背了！

而這個男人，居然還是他們店裡的顧客，早上幫她解圍的那一個！

她開始覺得這巧合有點可怕……不，今天的一切都太過荒謬，她出門也不過三個小時的時間，卻遭遇普通人三年內也不太會碰上的事情！

先是地縛靈抓交替，再來是跳樓的差點把她也壓死……雖然她知道這樣想很要不得，但要跳樓能不能去空曠點的地方跳？會殃及無辜啊！

更重要的是——

『今天好熱鬧啊！嘻嘻嘻……』

『是血！是血！』

『力量！喔喔喔——』

她已經感受到連續的血腥讓這片土地的亡者們趨近瘋狂了！

這樣的情況並不是好事，按照她從小到大的經驗，血腥只會使亡者們逐步失去理智，進而讓亡靈成厲鬼、厲鬼變邪靈，不管有怨無怨，都會試圖製造動亂以離開這片土地。

現在，她只祈禱一切就到此為止，至少，至少不要再把她牽扯進去。

相較於她的沉悶，一旁的柳晴風倒是已和男人有說有笑，看樣子是已經聊開……這傢伙還真是對誰都這麼熱絡。

好不容易做完筆錄，她的背心也被當作物證收走，她卻已經想走人了，但在此之前，該做該說的還是不能少。

沈舒澐走向聊得正開心的兩人，深深朝男人一鞠躬，「謝謝你救了我。」

「啊，別這樣！」男人紳士地扶起沈舒澐，說話十分客氣，「只是舉手之勞，沒什麼的。」

「哇……」柳晴風睜大了眼睛，像是發現什麼新奇事物，她沒想到孤冷的舒澐居然會這麼隆重道謝耶！

沈舒澐不禁微蹙眉，那是什麼意思……

「總之，謝謝了。」她旋身，打算找個地方把身上的髒污與穢氣處理掉，雖然身體大致上是乾淨的，但這是感覺問題。

記得綜合大樓三樓的體育館內附有盥洗室，現在是中午時段，人應該不會太多。

「請等一下。」男人溫聲叫住她。

「有什麼事嗎？」沈舒澐狐疑，她感受不到男人的念，是真的疑問。

「是這樣的，我第一次來到貴校，不曉得餐飲部在哪裡，能否請同學告知呢？」男人極其禮貌，嘴角上揚似笑非笑，完全是眾多女孩夢想中的白馬王子型。

「喔！」沈舒澐還沒說話，柳晴風已經搶在前頭，「反正我也餓了，不嫌棄的話我們一起吃個午餐啊！」

「對吧對吧！」柳晴風雙眼眨著期盼，口吻迫不及待。

……對什麼？她好像一句話都還沒說？

「我要去體育館沖澡。」沈舒澐扔下這麼一句話，「妳別一直跟著我。」

「可是……人家救了妳，妳不順便請人家吃頓飯嗎？」

在這剎那，沈舒澐突然覺得比起什麼亡靈厲鬼作祟，都不及柳晴風要來得可怕，以及纏人。

不過……見男人仍噙著笑看她，她就知道自己沒得選擇了。

「好吧。」沈舒澐輕嘆，就當還對方人情，「給我十分鐘，我整理好就來。」

「嘿，成功！」

第三章　不安

正對著教學大樓，綜合大樓共有九層，每層樓各有其特色，是集多種設施於一身的大樓，故名綜合。因為地勢關係，到所謂的一樓必須先爬上一段階梯，因此名雖為一樓，實際上的高度卻不然。

一樓大致採取開放式格局，舉凡社團、書局、交誼廳、室內廣場、便利商店等等，囊括一切與學生相關的事物，是多數學生課後的徜徉之所；而學校為了有效利用空間，便將餐飲部建在地下一樓，這樣的做法卻也造成諸多不便。

爬上樓，是行政處室以及健康中心，寬敞的走道時為社團招生擺攤；再拐了個彎上樓到達體育館，內有籃球框、排球網等設施，可以視需要改變場地性質，此外還設有健身房，讓喜歡從事健身或重訓的同學有地方進行鍛鍊。

而最裡頭，就是盥洗室。

「我說，妳跟來幹嘛？」沈舒澐沒好氣地瞪著柳晴風那過分愉悅的神情。

「哎呀，反正待會要一起吃飯嘛。」柳晴風邊走邊哼著歌，看到特別的景點還會介紹給身後的斯文帥哥。

「所以你叫什麼名字啊？」轉過頭，柳晴風腳步依舊輕盈。

「喔，敝姓姜，名尚霆，請多指教。」姜尚霆掛著微笑回應，那模樣足以迷倒一票小女生。

姜尚？沈舒澐暗暗沉吟，她沒記錯的話，那是古中國一位有名的賢臣，叫姜子牙？還是神怪小說《封神演義》的主角。

「好罕見的姓氏啊……名字也很酷！」柳晴風不知從哪得來的結論，沈舒澐才想吐槽她，名字怪，人也怪。

走到底左轉，便見一列長廊，走道兩邊還硬拓出兩間鍛鍊室，可見學校把空間利用得相當徹底。沈舒澐顧自走到盡頭的盥洗室，挑了格淋浴間走進去。

挽起長髮，打開水龍頭，溫熱的水流順著身體而下，熱氣蒸騰，洗去一身髒污，也滌去一身穢氣。她沒有在學校洗澡的習慣，自然也沒攜帶盥洗用具，然而僅是這樣的水溫，便已讓她十分舒暢。

擦乾身體，沈舒澐卻在穿上衣服的瞬間，感受到空氣中傳來常人無法察覺的波動——意念的波動！念之一物，可以比喻成人所散發出的電波，根據該人當下的訴求或情緒，也會影響電波的強弱——而她，正屬於可接收電波的基地台。

沈舒澐警戒地走出淋浴間，這種會干擾到空氣密度的念她太熟悉了，根本是非人的怨念！這股怨氣，似曾相識……是校車翻覆前那個？那不是地縛靈嗎？不，既是地縛靈，又怎麼有辦法離開禁錮它的地方……

儘管她對鬼怪方面的事情一竅不通，但這種能力跟隨她二十年了，就算是再駑鈍的人也會有所心得。

所以……是巧合？還是？

意念的方向來自外頭，沈舒澐深吸了口氣，走出淋浴間，卻見走廊空無一人——這讓她有些緊繃，跟著她的那兩人呢！

「Yeah！正中紅心——」

興高采烈的聲音大到走廊外都聽得見，而現下只有一間鍛鍊室亮著，她不必想也知道人往哪去了。

打開教室門，映入眼簾的，竟讓沈舒澐有點目瞪口呆地止在原地……

那總是聒噪的馬尾女孩，此時居然手持長弓，弦上架著兩支箭，朝離她至少五十公尺的箭靶使勁一拉——放！

咻咻兩聲，兩支箭矢同時沒入紅心，馬尾女孩興奮地跳起來大叫，周圍還有許多拿著弓的學生簇擁而上——

……這是什麼情況？

姜尚霆靠在門邊，見到沈舒澐還笑得一臉輕鬆，「小風真厲害，這技術令我大開眼界呢。」

是……沈舒澐完全沒想到這傢伙竟身懷絕技，人不可貌相，這句話果然是對的。

注意到門口站著的人，柳晴風還高舉長弓炫耀，「嘿！厲害吧舒澐！」

……沈舒澐不知道該說什麼，那股怨念還在，而這群人置若無感，她實在無法鬆懈！

「欸好啦好啦，我還要跟朋友去吃飯，你們自己慢慢練喔！」柳晴風從人群中擠出，順道背起箭袋，眉開眼笑地走到兩人面前，「走吧，Let's GO！」

GO？其實沈舒澐很遲疑要不要想辦法留住兩人，畢竟外頭怨念強烈，雖然她自問行得正坐得端，但通常挾有怨恨的亡者都不可理喻……她知道的。

一路上柳晴風開心地和姜尚霆閒聊，儘管怨念使得沈舒澐心不在焉，她還是聽到了個大概。原來這傢伙是弓道社社長，早代表學校對外拿下好幾座冠軍獎盃，那間社團鍛鍊室也是仗著她的「豐功偉業」申請到的。

特權，她明白。

私立大學總是希望多點誘因收進更多學生，而柳晴風出眾的弓技，正是學校最好的宣傳品，所以無論如何也得巴結巴結。

看她攜弓帶箭仍舊樂此不疲，必是真心喜歡這門技藝。

一顆排球倏地掠過沈舒澐面前，打斷了她沉浸中的思緒，順著方向望去，白色的制服很難不讓沈舒澐認出，那是早上在她們店內撒野的高中生。

萌芽般的惡意，是來尋仇的。

「喂！會不會打球啊！」柳晴風率先開砲，「高中生？高中生怎麼可以來這裡？不用上課嗎你們！」

「三八，管很多欸妳！」染著一頭金褐髮的男生回嗆，他是這群人中唯一沒去早餐店的。

「你說什麼，有種再說一次！」她堂堂大學生，居然被一個高中小屁孩叫三八⁉

「我說過，我不會那麼簡單就算了。」高壯男生嵌著冷笑，「老闆娘，還有你這個看相的，藥吃了沒？」

「呵，你們沒把我的話聽進去嗎？」姜尚霆富饒趣味地勾著笑，「大難臨頭了，還不安分守己一點？」

「這哪來的神經病？」金髮男皺眉問著同夥。

神經病？沈舒澐可不這麼認為，瞧姜尚霆說這話的同時，那痞子身後的兩個同夥可是傳來陣陣的不安。

「怎麼知道我在這裡？」沈舒澐毫不畏懼，比起他們幾個，是有更需要擔心的東西。

「別小看我的勢力，今天你們當眾讓我難堪，就該想到會有這樣的後果！」高壯男生走上前，手裡握著應是體育館裡的棒球棍。

其他人見狀也紛紛上前，呈半圓形圍住沈舒澐三人。

「太誇張了！」柳晴風一一掃視這幾個或許還未成年的高中生，他們把這當什麼地方了？這裡是學校耶！

『總是……如此……』

這句話倏地讓沈舒澐繃緊神經，是校車那一個！

劈啪……細微的雜音使沈舒澐稍稍分了神，抬頭，她才發現那該是明亮的天井燈像是蒙上了一層灰，接著暗下，無力地閃爍燈光。

而這一頭對峙中的人完全沒有發覺，當她望向姜尚霆時，竟發現他也望著她。

說到底，他是這群人中最愜意的一個，神態自若不說，雙手還插著口袋，簡直看戲般悠閒。

「把球棒放下！」柳晴風蓄勢待發，只待一個引爆點她就會立刻放箭。

「哼，少拿那種騙小孩的東西唬我。」高壯男生嗤之以鼻，連身高都矮他一截的人還想嚇唬他？

沈舒澐忍不住搖頭，他慘了。

咻！鏘鏘鏘……

「我沒在跟你開玩笑！」柳晴風射掉球棒，立即又從箭袋補上一支，「誰再上前半步，我立刻放箭！」

哇。姜尚霆讚嘆般看著充滿氣勢的柳晴風，完全與剛才的她判若兩人呢。

高壯男生瞠目定在原地，忍受著虎口傳來的陣陣疼痛；而其他人則是被柳晴風嚇了一跳，通通退回高壯男生旁。

「先說，我要是你們，我會立刻離開這裡喔。」一直旁觀的姜尚霆笑著，沈舒澐總覺得當他說話時，都會有兩隻驚弓之鳥特別不安。

餘音未落，天井燈很乾脆地劈啪一聲滅了，緊接著一盞接一盞，明明滅滅，最終都在幾秒內全數熄滅！

「怎麼回事……」燈光猝然全滅，陽光又照不進體育館內，讓刺蝟頭男生在原地有些惶惶不定。

『總是……仗勢欺人。』

來了！沈舒澐感到怨念逐步逼近，到此刻她才明白，亡者針對的不是她，而是……

她被拉了向後，溫柔的聲音在她耳畔響起：「小心，這裡很暗，我們先出去。」

「小風也是，走囉。」她可以感受到身子被緩緩推動，即使在這種時候，姜尚霆仍舊非常紳士地讓她們先行。

失去照明的體育館內一片漆黑，僅能依靠門口的微弱光線勉強判別方向，刺蝟頭看見逐漸鮮明的遠去人影，也不禁開口，「老大，他們都走了，我、我們也出去吧？」

「對、對啊……」小平頭抓著身前高壯男生的衣角，「老大！」

「別拉我！」高壯男生用力甩掉抓著他的手，「幹你們兩個怎麼變這麼沒種!?」

「我……」

「別回頭，繼續走。」感覺到前頭的柳晴風頻頻有想回頭的衝動，姜尚霆連忙勸阻，這是人家的事情，他們不宜涉入。

沈舒澐自是毫無疑問的往前，她已經感應到這位亡者對她們沒有惡意，也不會傷害她們。而且這個姜尚霆……似乎是具有特殊能力的人，才能在這種情況下輕鬆自若，所以她最好聽從建議，走就對了。

這時，燈亮了，卻亮得太過異常，刺眼的白光照射在平滑地板上，再反射進人眼，無疑是種加成傷害。

高中生們緊閉眼睛，無法理解此時狀況，只看高壯男生使勁一睜眼，瞥見大門方向，竟把心一橫直接暴衝出去！

其他人聽到動靜也有樣學樣，先是小平頭，再來是刺蝟頭，好不容易最後的金髮男也要通過那大門時——

咻——砰！

大門倏忽關上，像是有人從外使勁甩門般，狠狠地將金髮男打飛回去，那玻璃窗撞擊到鼻樑的同時，清脆的斷裂聲應聲傳出！

金髮男倒在冰冷的木質地板，感受著全身體溫的流失，他開始覺得好冷……可是他痛到無法動彈，只感覺到鼻血不斷泉湧而出，他甚至完全不敢去觸碰鼻子！

他知道自己的鼻子一定毀了……毀了……

『喜歡……霸凌嗎？』

乾淨而飄渺的少年嗓音從他正上方傳來，他痛得睜不開眼，但是、但是他記得這個聲音！

那天晚上，在樹林裡——

他的身體瞬而飛起，眼皮無法控制地被強行睜開，他終於看見，那張削瘦白淨的臉蛋，以及一雙無情的銳利眼神。

「對、對不起，我知道錯了！我、我、不要——」

咚！

◆◆◆

尖峰時段，地下餐飲部只有單一出入口提供進出，因此人潮只要一多，很容易便會擠得寸步難行；加上地下室密不透風，排氣設施又不完善，是以進去不消五分鐘，黏膩的油煙味就會沾滿全身！所以不少學生對地餐又愛又恨，愛的是價格親民一些，品項也多元；恨的則是那不良的動線規劃與惱人的油煙味。

否則不吃地餐，唯一選擇就只剩一樓的麥當勞了。

是的，麥當勞。

沈舒澐總是認為，引進麥當勞說不定是這所學校少數的幾個偉大創舉。雖說速食並不健康，價格也不斐，但學生最愛的就是這味啊！

走出體育館後，其間都沒有人主動開口，連一向聒噪的柳晴風都安靜得出奇，直到下了樓，一個顯眼的攤位才吸引了他們目光。

那攤位迥異於一般的社團招生擺設，反倒像夜市裡的算命攤，土黃色桌布綴飾著簡單的八卦圖騰，桌面上除了擺飾幾枚銅錢外，就屬那兩旁壁壘分明的人群最為醒目了。

不分學生或老師，幾乎都在那攤位的兩旁簇擁著，但始終沒有人敢擋在攤位正前方，沈舒澐因而看得清楚，正中央坐著的，是一名戴著面具、全身披著黑色斗篷的人，從身形上來看，略能分辨出是男性。

剛剛有這玩意兒嗎？沈舒澐存疑，她記得早先這裡還空蕩蕩的沒什麼人。

「咦？這難道是！」柳晴風的語氣難掩興奮，這可是學校有名的人物啊！

打從入學開始，她就聽學長姐提起學校有個謎一般的占卜師，每週都會出現一次，位置隨機，舉凡人來人往的室內廣場，抑或人煙罕至的地下室，都有機率像現在這樣，突然出現，過沒多久便圍起人群。

傳聞他占卜神準，從未失算過！但，奇人異士總是有些怪規矩，比如他一天只算三次，對象也是隨機，只要三次的額度算滿，馬上就收起東西離開，即便有人想纏著他也沒用，因為……最後都沒人能追上他，可說是神龍見首不見尾的一號人物。

沈舒澐腳剛著地，便見那名占卜師緩緩抬起了手，指向她。

人群順著手指方向望去，有訝異、有失望、有哀怨，因為這代表能被占卜的名額又被佔走一個了。

『可惡，名額又沒了！』

『好好喔！真羨慕……』

『枉費我是第一個來的說……』

「這是？」沈舒澐蹙著眉頭，她真心不喜歡受人矚目的感覺，按照她的個性應該馬上扭頭就走，但身旁卻有個傢伙尖叫著把她推向前。

「哇賽舒澐妳好賺喔！」柳晴風雀躍地拉著沈舒澐的手，「這是學校有名的占卜師啊！」

「……我沒興趣。」沈舒澐撥開她的手，口吻有些不耐，「妳不是餓了？」

「飯可以等一下再吃，不會跑掉啊！」柳晴風無辜地嘟著嘴，「這種機會千載難逢耶！」

像她入學三年了，每天也會在學校到處亂晃，但遇見野生占卜師的次數卻屈指可數，何況就算見到了，她也不是被占卜的那一位。

「占卜？真有意思！」姜尚霆興味盎然地看著沈舒澐，眼神也透露著期待。

「……唉，知道了。」並非因為身旁的兩人，而是她知道在場圍觀的人群比她更沒耐性。

坐上攤位前的折凳，她這才看清楚，在面具底下，隱藏著的是一雙成熟卻幽深的雙眼，恍如深海般寧靜，且沒有一絲意念流出。

「同學，妳我今日有緣，就讓我替妳卜一卦吧。」占卜師一襲黑色斗篷，全身看似包得密不透風，雙手戴著的黑皮手套更具遺世獨立的神祕感，「有什麼想問的嗎？」

「……沒有。」比較令她感興趣的是，這個人的聲音聽起來應該和她們一樣是學生，所謂的準確度，她持保留態度。

「既如此……」占卜師伸出左手，飛快地掐指一算，幾乎可以說是沒有絲毫拖延，「同學，我贈妳一句。」

「无所往，其來復吉；有攸往，夙吉。」

「……不懂。」她雖然是中文系，但不代表任何文言文她都能聽懂。

「雷水解卦，是為險而動……」占卜師平穩地解釋卦象，「請恕我直言，同學將置身於險境之中。」

這番話讓周圍的師生聽得心驚膽跳，一來是為這位占卜師的直言不諱感到尷尬，二來是因為預言如果成真，豈不是代表眼前這位女孩即將遭遇什麼凶險？

「呃……那該怎麼辦啊⁉」事主還沒回應，柳晴風已著急地搶著回話。

「內為坎水，凶險之象，然險而動，動則脫險；簡單來說，要是今天無事，最好趁早回家，若是有事，也趕緊辦妥。」占卜師向四周圍行禮，「今日三卦已畢，感恩。」

人潮逐漸散去，占卜師更是收起銅錢桌布就立刻消失得無影無蹤，只留下他們三人在原地。柳晴風一臉焦躁，明顯是受到卦象影響，不停來回踱步，彷彿她才是被占卜的人。

「妳冷靜點。」沈舒澐完全沒把占卜師的話放在心上，「算命只是參考，何必這麼認真？」

「他說妳今天很危險，我想了想，好像真的是這麼一回事耶！」柳晴風伸出手指統計，「喏，一早妳搭校車出事、剛剛差點被當墊背、然後又遇上屁孩挑釁，該不會妳今天真的——」

「我沒事，不也好好地站在這跟妳聊天？」沈舒澐取出錢包，「走了，再不走沒時間了。」

「哎唷，好啦好啦。」柳晴風咕噥著，悄悄碎步到姜尚霆旁尋求支持，「你都沒有什麼話想說喔？」

「舒澐同學不是說了嗎？占卜這種事，只是一種參考、一種警惕，提醒我們做事情盡量謹慎一點。」姜尚霆揚起笑，「並不是要我們成天提心吊膽喔。」

「好吧，你說的也對！」柳晴風換上一抹了然於心的笑容，「吃飯囉！」

走在最前頭的沈舒澐不禁搖了搖頭，她從沒見過有人情緒轉換可以如此快速又徹底。

擠進地餐後，僅止五秒，沈舒澐就後悔了，這濃厚的油煙味……她才剛沖完澡的……

「舒澐！這家飲料店自製的紅麴珍珠很Q耶，妳要不要買一杯啊？」望著柳晴風手上大碗小碗，沈舒澐有說不出的無言。

「……妳買這麼多，待會吃得完嗎？」沈舒澐不明白，看這份量根本是要野餐了吧？

「哎唷我早上睡過頭了，沒吃早餐嘛！」柳晴風盯著菜單上的飲品，很認真地在猶豫要選烏龍奶綠好，還是蜂蜜檸檬好？

見到柳晴風為了飲料陷入膠著，沈舒澐也不禁走上前，在這樣冷的天氣，好像喝杯熱飲也是不錯的選擇……

「妳有推薦的飲料嗎？」大學三年，她幾乎沒下來過，不因婆婆總會幫她準備好吃的，而是她討厭人多，「什麼紅珠很好吃？」

「紅麴珍珠啦！」柳晴風還在兩難，真的好難抉擇啊——「決定了！」

櫃臺人員一臉如釋重負，她等這位同學等好久了……後面還有一堆客人排隊啊！

「我要烏龍奶綠，熱的半糖，加珍珠喔！」柳晴風轉過頭，「妳要喝什麼啊舒澐？可以順便幫妳點！」

「兩杯微糖熱珍奶吧。」既然答應請人家吃飯，她也不會在意這點小錢。

接到點單，雖然只是位工讀生，動作卻也頗熟練，但還不及她們這種早餐店操出來的身手快速——店裡人手少，只有婆婆和她，在尖峰時間，她可是得一個人當好幾人用。

取走飲料，她們回到沈舒澐特意挑的角落位置，那兒有張小圓桌，人潮也比較零散，否則過度密集的雜念，再加上喋喋不休的柳晴風，絕對會讓她痛不欲生。

「給。」沈舒澐買的都是柳晴風推薦的食物，有炒泡麵、咖哩飯、和若干炸物，應該是夠姜尚霆選擇了。

「哇，這麼豐盛啊！」姜尚霆開懷而笑，「謝謝妳們喔。」

「嘿不客氣！」柳晴風坐了下來，看向沈舒澐的心情有些興奮，「這是我認識妳以來，第一次跟妳坐下來一起吃飯耶！」外加一個陽光帥哥，根本賺！

「嗯哼。」嚴格說起來，她是今天才正式認識這位柳晴風同學，瞧她說得好像已經認識有段時間了一樣？

啜飲了口熱珍奶，味道與市面上的手搖杯大同小異，也不如她們店裡的奶茶香醇，不過Q彈又帶有嚼勁的珍珠口感確實不錯，婆婆應該很感興趣。

她們店內有許多餐點都是婆婆從別人那兒學來再去蕪存菁過的，這才能隨時滿足大眾的喜好，也是生意好的撇步之一。

「是說，我不知道妳這麼厲害。」她指的是柳晴風的弓技。

「蛤？喔！我從以前就開始學射箭了，所以技術上比較純熟一點囉。」柳晴風說這番話時，隱隱地透出連沈舒澐都意外的情緒——悲傷、惋惜，雖然很細微，但還是被她捕捉到了。

這傢伙，也會有什麼傷心往事嗎？通常越開朗的人，內心是越空虛且脆弱的，所以才必須用快樂來武裝自己。她覺得這種人生活起來挺辛苦，也許很多時候並不是那麼開心，卻也要偽裝得很高興……太累了。

「對了！尚霆，還沒問你怎麼會來我們學校耶？」柳晴風挖了一大口焗烤飯品嘗，左手還有一整塊炸雞排待命中，絲毫沒在顧慮形象。

「這個嘛，當然是專程來找人囉！」他講這句話的同時，雙眼直視沈舒澐，讓一旁的柳晴風都快尖叫了！

「咦咦——你、你們⁉」她雙眼發光地望著沈舒澐，這是活生生上演的偶像劇情節嗎！

「唉，你別鬧。」旁邊這位傳來的期待與激動讓沈舒澐有些無法消受，太花痴了。

「哈，玩笑玩笑。」姜尚霆發現這兩個女生的性格各有特色，滿有趣的，「我來貴校，主要是想調查一些事情。」

「是什麼事啊？方便說嗎？」神祕兮兮地，柳晴風聞到八卦的味道。

「沒什麼，只是受友人之託，要到貴校後山一趟而已。」姜尚霆輕笑出聲，開始動手挑起食物，「這些東西看起來都很美味呢。」

「等一下，你說後山嗎？」柳晴風舉手喊暫停，「先說不是我危言聳聽喔！聽說學校後山啊，不太『乾淨』喔！」

「喔？有什麼傳聞嗎？」姜尚霆勾著嘴角，打趣地詢問。

「就……聽說上面很荒涼，魔神仔不少，常常有人上去就找不到下山的路，到了夜晚，還會遇見動起來的雕像喔！」柳晴風奮力撕下一塊雞排，一副不以為然的樣子，「我也只有大一登山課的時候上去過，所以我也不知道真的假的。」

沈舒澐停下手邊動作喝了口奶茶，關於柳晴風所說的，她也有所耳聞，而山上什麼沒有，孤魂野鬼最多，她不會傻到自找麻煩，是以每逢登山課，她都藉故請假。

「這樣啊……多謝妳的提醒，我會盡量小心一點的。」姜尚霆笑著回答，卻一臉游刃有餘，很明顯已成竹在胸。

不過看在沈舒澐眼裡，這是料想得到的反應，體育館的事，幾乎能讓她確定，這個姜尚霆是個具有特殊力量的人，會這麼鎮定也很正常。

「是說剛剛那些屁孩怎麼回事？聽他們說的，是要找你們尋仇？」柳晴風到底還是忍不住好奇心，「竟然登堂入室找碴，簡直無法無天啊！」

「呵，息怒，找碴向來不需要理由的，相信妳剛剛的箭術，應當讓他們不敢再造次了。」姜尚霆露出一抹意味深長的笑，「那些高中生這麼跋扈，是該被懲治一下。」這也是剛剛他不出手的原因。

學生打不得、罵不得，老師只要稍有動作，就會被冠上管教過當的罪名，再藉由怪獸家長與媒體的鼓吹，很容易就形成公審，在這樣的風氣下，誰還敢得罪學生？

所以學生一個比一個囂張，因為他們是孩子，還不懂事，做任何事情都得以恣意妄為，反正再怎麼慘也不會被抓去關，年齡就是他們最大的靠山。

然而大眾多多少少都知道這樣的因果導致，只是一旦自己的孩子受罰，不分青紅皂白一味怪罪老師的人還是佔了絕大多數。

到最後學生邁入歧路、自食惡果，卻反怪老師教育失敗，他不懂這種匪夷所思的想法從何而來。

自己造的孽，卻要別人擔？

「是嗎……」沈舒澐這句說得極輕，那陰寒的怨念、切實的恨意，恐怕不只是懲治這麼簡單吧？她相信自己的能力。

「嗯？那不是小風嗎？」遠處傳來兩個女生的竊竊私語，「她對面的男生是誰？好帥喔！」

「真的耶！真的滿帥的……那不是那個怪咖嗎？怎麼她也在？」

淡而濃厚的敵意由遠至近，不必看沈舒澐也知道來人是誰了。

「嗨，小風，妳怎麼會在這啊？」佘曼珊徐步走來，就算在冬天，她照樣穿了件熱褲以襯托她的長腿，「聽說剛剛又有人跳樓了呢。」

「在這當然是吃飯啊，我知道有人跳樓啦，我還差點遭殃哩！」柳晴風啃著熱騰騰的雞排，嗯……真好吃！

「那妳還好嗎……這位是誰？沒有看過的生面孔呢……」外貌柔弱的祁欣也走了過來，她也對這位男生好有興趣喔。

「喔，他是外校來這裡做報告的！」柳晴風轉了轉眼珠子，「好像是做……田野調查的？對，田野調查！」這麼說應該沒錯吧？後山也是田野啊！嗯！

噗哧，姜尚霆笑在心底，這個柳晴風真是相當有趣的人。

「這樣啊……」佘曼珊刻意攏了攏她那頭褐色長髮，對著姜尚霆伸出手，「你好！我叫佘曼珊，她是我朋友祁欣，跟小風一樣叫我曼珊就可以了！」

姜尚霆放下手邊的食物，也起身握手表示禮貌，「敝姓姜，很高興認識妳們。」佘曼珊大方地自我介紹，甚至已向對方索取聯絡方式；而祁欣只在原地微笑點頭，內向的她沒有曼珊大膽。

這時兩名女孩走來，同樣是她們班上的學生，娃娃音的曾麗淑與戴髮箍的施育婷。她們親暱地互勾著手，展現如膠似漆的友情，一向機伶的施育婷總是負責瞻前顧後，她看準還有兩分鐘就要上課，便提醒佘曼珊與祁欣把握時間。

「曼珊……快上課了，我們先過去好嗎？」祁欣有點著急，這堂課都會準時點名，遲到的話老師還會罵人，為了書卷獎，她不能浪費任何的分數！

「喔……好吧，一起走嗎小風？」要是在普通時候，她應該沒這麼熱情，但提出邀約，也許能爭取到這位帥哥同行的機會，她不能放棄！

「喔妳們先去，我還沒吃飽，反正遲到被扣個一兩分也不會被當！」對柳晴風來說，優先安撫好五臟廟比什麼事都重要。

「好那待會見！」佘曼珊難掩惋惜，但還是揮手向姜尚霆告別，「雖然很可惜，但下次有機會再一起吃飯吧！」

「妳不跟去？」沈舒澐等到她們走遠才說話，那兩個女的一個對她有意見，一個對她對面的有意思，吵。「我以為妳們一起的。」

「那堂課沒差啦，每次都要準時我哪有辦法！」柳晴風咬下最後一塊雞肉，起身，把桌上的垃圾都收進餐盤裡，待會再拿出去分類。

「哈哈，瞧妳說得好像要準時是一件難事？」姜尚霆笑出一口齒白，也把該回收的整理成堆。

「就沒辦法嘛，我常常睡過頭連早餐都沒吃，中午就要多吃一點補回來啊！」柳晴風噘著嘴，還是以前有爸媽會叫她起床好……

上課鐘響，沈舒澐等人在那兒坐到大部分的學生都離開後，才悠哉悠哉地離開地餐，臨走前，她額外多帶了一杯珍奶，為的是讓婆婆也嘗嘗那Q彈的口感。

他們站在綜合大樓一樓的書局前，看著底下井然有序的隊伍，時值下午第五節課，有少數學生已經結束本日課程，正趕著搭校車回家，準備享受晚上的狂歡；早上翻覆的校車殘骸已然清理乾淨，所有校車照常運行，而教學大樓前的血灘亦已刷洗完畢，一切就彷彿沒發生過……

「所以，你要上山去了？」沈舒澐自從出地餐後，總感覺有些不對勁，但也說不上來。

「呵，舒澐同學，妳知道閩南語中的上山代表什麼意思嗎？」姜尚霆手裡還拿著未竟的珍奶，他喜歡這珍珠的咬勁。

「我知道我知道！」柳晴風搶答般地舉手，「是出殯對不對？」

「賓果！」姜尚霆一個彈指，還不忘附贈一抹笑容，「小風很聰明喔。」

「……沒事的話我要走了。」遇上一堆麻煩事，要不是還有必修課，她一定毫不猶豫地回家泡澡休息，度過一年的最後一天。

滴答滴答……天空開始飄落絲縷般的細雨，滴在臉上，不覺有些冰冷。與此同時，廣播器開啟的聲音沙沙作響，聽見這個聲音，沈舒澐忽然有十分不好的預感湧上心頭。

「注意、注意，軍訓室廣播，請弓道社社長柳晴風同學立刻到軍訓室一趟，再重複一次……」

「咦？我？」柳晴風拔尖聲調比著自己。

同一時間，沈舒澐感覺到龐大的壓力自四面八方灌入她的——

「呃啊！」

「舒澐！」

第四章　甦醒

學生的嬉鬧聲、廣播的沙沙聲、警衛的鳴笛聲，搭上雨天特有的草味、雨滴在臉上的冰冷觸感，所有感覺綜合在一起，她卻一時無法分辨，無法承受。

她只知道當自己即將倒下的時候，被一陣暖意所包覆，腦子裡嗡嗡作響，全是片段而零碎的聲音，幾乎令她頭痛欲裂！

『又來了，今天多了好多同伴啊！』

『嘻嘻……第幾個？還有多少個？』

『更多、還要更多！喔喔喔——』

這齊聲的歡呼……是……

「舒澐、舒澐！」女孩焦急的聲音傳來，「妳怎麼了？別嚇我，快醒醒！」

沈舒澐勉力睜開眼睛，突如其來的意念衝撞讓她有止不住的噁心感，就像一瞬間被大量異物塞進腦內般，直讓她無法負荷。

「我、我沒事……」沈舒澐想掙脫那溫暖強壯的臂膀，卻發現自己連站起來都做不太到。

「怎麼會這樣！」柳晴風在一旁快急死了！

姜尚霆神情嚴肅地環顧四周，什麼情況？此地的亡者幾乎全數甦醒，比他來時更為激奮！再看向懷裡虛弱的女性，他也不明白是怎麼回事，要是說她作戲，這未免太過牽強，也沒有必要，何況她面無血色、嘴唇蒼白，這不是用裝就能裝得出來的。

難道她……看得到？聽得見？甚至也是靈能者？

不管怎麼樣，現在在他懷裡的，只是一名需要幫助的女性，「小風，保健室在哪裡？請妳帶路！」

「不……別……」沈舒澐勉強吐出這幾個字，「先帶我……到人少……的地方……」圍觀的群眾越多，意念也就相對紛雜，現在的她，禁不起多承受一絲多餘的雜念。

姜尚霆神色凝重地擰起眉，他感覺到懷裡的人兒已然暈了過去，這更證明她不是演戲。「小風，有什麼地方能讓舒澐同學暫時休息的？」

「嗯我想想……」柳晴風努力地把保健室以外能去的地方通通想了一輪，「啊有了！跟我來——借過借過別擋路！」

姜尚霆索性將懷中的沈舒澐一把抱起，跟著柳晴風在人群裡四處穿梭，他可以篤定，這所學校裡一定哪裡出了事，才會讓亡者們變得如此激動！

難道——是體育館那個亡者？不，不太可能，雖然對方刻意隱藏了形體，但他還是看出那是高中生的靈魂，論力量，應不至於能在光天化日之下造次……嘖！

他跟著柳晴風下了樓梯，抵達一個漆黑、像是地下倉庫的地方，接著看她拿出鑰匙，往其中一扇內門插入，喀嚓一聲，便又得一開闊。
他信步而入，藉著柳晴風的手機照明，將懷裡的人兒安置在一組沙發上。回首，他不禁疑惑，
「這是什麼地方？」
「這裡是我和社團老師討論活動時的會議室，但現在沒申請，學校也就沒有供電，將就一下囉。」柳晴風持續拿著手機，才有辦法看見空間裡的兩人。
「小風，舒澐同學以前發生過類似狀況嗎？」雖然答案他猜得到，但還是想進一步確認。
「這個……我也不清楚耶……」柳晴風坐在軟墊上，聲音有些落寞，「其實我是到今天才真正跟舒澐有互動的……」
「以前的舒澐，從不跟班上同學打交道，就像個獨行俠，所以引來一些同學的不滿……激進一點的人，就會像曼珊那樣，直接把討厭的情緒表現出來。」
姜尚霆靜靜看著沈舒澐沉睡的臉龐，精緻的五官，比起木雕娃娃有過之而無不及，實在難以聯想個性如此反差，若非親眼目睹，他也很難想像有這樣的人存在。
畢竟人屬於團體動物，一個人就算再孤僻，也不可能總是獨來獨往，尤其求學歷程中，同儕更是成長、尋求認同、尋求歸屬不可或缺的存在，但，眼前這位女孩卻視之如無物。
是什麼樣的心理創傷造就她這樣的個性嗎？
「不過……即使大家都討厭舒澐，我也知道，舒澐絕對不是大家口中那種冷漠無情的人。」柳晴風的口吻忽然變得堅定，「至少我是這麼確定的。」

微微笑意浮現，跟這位柳同學相處起來，確實沒什麼壓力，一方面是她的個性使然，另一面則是她不會將負面情緒建諸他人身上，這點姜尚霆相當敬佩。

「我啊，有好幾次看到舒澐拿飼料餵我們學校的野貓，這就證明她其實是個有愛心的人。」柳晴風回憶起早上餵貓的情景，淡淡地笑了起來，「再加上今天跟舒澐的相處，你就會發現她其實沒有那麼難以接近。」

「做人不能只看表面，交友更不能以貌取人，而是要用心去感受。」柳晴風撫著胸口，下意識地說出不像是她會說的話。

不曉得是不是錯覺，姜尚霆總感覺這番話語的背後，隱隱約約透露著淡淡悲傷。

冰冷的空氣吸入肺腔，躺在沙發上的恬靜女孩逐漸恢復意識，但她覺得好疲憊，腦子活像被重擊般陣陣暈眩。

她在哪裡？她自己也不清楚，只覺得所在位置很安靜，幾乎沒有任何雜念……只有兩股擔憂她而焦慮不已的念，是……是——

沈舒澐倒抽了一口氣瞬間起身，發現自己竟身置不知名的環境中！

周圍漆黑一片，但依照念的方向推估，坐在她對面沙發的是今早才正式認識的聒噪同學；另一個站在她旁邊的，是在她們店裡用餐，卻在她遭逢意外時頻頻出手相助的客人。

她……暈過去了？許多事情她一時半刻記不起來，她只記得下雨了、廣播器響了，還有——

沈舒澐微瞠雙眼，她想起來了，那整齊劃一的歡呼聲！看來……體育館那幾個應該凶多吉少了，才讓亡者如此亢奮。

「舒澐，妳終於醒來了！妳還好嗎？」柳晴風打開手機照明功能衝了過來，臉上滿是憂慮之色。

「嗯，我好多了。」沈舒澐環顧四周，是她從沒看過的地方，「這裡是？」

「這裡是大排演室裡的小房間，平常有活動我都會在這和老師跟幹部討論。」柳晴風手裡還拿著鑰匙，「舒澐，妳剛剛嚇到我了！到底發生什麼事？」

「我……剛剛是你背我過來的？」沈舒澐看向另一側的男人，他的神情凝重，首次露出認識以來除了笑容以外的表情。

「妳真該好好謝謝尚霆的，他抱著妳來到這裡，可是要下樓梯的喔！」加上跟著她東跑西跑，她光想手臂就覺得痠。

「真是……抱歉，又麻煩了你。」沈舒澐攀著沙發想站起，卻使不太上力。

「大家都是朋友，別這麼說，先坐下好好休息。」姜尚霆倚在牆邊，這個小房間不大，只有一組沙發跟一張小圓桌，所以他選擇靠牆節省空間。

朋友……嗎……沈舒澐不曉得多久沒有聽到這個詞了。

因為她與生俱來的能力，讓她足以辨明誰是真心誠意、誰又是虛情假意，是以世間人性醜惡，盡收於她眼底。

她看過許多血淋淋的事例，比如表面和樂融融的兩兄弟，私底下卻各自盤算如何將萬貫家產爭到手；又如人人稱羨的神仙眷侶，男的帥女的美，但其實各懷鬼胎，並各自有祕密情人在外。

連最親近的人都會搞背叛謀殺，究竟還有什麼事是人做不出來的？

所以對她而言，只有自己才是自己的依靠，也唯有自己，才能完全信任。

但她卻從眼前這兩個認識不到一天的人身上得到確確實實的關心，沒有利益、沒有目的，純粹出於關懷之情，幾度顛覆她二十年來對於人性的認知。

或許，這便是所謂的友情……下意識地觸摸自己的心窩，竟彷彿也感受得到那股暖意。

「謝、謝謝你們……」良久，沈舒澐真心誠意，由衷地說著。

「啊——」柳晴風用力伸著懶腰，這麼冷的天好不容易可以在室內取暖，實在很不想出去吹冷風，「既然舒澐沒事，那我也該去軍訓室一趟了！」

「等等。」沈舒澐爬起身，經過短暫的休息，她已經沒有那麼不適、力氣也逐漸回湧，「我也去。」

「不好吧，妳剛剛倒下差點沒把我嚇死耶！占卜師才說妳今天凶險，結果妳就馬上暈倒了！」柳晴風有點擔心，「妳身體還好嗎？而且妳為什麼會暈倒啊？」

姜尚霆倚著牆邊不發一語，但從他認真的表情來看，他也想知道原因。

沈舒澐暗自吸了口氣，她已經感知到這兩個人是認真的，要是不說點什麼，他們是不會那麼容易罷休的。

「我貧血。」

她說謊。儘管此刻他們對她是真，也難保下一秒不會被視為異類……尤其，姜尚霆是具特殊力量的人，或許她的這種能力，在他眼中更是一種不幸與災厄。

人與人之間的情感有時候是很脆弱的，而歧視與偏見，更是可怕。不需要一個正當理由便可群起攻之，可因為膚色人種之屬，也可因為表徵性向之類，只要殊於常人，便會被冠以邪僻佛異之名，而行多數暴力之實。

不論古今、不分國界，遠從納粹猶太、白人黑人，近至原住民、同性戀，便可得窺一二這種優越感使然而鄙夷歧視的現象。

沈舒澐不難理解這種想法，那是一種將自尊建築在踐踏他人上的做法，為了使心理產生比別人強、比別人棒的自覺。只是她無法苟同，這種歧視所帶來的優越感，究竟能為他們的人生帶來什麼？如果說他們的人生意義得藉由貶低他人才能獲取，她會覺得這些人十分可悲，終究是得依靠別人才能找到存在價值的可憐人。

縱使她從不在意他人眼光，也不介意被歧視，但總希望能避免無謂麻煩。

她的麻煩已經夠多了。

「是喔……」柳晴風半信半疑，舒澐不是才跟他們一起吃過午餐嗎？這樣也會貧血喔？

「走吧，我跟妳去軍訓室。」沈舒澐側首看著柳晴風，她感應到了，但她不願多作回答。

「討厭！真搞不懂幹嘛把我叫去軍訓室啊！」柳晴風不甘不願地繫上箭袋，不忘把長弓也挾在手臂內。

「其實你們都忘了一件事。」沈舒澐盯著柳晴風身後突出的箭尾，「剛剛妳的箭矢，落在了體育館。」

「而那些學生——」沈舒澐對上姜尚霆其實很漂亮的雙眼，「恐怕出事了。」

走出小房間，沈舒澐才首次見識到大排演室的全貌，聽說這裡是國術課專用的地方，即使沒有開燈，還是可以看見教室前方是由一面面鏡子所構成的鏡牆，剩下的牆面則有軟墊包覆，以防在練拳的時候受傷。

柳晴風並沒有帶他們從大排演室的門口離開，而是打開另一扇隱門，其內是一小段往上的石磚階梯，像是逃生時使用的通道，姜尚霆對此很熟悉，那是他們來時的路。

拾級而上，再打開門就是鄰近一樓麥當勞的位置，只是地處偏僻，也沒什麼人在此遛達。

不過是間教室，弄得像防空洞似的做什麼？這是沈舒澐內心的想法。

抵達二樓軍訓室，一進門就看見幾個教官和老師板著臭臉討論事情，其中戴眼鏡綁馬尾的女老師柳晴風一眼就認出，是她們社團的指導老師，周盈君。

「盈君老師，妳怎麼會在這裡？」柳晴風主動向前詢問，唯有沈舒澐讀出這些人焦躁的原因如她所料。

「啊，小風，妳來啦！」周盈君的表情有些複雜，卻欲言又止，最後是一名教官把柳晴風帶到角落，一群人喁喁細語不知說些什麼。

「舒澐同學，我有些事想問問妳，方便嗎？」趁著柳晴風不在，姜尚霆打算開門見山，他不是不相信沈舒澐剛剛說的，只是他覺得另有他因。

「嗯哼。」沈舒澐毫不在意，她就算不讀他的念也知道他要問些什麼。

「妳是直率的人，我也就不拐彎抹角，言語當中如有冒犯，還請妳見諒。」姜尚霆直接提出質疑，「關於妳的昏厥，我認為——」

「舒澐！尚霆！」柳晴風一臉慌張地跑了過來，打斷姜尚霆即欲出口的話語，「他們說體育館有人死了！」

果然，一切正如沈舒澐所料，怪不得校內四處充滿了急切而激昂的念，接二連三的血腥，終於讓這些非人的情緒產生暴動了嗎？

姜尚霆聞言，不由得鎖起眉頭。終究因為他一念之仁，讓事情變糟了嗎……

「警方在現場找到一支箭，所以我們只好廣播請柳同學過來一趟，看能否協助警方找到這支箭的主人。」教官走了過來，手上還拿著警方在現場拍攝的照片，「而周老師是弓道社的負責老師，所以我們也請她來協助警方調查。」

「小風，別緊張。妳是弓道社社長，依照妳的經驗，有辦法辨別出這是哪位同學的箭嗎？」周盈君溫婉出聲，她向來是學生公認的好老師，原因是她夠親民，從不像部分老師老愛擺一副架子，「又或者知道是哪位同學曾在那裡出沒？」

「這個嘛……我看不用看了。」柳晴風尷尬地搔了搔頭，「因為，那支箭就是我的啊……」她看著周盈君囁嚅出聲，像做錯事的孩子般，越說越小聲。

「什麼！小風，妳是認真的嗎？」周盈君一臉不敢置信的樣子，「事情不是妳做的吧？老師相信妳的人格！」
「當然不是我做的啊！要真是我做的，我還大大方方來這自投羅網……」柳晴風扁著嘴抱怨，她又不是笨蛋。
「唉，不管怎樣，先讓柳同學配方警方做筆錄吧。」教官比了比角落的門，「警方在會議室裡，我先進去，妳稍後進來。」
「好，沒問題。」柳晴風深呼吸了一口氣，雖然高中生的死與她無關，但是要跟警方打交道也讓她頗為緊張。
「等等，我也去。」沈舒澐沒忘記她是為了替她解圍才會射箭的，在道義上，她也須負一半責任，這也是她執著要跟來的原因，「說到底，也是因為我，不過死者的死與妳無關，妳大可不必擔心。」
「就進去吧，我跟妳去。」她感知得到柳晴風的緊張，但願她這麼做，能稍微紓解她的緊張感。
「我也跟妳們去。」姜尚霆掛上微笑，沒理由獨自讓女生去面對，「多一個人總是多點照應。」
「好！」有了朋友的支持，柳晴風瞬間打了劑強心針，就連心情也澎湃了起來，「GO！」
她率先進入會客室，裡頭已經聚了四、五個警察，看來事情非同小可，在校車翻覆、又有人跳樓之後，校內就聚集了大批警力，像是在防範又出什麼變卦一樣。
柳晴風還沒說話，幾個警察已經站起，極其訝異地瞠視著她，「妳、妳不是上回捷運的那個同學嗎⁉」

「咦咦！你們是上次誇我見義勇為的警察大哥們！」柳晴風也認了出來，開心地上前寒暄，完全忘記她是為了什麼而進來。

眾人還摸不著頭緒，這裡的審問盤查儼然成了相見歡。

「啊，副局，給你們介紹下，這位就是上次在捷運單槍匹馬制伏歹徒的柳同學。」年輕警察趕緊回頭向幾個不明所以的警官介紹。

捷運？制伏歹徒？沈舒澐秀眉微蹙，好像真有這麼一回事。那時她還在為北捷首次隨機砍人的效應感嘆不已，因為先例一旦開創，隨後造成的模仿效應便不可勝計，先是站外有人持刀揮砍，再來是站內有人持械偷襲，無論是出於好玩、或是真有所圖，那次事件都對整個社會治安影響極大。

而他們說的，是約莫兩個月前，一名甫出社會的新鮮人因為不堪現實壓力，又不滿其他人「過太爽」，是以私挾利刃上捷運，打算仿效先前事例在捷運上大肆殺戮以洩憤。結果人還沒砍到，倒是先被一名女大生用箭射穿雙腿，令該名歹徒當場動彈不得，所有乘客得以安保。

這起事件在當時也佔了幾天版面，隨後就被一則要不到零用錢、便把全家都燒死的逆子弒親新聞所替代。

她依稀記得那時沒有公布女大生的身分，但誰能想到，那名女學生就是這個柳晴風呢？按照她的作風，不是應該衝去拍照外加比個 YA 上報嗎？

高手在民間，沈舒澐越來越相信這句話了。不，仔細想想，從早上認識柳晴風到現在，屢屢最出人意表的不正是她嗎！

「咳！好了，來談正事吧。」坐在中央的青年警官清了清喉嚨，「我叫雲芮，是負責這幾件命案的警官。」

「我們在三樓的體育館內發現一名男高中生的屍體，根據現場人員檢驗，死亡時間離現在不超過兩個小時，死者鼻骨全數碎裂，但致死關鍵卻是胸腔破裂，疑是遭到重物壓迫或衝撞所致。」

「現場除了死者血跡，我們初步找不到其他證據，唯有一支箭落在死者附近，剛剛聽你們教官說，那是您柳同學的東西。」雲芮副局雙眼炯炯有神地盯著柳晴風瞧，「所以把您請到這兒來，是想請問事發當時的經過，還望同學告知。」

柳晴風唉唉兩聲，只好將遇上高中生挑釁、天井燈全數熄滅的經過一五一十地全盤托出，但越是描述，她心中的那把火就越燒越烈。

「我是替我朋友解圍才會射箭的！他們都拿球棒準備打人了，我總不能傻傻站在那給他打吧！」柳晴風氣呼呼地手插腰，「萬一今天出事的是我們怎麼辦！」

「好了小風。」姜尚霆趕緊出聲安撫，瞧她都快跟人吵起來了，「人家警官也沒說妳是兇手，別激動。」

「我只是把我們當時的狀況說出來啊！」柳晴風嘟著嘴，像上次她只射穿歹徒雙腿，結果居然有人指責她防衛過當！

真是太傻眼了，要不是她出手，死的就是她了耶！想到就滿肚子氣！

「嗯……照您這麼說，在您幫同學解圍之後，燈滅了，這位姜同學怕妳們危險，就帶妳們離開。」雲芮副局試著整理當時情況，「而在妳們離開之前，那些學生一直都在那？」

「就是這樣！」柳晴風哼的一聲扭過頭，「所以在我們離開之後，他們出了什麼事情我也不知道！」

「這樣啊……那些學生長得什麼樣子，妳們還記得嗎？」雲芮嘗試從另一條線索循跡，從他的談吐可以感覺得出，是屬於較圓滑的警官。

「喔！一個高高壯壯的痞子、一個剪刺蝟頭的屁孩、一個理平頭的臭小鬼，還有一個染金毛的『8+9』！」柳晴風毫不在乎地自動幫他們加上稱號，她現在還是很不爽被叫三八！

「噗哧……妳還在生氣啊。」姜尚霆忍不住笑出聲，真是喜怒分明的女孩。

「當然啊！」柳晴風哼出兩道火氣。

「打個岔。」沈舒澐冷冷出聲，「想請問，跳樓自殺的，跟體育館死者有關係嗎？」

「嗯？這倒沒有。」雲芮似乎嗅到不尋常的氣味，「您這麼問，是覺得這兩件命案有所關聯嗎？」

「不，只是好奇。」沈舒澐微微意外，她很清楚那名亡者的目的是尋仇，如果跳樓的死者跟那痞子不是一路的，就代表跟這件事無關？或者——還有別的東西存在？

察覺沈舒澐的神色有異，姜尚霆大概可以推測，也許這位沈舒澐同學，對這件事情的了解比表面上要來得多。

「請問警官，柳同學已經把事情的經過交代清楚，因為她們還有課要上，無法久留，所以若沒什麼事情，我們得先告辭了。」姜尚霆掛上一貫的笑容，說話溫和又不失禮數，總令聽者十分悅耳。

「啊，你們請便，謝謝同學配合。」雲芮向旁邊的員警附耳低言了幾句，朝他們揮揮手，「之後若是還有需要同學的地方，還望同學不吝配合。」

「知道了！」柳晴風耐不住性子，搶先離開會議室，出去後，周盈君自然又是一陣關心，最後三人好不容易離開軍訓室，卻赫見外頭已昏暗如暮。

雨水嘩啦嘩啦不停落下，一小時前的毛毛細雨已變成斗大雨珠，在外遊蕩的學子們早已鳥獸散；雨聲霎霎，蓋過一切雜音，沈舒澐卻能感應到眾多鼓譟聲浪中，夾雜著隱隱欲發的惡意！

姜尚霆雖不具有沈舒澐的能力，舉目所見，稍早的亡者們也盡數蟄伏起來，看似平靜，但他的直覺告訴他，這是某件大事發生前的前兆。

唯有柳晴風最為遲鈍，她只當這是尋常的午後現象，還啊的一聲抱怨忘了帶傘。

「尚霆，這下你還要去後山做報告嗎？」柳晴風立刻跑去7-11買了兩把摺疊傘回來，「喏，這把給你。」

沈舒澐瞥了柳晴風一眼，究竟是誰跟她說他去後山是為了做報告的？

姜尚霆接過摺疊傘，溫文儒雅地道了聲謝，「雖然下雨，但答應朋友的事情我還是得走一遭。」他從口袋掏出兩張鈔票給柳晴風，不忘贈上一記眨眼，「給，買傘的錢。多的部分，下次再請我吧。」

「哈哈，沒問題！」柳晴風很阿莎力地收下錢，轉向沈舒澐，「耽擱了好久，我們也回去上課吧舒澐！」

上課？嘴上這麼說，但沈舒澐知道這傢伙絲毫沒把上課這件事情放在心上。

「那尚霆，先掰囉。下次約你要把時間空出來喔！」柳晴風打開Line，將姜尚霆設為摯友名單，「舒澐，走吧，我們走過去很快！」

趁她打傘的空檔，沈舒澐也回首向姜尚霆點了個頭示意，儘管只是萍水相逢，她還是很感謝這個男人今天幫助她的一切……以及視她為「朋友」。

望著兩個女孩遠去的身影，姜尚霆僅是靜靜目送她們到隔壁大樓才離開，明知這位舒澐同學隱藏著許多祕密，他卻無能為力。

也罷，人各有志，他不願強人所難，況且來日方長，他相信他們終究有再見面的時刻。

嘴角揚起，姜尚霆一個旋身，收起摺傘，打算回到麥當勞旁的電梯搭到較高樓層，再向路人打聽去後山的路——

步伐停在空中，霎時之間，重重怨氣至他身後——也就是對面的教學大樓傳來！姜尚霆回首，一雙銳利的眼睛掃視起怨氣來源。

他實在料想不到，和那兩位女孩再聚首的時刻，這麼快就到來了。

同一時間，遠在對面大樓的一樓廁所外，貨梯門正緩緩敞開，慘淡的墨綠色燈光逐漸透出，只待某個倒楣鬼撞見。

下一秒，好幾雙不屬於人類的腳憑空冒出，混合著泥沙與汙水，漫流而出。

「咦？這是……哇、哇啊啊啊——」

開始了。

第五章　坦承

進入教學大樓後，柳晴風用力甩了甩傘，她又是背弓又是帶傘的，總覺得綁手綁腳，但弓箭是她的活招牌，更是爸媽對她的愛，所謂甜蜜的負荷。

沈舒澐看向電梯前的時鐘，現在是下午兩點二十，正值上課時間，所以電梯前一片空曠，讓她十分滿意。

「唉，真麻煩！不知道這場西北雨會下到什麼時候齁？」柳晴風嫌雨傘礙事，索性把它塞入箭袋中。

「……妳知道，冬天是沒什麼對流雨的嗎？」沈舒澐忍不住開口吐槽，她頭又開始痛了。

「咦？是嗎？」柳晴風顯得有點詫異，她還真的不知道！很多東西她上大學後就通通還給國高中老師了，完全顯現出填鴨式教學的弊病，「那怎麼突然就下西北雨了？」

……沈舒澐無言以對，她想表示會下雨就代表不尋常，不過她更乾脆選擇忽視，沒必要跟自己過不去。

「希望只是下一陣子，不然又要淹水了！」

對此沈舒澐很是佩服，在沒人理的情形下她還能繼續講——等等，淹水？

「妳先上去，我晚點到。」沈舒澐像想到什麼似的走往樓梯間，只留柳晴風一人等電梯。

不過柳晴風也不怎麼在意，大概是要上廁所不好意思說吧？大不了待會替她跟老師請個假就好，沒事沒事。

樓梯間位於盡頭位置，在其左側，偌大的空間為開放式咖啡廳，右側格局基本上與七樓相同，是為一列的教室，在其盡頭設有貨櫃梯、廁所，以及作為逃生口的側門。

如柳晴風所想，沈舒澐走到底便轉向右方，直往廁所方向前行。

一樓隸屬音樂系的地盤，因是上課時間，沿途教室無不傳出悅耳的鋼琴聲、管弦聲，若是靜心聆聽，的確有助於心靈上的陶冶與昇華，怪不得古人把「樂」置於六藝之中，確有其道理。

不過，除非逼不得已，否則她通常不會走到這兒來。

也算是有名的校園怪談吧？據說在幾十年前，曾有一群學生死在這，詳情如何她不清楚，但這裡確確實實徘徊著負面的念。

有不明所以，不知道為什麼死了的疑惑之念；也有靈魂無法抽離死亡，仍處於死前的恐慌之念；更有忿恨上天，懷抱大量怨氣的暴戾之念……其中就屬末者最讓她無法招架，以人類來比喻的話，大概就是流氓惡霸之屬，既無理又不祥。

吃過一次虧後，她便選擇不再靠近那裡，沾染了亡者的意念，無謂是讓自己更加浮躁。

如今她來到這裡，不為別的，僅是擔心滂沱大雨下，那隻橘貓沒有容身之處，儘管按照貓的習性，或許寧可躲在花叢底下若有似無地避雨，也不願躲進人群來往的大樓裡，但她還是想略盡心力，起碼不是什麼事都沒做。

纖手抵在隔音門上，推開後，她就得全心全意忽略闖入腦中的意念，雖說生活了二十年，尚不至於練就心如止水、百毒不侵的境界，但專心地來個充腦不聞，她還是能努力做到。

深呼吸一口氣，沈舒澐沒有猶豫地推開門，踏了出去，就在這一剎那，沈舒澐感覺到空間上產生些微的變異，說不上來是什麼，也非意念的波動，但總感覺不大對勁。

滴答滴答……

細微的水滴聲傳來，不像雨聲，會是什麼？而且說來奇怪，這兒經年累月徘徊著久而不散的怨念，如今卻都安分得過頭，敢情是全想開投胎去了？

再向前走幾步，右側是廁所，右前方是側門出口，而左邊……

她愣住了。

「這……」沈舒澐怔然看著眼前所見，她這輩子有意識以來，還從未見過許多「活生生」的亡者現身於人間。

一大票腫脹著身軀，皮膚快被青綠色血管撐爆的女鬼不停滴落著水與沙，稀疏而濕潤的長髮幾乎覆蓋整個顏面，唯有兩輪黑青色的部位能辨識得出是眼眶，因為她們正用那死氣沉沉的眼瞳瞪著她。

在貨櫃梯前，還有個昏厥的女大生正被一綹一綹的黑髮給拖進貨櫃梯內！

真是太天真了！虧她剛剛還慶幸今天的亡者挺安分，她就知道這群不可理喻的傢伙沒那麼輕易想通，否則早各自解脫升天去了！

沈舒澐定在原地，走不得也退不得，原來那異樣的感覺是她闖入了亡者的空間，看樣子，便是所謂的鬼打牆！

既身處於特異空間內，恐怕不必指望有人來救援……哪怕她喊破喉嚨也無濟於事。

該怎麼辦？她從未與亡者槓上過，通常在她感知到有危險時，便會早一步避開，倒是沒有對敵過鬼的經驗……難道要像電視上演的那樣，念那些神明的名號？她沒有宗教信仰，這會兒念還來得及嗎？

眼看女大生一寸一寸地被拖進去，只差幾步之距便要被女鬼攫獲，雖說管閒事一向不是她的作風，但人命關天，見死不救她還是做不到的！

「放開她！」不知哪來的勇氣，沈舒澐連忙一個上前拉住女大生的腳，完全不在乎被女鬼們的騰騰殺氣針對！

「就算是鬼，也不容妳們在此恣意妄為！」沈舒澐使勁往後一拉，箝制的力量瞬而鬆脫，並非女鬼們對她的言論有所動容，而是這一拉，竟連皮帶髮地把其中一個女鬼的長髮給扯了下來！

長髮脫離頭皮，沒有料想中的鮮血噴濺，反之在那層泡到快爛掉的青綠色皮膚底下，竟還存有如同肌紅蛋白的軟爛血肉！黏稠的血液混合著泥沙流下，看上去不禁令人作嘔！

女鬼張大了嘴尖聲嘶吼著，它臉頰以上的皮全被沈舒澐撕了下來，雖然沈舒澐完全聽不懂它在吵些什麼，不過濃厚的殺意卻清清楚楚地感應在她腦裡。

「喂，醒醒！」沈舒澐不客氣地拍打女大生的臉，總覺得這個人有點眼熟，似乎是她們班的？

女鬼們張牙舞爪地卡在貨櫃梯口，卻始終沒人上前，這讓沈舒澐領略到，莫非……它們離不開貨櫃梯？

若是如此，局勢便對她有利多了！

來不及多想，她直接將女大生拖到一定的安全距離，抬頭的剎那，卻見一片黑漆漆襲捲而來！

嘖！移動不了便使用遠距攻擊嗎？瞧瞧這群女鬼，扣除剛剛被她扯掉頭髮的那位，數量少說也還有七、八個，這下每個都用頭髮攻擊她，她哪裡還有地方可逃！

話雖如此，沈舒澐還是在第一時間趴低身子，讓長髮撲了空，再趁機滾到一邊去，她右手邊是教學大樓的逃生出口，但她不知道在鬼的空間裡，那出口還算不算得上是出口？

不管如何，她也只剩搏一搏的選擇了！

俯身以手撐地，兩腳順勢向前一蹬，沈舒澐整個人便藉由爆發力迅速站了起來！旋身跑向右側，竟見到貨梯右方、靠近溪流的木椅區，也爬上一個又一個濕漉漉的長髮女鬼！

這一頭的女鬼不比貨梯那群遲鈍，它們絲毫不受地盤的限制，其中一個甚至已經進到廳來，在她還沒反應過來時用頭髮束住了她的左腳！

可惡！有了前一次的經驗，沈舒澐已經知道該怎麼對付這煩人的髮絲，她止住鼻息，以防待會看到噁心的畫面會忍不住想吐。

抬起右腳，用力將牽連住的長髮踩在地上，接著雙手猛力一扯——刷！

更多髮絲纏繞在她身上，曾幾何時，這些女鬼竟已通通上了岸進了廳！

身上束縛越來越緊，沈舒澐不僅動彈不得，她甚至快不能呼……豈有此理！放開、放——

『吼——』

震天價響的咆嘯聲倏地傳來，沈舒澐只覺身上的束縛鬆開，空氣重新湧入肺部，她整個人虛弱地跌坐在地，心臟卻暗暗跳漏了兩拍！

那是……老虎!?一群女鬼已經讓她差點沒命了，可千萬別告訴她，後門的生態已經好到可以孕育出野生猛虎來……

抬頭，卻見女鬼們個個戒慎恐懼地退出大廳，像是憺畏聲音源頭。沈舒澐重新站起身子調勻呼吸，卻絲毫不敢回頭，誰曉得後方等待著她的，會是什麼樣的怪物？

忽然間，沉穩的念咒聲傳來，沈舒澐只覺眼前白光閃動，接著一道強大而清新的氣場自遠而近，那是種連她都會感到溫暖而舒適的力量。

她親眼看著眼前的空間逐漸瓦解，就像斑駁的壁癌一片一片崩落，儘管背景毫無差異，但置身於內的感覺卻截然不同。

一雙大手輕柔地摟過她的肩，她愕然回首，看著來人，心中有說不出的意外與驚訝——是那個短短一天內，數次對她伸出援手的男人，姜尚霆。

「陰氣真重啊……」姜尚霆若有所思地環看四周，最終將目光定格在訝異的人兒身上，微笑，「我們又見面了，舒澐同學。」

「你、你……」沈舒澐難得結巴地說不出話來，意識到自己仍被攙擁著，她連忙掙脫，儘管冷風刮出一臉蒼白，還是可以從她慌亂的舉動中，看出壓抑在雙頰下的兩朵紅暈。

「還好嗎？看妳的樣子，應該沒受傷吧？」姜尚霆打趣地看著反差的動作，沒想到她除了冷漠以外，還保有其他情緒啊！

……說什麼，她又不是機器人。接收到調侃的念，沈舒澐索性沒好氣地回答，「謝了。」

「哈，言歸正傳。」姜尚霆收起調皮的笑容，「這裡剛剛出了什麼事，我希望妳能坦白告訴我。我想妳應該也知道，我比普通人多了一點『特殊』的能力。」

「簡而言之，我撞鬼了。」沈舒澐正視他的雙眼，直言不諱，反正救她的人是他，這沒什麼好隱瞞的，「是一群女鬼，全身像泡水泡爛似的，頭皮一扯就掉……」

「等等，我怎麼聽起來反而像是妳在攻擊它們？」一般人遇到鬼不都是逃嗎？她甚至跟鬼動手？

「嘖，人命關天，我能不救嗎？」沈舒澐睥了眼還在昏迷的女大生，「主要是貨梯有一群出不來，不過木椅區的我就沒辦法了，我也差點沒命。」她至今還無法忘卻全身被又濕又黏膩的髮絲束縛住的噁心感。

「嗯……聽妳的描述，那些女鬼應該是水鬼。」姜尚霆摸著下巴思忖著，「那麼，後來妳是怎麼掙脫的？」

說到這個，沈舒澐不禁回憶起那恍如在耳畔響起的咆嘯聲，不僅戰慄著她的身心，甚至連鬼也害怕。「是老虎的吼嘯聲，一度喝退了那票女鬼，這時剛好你來了。」

「老虎？」姜尚霆這下可聽糊塗了，怎麼突然冒隻老虎出來？「妳有親眼見到嗎？」

「沒有。」事實上，那究竟是不是老虎，她也不能確定。

「好吧，暫且不論這個，我能破鬼靈空間，說起來，牠也是功不可沒。」大概是那一吼，使得空間破裂，他才有辦法在短時間內找到位置，再予以施咒破解。

「我還有點疑問。」姜尚霆話鋒一轉，沈舒澐立即會意，「但要是妳不便回答，我以後絕口不提。」

「我知道你要問什麼。」該來的總是會來，這人屢次出手幫她，她很感謝，但對於人性的黑暗，她沒那麼容易釋懷。

所以……沈舒澐迎上姜尚霆看似誠懇的雙眸，她必須很專注，才有辦法隔離那些閒雜之念的侵擾，再藉由自己意念的引導，去感知她想知道的——

『我希望，她能明白我想幫助她的心意。』

簡單而誠摯，姜尚霆的意念就這麼迴盪在沈舒澐腦裡，她輕闔雙眼，將釋放出去的意念收回，僅僅只是這樣的感應，便消耗她不少精神，所以她從來不愛這樣。

「跟你說可以。」沈舒澐重啟明眸，她已經充分感受到這個人的誠意了，「但有個條件，別告訴柳晴風。」她可不想把事情弄到人盡皆知。

「哈，一言為定！」姜尚霆笑了開懷，這位女孩總算願意相信他了，如此一來，無論是對整起事件，抑或私交，都能有進一步的了解與發展。

沈舒澐吸了口氣，這是她第一次跟別人分享她的「天賦」，總有說不出的彆扭，「……我看不見鬼，也不像你擁有什麼力量。但，我能感應到生人或非人的念，無論我願不願意。」

「念？」陌生的名詞，是他從沒聽過的能力。

「嗯，舉個例子，活人有執念，死人有怨念，通常能反映出該者當下的情緒或訴求，我稱之為念。」沈舒澐淡淡地解釋，「我之所以暈過去，是瞬間眾多鼓譟的念讓我無法消受，並不是因為貧血。」

「了解。」照她這麼解釋，她是沒辦法自由選擇接收、或者隔離那些所謂的念。

他曾見過光是擁有一雙陰陽眼的人，便因生活周遭處處充斥鬼魅，而使得精神上大受打擊，最後性格扭曲，成為一個陰暗封閉的人。

而他的靈力來自家族血脈，屬於極少數，能夠克服、並且反轉運用這份能力的人類，也因這樣的成長環境，很快他便學會接納、運用他這份能力，但這個女孩……難為她了。

沒有因為這份能力，致使她精神異常，更未因這種能力感到自卑，反而造就她獨特成熟的個性，他欣賞，也敬佩。

「先說到這吧。」沈舒澐還是決定有所保留，她走向昏厥的女大生，伸腳踢了踢，「要睡多久？醒了！」

「哇，妳就這麼叫人的啊？」紳士魂上身，姜尚霆連忙趁沈舒澐還沒發第三腳前，趕緊攙起女大生，「嗯？這不是小風的朋友，叫祁欣？中午才見過面？」

「我沒在記人的。」沈舒澐一旁冷冷說著。

唔？柔弱的女大生逐漸轉醒，祁欣一恢復神智，驚魂未定的情緒又嚇得她抽抽噎噎，「剛剛、剛剛……」

「剛什麼？」沈舒澐冷眼睥睨著她，祁欣瞬間覺得她也很可怕，「我來上廁所就看見妳倒在這，怎麼，教室不好睡，得睡走廊嗎？」

「咦？我……」祁欣臉上還帶著淚痕，聽到這句話有些呆愣，她明明看到、看到很多——

「妳……什麼都沒看到嗎？」祁欣小心翼翼地再確認一次。

「妳覺得我該看到什麼？」沈舒澐傲然而視，「我建議妳作白日夢，最好回教室去，快下課了。」

「什麼⁉」祁欣火速拿出手機，發現盡是好友曼珊傳來關心的訊息，而右上角的時間，確確實實顯示著兩點五十分！

「怎麼會……」祁欣還愣在原地，不理解她到底是怎麼了，記得她在樓上上課，但老師要她去咖啡廳買杯熱咖啡，誰知道一下來就看到——

「有些事可以慢慢想，不急。」姜尚霆溫聲安撫，「先回去上課吧，不然讓老師朋友們擔心就不好了。」

「好、好……」祁欣赧紅著臉道謝離開，內向的她從來沒想過可以跟這個帥哥近距離對話……而且，他好溫柔喔！

「你好像很擅長哄這種小女生？」沈舒澐挺不以為然。

「有嗎？」姜尚霆只是微笑，「妳呢？不去上課了？」

「剩十分鐘也沒什麼好上的。」沈舒澐照慣例拿出飼料袋在側門出口晃了晃，窣窣聲響起，卻沒有料想中的動靜出現，不禁讓她有些失落。

看向外頭，這麼大的雨，不知道牠會跑到哪兒去？

「那是？」姜尚霆有些疑惑，走近一看，發現那包東西外有貓咪的圖樣，這讓他想起柳晴風曾經提過，沈舒澐有餵貓的習慣。

看來她會到這裡，是因為大雨放不下野貓嗎？真是有心的女孩。

「沒什麼，跟亡者無關就是了。」沈舒澐收起飼料袋，「我要去咖啡廳坐坐，你去不去？」

「難得舒澐同學提出邀約，我怎麼有不去的道理呢？」他剛才趕來時，也路過那間看起來很不錯的咖啡廳，「只是，妳請客嗎？」

沈舒澐白了他一眼懶得回話，兀自走在前頭帶路，而姜尚霆在後頭難掩輕笑，這位女孩看似冷漠，心緒卻不難捉摸啊！

◆◆◆

室內咖啡廳，位於教學大樓內的一角，雖佔地不闊，然而濃厚的歐式風格與採光良好的落地窗，成為此店最大特色，時常吸引不少學生流連於此。

咖啡廳採取最低消費制，意即在此休憩，最少得點上一杯飲料或是一份餐點才享有內用資格；價格方面，屬於經濟較優渥的學生才有辦法接受的等級。

沈舒澐坐在單人沙發上，她剛點完兩杯熱拿鐵，不愧是一杯要價七十的拿鐵，價格完全反應在裝潢與氣氛上，相較起來她們店裡的拿鐵才賣三十塊錢一杯，還真是親民多了。

「還沒問你，怎麼跑來這？不是要去後山？」趁咖啡還沒送來，沈舒澐罕見地開了一個話題。

「妳感應得到念，我自然也察覺得到陰氣，何況還是這種特大號的。」姜尚霆刻意以滑稽語調說起聽來荒謬、卻是不爭的事實，「看來這裡曾經有過故事啊。」

沈舒澐瞟了他一眼，「什麼情況我也不清楚，不過長年繚繞的怨念是真。詳情你得問柳晴風。」看她八卦的程度，這類傳聞她多半也知曉。

姜尚霆皺著眉頭，看得出很傷腦筋，窗外雨勢不減，他總感覺事情漸趨複雜，水鬼與那群高中生之間，難道也有什麼聯繫？還有未知的虎嘯聲，又是什麼來頭？

他拿出手機，試圖找尋柳晴風的名稱，沈舒澐卻連看都不必，便猜出了他的意圖，「你不用找她，大概不用三分鐘，她就會出現在你面前了。」

「她傳了一串訊息給我，我只說我在這。」看出姜尚霆的不解，沈舒澐乾脆連原因順便說了。

果不其然，下課鐘未響，柳晴風本人已經踩著蹦蹦蹦的足音跑來，「舒——咦？旁邊那是？」柳晴風驚覺那人身分，興奮地揮起手，「嗨——尚霆！」

「看吧。」服務生適時遞上兩杯熱拿鐵，沈舒澐輕聲道了謝，啜飲一小口，發覺味道還算不錯，但還是自家店裡的拿鐵她喝得習慣。

「舒澐！」柳晴風氣喘吁吁外加憂心忡忡，沈舒澐突然有不妙的預感，「妳跑到哪裡去了，怎麼不跟我說一聲？我很擔心妳耶！還以為妳是不是又在廁所暈倒、我是不是要翹課找妳、是不是要——怎麼了？」

沈舒澐單手打直，制止對方說下去，她知道柳晴風是出於好意，但這麼吵她真的受不了。

「沒事，小風，坐下來再說。」姜尚霆打著圓場，他看出對面這位女孩正散發不耐煩的氣場。

「所以怎麼去那麼久啦？」柳晴風鼓著兩個腮幫子，搬來一張沙發坐下。

「別這樣，舒澐同學是在廁所外發現有人暈倒，就是中午來打招呼的那位祁同學，為免出意外，便待在那照料她呢。」姜尚霆早替沈舒澐想好理由，要是對象換作另一個女生，絕對會為這種體貼感到窩心——但只有她例外。

「祁欣喔？她是滿柔弱的啦，不過我剛剛還看她滿臉春風地進教室啊？」柳晴風放下帶著的大包小包，整個人攤在沙發上，舒服！

「對了，小風。」姜尚霆拉近沙發，「我想請問，妳知不知道這棟大樓有什麼故事？比如說……廁所？」他比向背對他的那條長廊。

「喔！知道啊，就——欸等等，你會這麼問，是代表你看到什麼嗎？」

沈舒澐不得不佩服，柳晴風對這類話題永遠有著敏銳異常的洞察力。

姜尚霆端起咖啡嘗了口，不打算讓不相干的人知道太多，無益於事。

俊秀的雙眼靜靜瞅著躍然心動的女孩，反而看得柳晴風有些害羞，「哎唷好啦好啦我不問！」

取過服務生送來的熱檸檬茶，柳晴風剛跑來時也不忘點一杯，她攪弄著飲料，一邊回想，「這棟大樓喔……是沒什麼傳聞啦，畢竟算新蓋的嘛。不過聽說在蓋之前，曾有一批屍體漂流到這裡來喔。」

屍體？漂流？沈舒澐挑了眉，看來就是剛才那票女鬼，也是姜尚霆所說的水鬼。

事情約起於三十年前，那是一個風和日麗的上午，暖風輕拂、鳥語花香，陽光灑落於一群解脫聯考沒多久的女高中生，對她們而言，那是象徵過度人生一個重要里程碑的假期，也為即將到來的璀璨前程滿心期待。

她們相約在溪邊烤肉，慶祝終於苦盡甘來，卻在一場暴風雨中陡然變卦。

該是萬里無雲的蔚藍天際頓時烏雲滿布，佔據整片天空，下一秒，天空打了聲驚心動魄的響雷，緊接著如拳頭般大的雨水降下，沖刷大量的泥與沙，導致土石崩陷，山洪爆發。

一切來得又快又急，許多人反應不及便連人帶沙被沖走，數十人無一倖免，終釀就一樁慘劇。

事發隔日，風清氣爽、溪水平靜，彷彿什麼事都沒發生過，幾十具屍體卡在泥沙淤積處，也就是現今的貨櫃梯位置，任水流載浮載沉，直至目擊者的尖叫聲劃破天際。

這起事件震驚了當時的校園及社會，招魂和超渡法會持續大半個月未曾停歇，從那個時候開始，就有人流傳那裡是學校集陰之地，即便新建落成，還是很少人願意接近，最後甚至傳出新蓋的電梯是座幽靈電梯，搞得人心惶惶，幾乎沒人敢搭。

爾後有位教官為破除學生們的迷信與恐慌，特地在大半夜的時候，獨自搭乘電梯，想證明這些所謂的靈異根本是無稽之談。

然隔天一早，就有人發現那位鐵齒教官倒在電梯門外，醒來後不斷自言自語，喃喃唸著根本聽不懂的語言，許多人說他已經去B18觀光一趟回來了。

這件事自然又是鬧得沸沸揚揚，校方在不得已的情形下，正式將那裡改為校方專用「貨櫃梯」，除了送貨員及掃廁所的阿姨之外，其餘學生一律禁止搭乘。

「難怪。」意外接話的人是沈舒澐。怪不得那兒長年怨氣沖天，學生們明明即將擁抱大好前程，卻因一場橫災，崩壞了所有勾勒好的夢想拼圖，如此冤屈，無論是誰，都不會輕易接受的。

不過她不明白，好歹三十年來相安無事，為何此刻才現身傷害人類？

要開始了……這句話倏然閃過沈舒澐腦裡，難道說，這兩者之間有著什麼關聯嗎？

「嗯……」姜尚霆緊鎖著眉頭，縱使這票水鬼的來歷與高中生無關，但事情並不單純，他無法鬆懈，極可能是早上的血腥驅動了沉睡中的亡靈，以至於開始作亂。

加上……他看向落地窗外的滂沱大雨，這場雨總令他有說不出的異狀，像是一場前奏、好戲上場前未揭開的序幕。

姜尚霆將拿鐵一飲而盡，他已有打算，若是亡者都因血腥而甦醒，水鬼更因暴雨而重生的話，這座學校，便不該再待著人。

況且午時已過，逐漸向陰，所有負面力量都會隨著時間流逝而得到加成，他必須先讓這兩位女孩回家，確保她們的安全，再考慮下一步怎麼走。

「怎麼了啊？你們兩個臉一個比一個臭？」柳晴風完全搞不懂，剛剛不是還聽她講八卦聽得很入迷嗎？「該不會你們真的遇上『那個』了吧？」

「唉，有些事妳別管比較好，我認真。」沈舒澐有點無奈，她是極力想避免麻煩，而這傢伙卻是拼命往麻煩裡鑽。

「真的遇上了喔！」柳晴風撫掌向前，一雙眼睛簡直亮到發光，明顯沒把沈舒澐的話聽進去，「長什麼樣子啊？真的是一群女生嗎？」

……算了，是她錯了，她不該跟柳晴風認真的。

「小風，妳聽舒澐同學的話，盡量不要涉入跟妳無關的事情，尤其是……妳不了解的事。」這種時候姜尚霆就會變得嚴肅，「依我看，要是妳們沒事的話，就儘早回家。」

「蛤什麼什麼！怎麼那麼跳！」柳晴風嚷著，她沙發還沒坐熱耶！

「雨勢絲毫沒減，遲早淹水，妳想繼續待在這我沒意見。」沈舒澐拎起包包就要走人，「我要走了。」

「小風，妳也早點離開吧。」姜尚霆跟著起身，時間緊湊，他還得去山上一趟。

「欸等等啦！」柳晴風也趕緊將扔在地上的大包小包背起，再一口飲盡桌上的檸檬茶，避免浪費，「我也跟你們一起走！」

三人走出咖啡廳，便見不少人擠在大樓門口，像是在圍觀什麼一樣，沈舒澐從中感知到紛雜浮躁的念，而柳晴風更直接用行動表示她的好奇，才發現外頭雨勢之大，竟已讓排水系統不堪負荷，積水高度已達腳踝！若非教學大樓前還有一小段階梯作為基底，恐怕水早淹進室內。

「好扯，居然淹水了！」柳晴風轉向走來的兩人喊著，雖然說過去也不是沒有發生過這種情形，不過照這樣下去，她們要怎麼回家啊！

「……你覺得，這是純粹的巧合嗎？」沈舒澐遽然開口，音量僅足以讓身邊的男性聽到。

「妳還記得稍早前，妳占卜的結果嗎？」姜尚霆凝重地看著雨水不斷落下，最後把視線落在沈舒澐身上，「內為坎水，凶險之象，還真是一點也沒說錯。」

沙沙……廣播聲罕見地二度響起——

「注意，請同學們注意，外頭雨勢浩大，積水已經漸漸升起，請同學把握時間，趕緊離開校園，或者移駕到安全的地方等待水退，再重複一次……」

第六章　罪惡

負面的情緒渲染總是特別快速，尤其當校方廣播淹水的消息，更能製造出大眾對於事態的惶恐，一群學生焦躁地擠在門口，猶豫著到底走還是不走。

這當中有慍怒、有驚慌、有疑惑，全數被在場唯一冷靜的女性所接收，而且，這眾多紛亂的情緒，似曾相識——像極了那群臨死前，被溪水沖走的女高中生們。

「看來現在想走，似乎也來不及了。」沈舒澐按摩著太陽穴，這兒的念已開始讓她無法消受，難怪那占卜師勸她趁早回家？

「舒澐同學，我現在開始懷疑，妳是不是不只具備了一種『特殊能力』呢？」姜尚霆還有心情開玩笑，「簡直像所有事情都圍繞著妳而發生呢！」

……沈舒澐瞟了他一眼，「有人說過，你這人很討厭嗎？」具備這種能力又不是她願意的！

「呵，我認為我們該走了，小風！」姜尚霆向遠處的柳晴風招手，示意她過來。

「蛤？現在要怎麼辦？」柳晴風旋即跑來，也是一副著急的模樣，她晚上還想去跨年啊！

「我們必須想辦法離開了，在這裡進不能進，退不能退，對事情沒有幫助。」而且，他已經注意到沈舒澐漸趨蒼白的臉色，依照她的說法，大概是受到這裡的雜念侵擾，再這樣下去，相同的事情可能會再度發生。

「小風，撇除經過對面的大樓，還有哪些地方能暫時避避的？」姜尚霆看著沈舒澐不時皺眉，她不能再拖了，「最好是人少一點的地方。」

「這個嘛……」見到沈舒澐的表情，柳晴風隨即明白姜尚霆的用意，應該是擔心舒澐還在不舒服，所以才想找人少的地方休息吧？真貼心！

「我知道有一個地方！不過，要從另一邊走喔。」柳晴風小心翼翼地說出對他們兩人不知道算不算是禁語的話，「呃，就是你們看到『那個』的地方。」

「……妳打算去教堂？」沈舒澐讀到了她的念，還有她仍不死心的八卦欲望。

「也好。」姜尚霆嘴角微微摻笑，順路經過那裡，正好讓他辦點事情。

三人再次走回音樂系外的長廊，只是悅耳的絲竹管弦聲不再，僅剩下點點沉悶聲；自從校方廣播淹水的消息後，大多師生都已趁災情變得更糟之前，或是強行渡水離開學校、或是到對面的綜合大樓等待水退，基本上已經沒什麼人繼續留在教學大樓內。

推開隔音門，孰悉的場景再現，沈舒澐嫌惡地皺起眉頭，雖然剛剛的虎嘯聲一度喝退了那票女鬼，不過留在現場的怨念，依舊濃厚，依舊令她討厭。

柳晴風撐開了傘，指著逃生出口的對面，一座擁有梯形地基的白色教堂，「教堂就在那裡，只是我們要從兩側的階梯上去喔！」

「妳們先過去，小心水流湍急。」姜尚霆轉身走向廁所，「我小解一下，隨後跟上！」

嗯？沈舒澐感覺得到，他不只是上廁所這麼簡單，雖然不清楚他有什麼打算，不過他是有能力的人，用不著她擔心。

她彎下腰解開鞋帶、脫下襪子，以防在渡過水流時，也把靴子浸溼，否則乾掉後產生的霉臭味，絕對能把她的鼻子薰爛掉。

看著柳晴風身上大包小包，沈舒澐在把褲管捲起後，索性接過雨傘，讓她有多餘的手動作。

「咦？舒澐？」柳晴風有點訝異沈舒澐的舉動，她這是要幫忙撐傘嗎？

「妳身上東西太多，雨傘我來撐吧，這樣也不會手忙腳亂。」沈舒澐滿不在乎地說道。

「謝謝妳舒澐！」柳晴風開心地道謝，心裡一陣溫馨流過。

「小事。」她們一同踏出門外，當赤腳踩進黃褐色的湍流時，那股透骨的冰冷差點沒讓柳晴風整個人跳起！

「好冰！」柳晴風大叫一聲，沈舒澐趕緊趁她還沒跳起時壓住對方，免得這傢伙亂跳，她們即使撐傘也會被弄得全身濕。

「忍著點，一下就過去了。」冬季的水溫確實冰得嚇人，不過沈舒澐倒還能夠適應，在早餐店做慣的她，無論夏季冬天，都得赤手跟水接觸，因此這點冰冷對她來說算不了什麼。

她們舉步維艱涉水而過，終於來到教堂左側，她們人手一邊，攀著欄杆上階梯，在上岸的那一刻，柳晴風簡直如釋重負，甚至大喊了聲：終於得救了！

沈舒澐持續撐著傘，沒有信仰的她還是第一次到這座教堂來，斑駁而樸素的白色外觀，其實並不顯眼，上頭的十字架因年久而稍有破損，不過絲毫不影響這座教堂帶給人的祥和之感。

進入教堂，裡頭典雅地擺了幾張長桌，牆邊則設有書架，擺放著聖經以及各式生命教育書籍；正中央用紅色的布幔遮蔽後堂，兩側則是兩扇門，用以通往地下洗手間。

沈舒澐將雨傘稍微甩乾，坐在椅子上用濕紙巾將腳擦拭乾淨，順便環顧了下四周，發現即使這種時候，並沒有多少人選擇躲到教堂來，裡面稀稀疏疏地只有幾位學生，對她來說正是求之不得。

有些傳聞總是說教堂是建立在亂葬崗上以鎮壓群邪，但這裡的念基本上純淨而安寧，她很高興此時此刻還存有這麼一塊淨土。

而柳晴風將身上的家當分作幾批放在幾張沒人的椅子上，再向沈舒澐要了幾張濕紙巾，天曉得她的腳簡直快被凍傷了！她現在才知道，原來走在冬天的水裡，是這麼殘酷的一件酷刑！

擦乾腳丫，她連忙將襪子穿上，並由衷認為發明襪子的人真是太太太偉大了！

「不知道尚霆怎麼樣了喲？」柳晴風拿出手機，開始瀏覽臉書校版，果然已有不少學生PO上學校淹水照片，還戲謔地表示學校又在操練水軍了！

過去的她或許會莞爾一笑，甚至也加入其中瞎起鬨，可當事情發生在自己身上時，她可是連笑都笑不出來啊！

人總是要身歷其境才能感同身受，她現在深刻體會到了，嗚！

沈舒澐沒空理會這頭的「碎念」，她比較好奇的是，如果那些傢伙說的開始，指的是包含淹水的過程，那麼接下來……「好戲」只怕才要開始。

沒時間再猶豫了！平常她不管閒事，是因為不想去蹚莫名的渾水，弄得一身麻煩不說，還得自討沒趣；如今人不惹事事惹人，她必須學會自救！

遠遠的另一頭，姜尚霆正看著緊閉的貨櫃梯門，以及陰氣濃厚的木椅區，儘管此刻這些亡靈暫時被嚇退，難保它們不會再現身危害人類。

況且這些亡靈都是因水而死的，是為水鬼，如今暴雨連連，更能加成它們力量。他特地留下，就是要避免這個地方再次成為水鬼造次的領域。

姜尚霆端肅地念著咒語，雙手熟練地往空中打了個手印，以自身的靈力為媒介，為此處施加了肉眼看不見的封印！雖然他不確定在這種情況下能堅持多久，但總聊勝於無。

校車翻覆、跳樓事件、高中生、復仇的亡靈、虎嘯聲、水鬼、暴雨，這些事情不約而同地在一天之內發生，他不認為是一種巧合，但細想之下，又恍若全無關係……嘖！

他接過的案子不可勝數，此次受人之託要到山上調查近日頻繁的靈騷現象，卻想不到在這山腳下、看似純樸的學校已有這麼多問題，棘手。

而今，他只能在自己能力範圍內，盡力保護這所學校的學生安全。

執起雨傘涉水而過，他能感受到水面又比剛剛上升了些，遠方閃爍的紅光引起他的注意，向右看去，一輛校車閃著尾燈，正緩緩划著水朝校門行駛。那大概是最後一輛了，照這樣下去，別說人，就算是車也遲早滅頂。

「你來了。」沈舒澐看見熟悉的人影走近門口，隨即拿了濕紙巾預備，她注意到外頭水位比方才來時更高，姜尚霆即便捲高褲管，仍不免遭到水流浸濕，模樣十分狼狽。

「尚霆！」柳晴風聞言昂首，她剛剛在臉書上看見校車邊開邊進水的影片，擔心外面水淹太高，他會沒辦法過來，「外面還好嗎？現在校版裡都在瘋狂轉傳校車進水的影片，我超怕你過不來的！」

「沒事沒事。」姜尚霆還能輕鬆一笑，接過沈舒澐給的濕紙巾，開始擦拭腳上的髒污，「謝謝。不過，這下徹底困在這了。」

不光是學校，恐怕隨著時間推進，連這座教堂也不能待人了。

「這恐怕只是開端。」沈舒澐冷不防地說出驚人話語，然後面無表情看向一邊躍躍然的柳晴風，姜尚霆登時會意！

「咳。」姜尚霆清了聲喉嚨，「小風，我和舒澐同學有些『私人』的事情要商量，妳方不方便暫時迴避一下呢？」

「蛤！」柳晴風失望的情緒表露無遺，怎麼他們剛認識就有悄悄話不能讓她知道啊？該不會他們……

柳晴風忍住即將奪口而出的驚呼，哇賽，不會吧！尚霆僅僅用半天的時間就成功當上破冰者了嗎？太勁爆了！

「好啦好啦，我離開一下，你們把握時間喔！」柳晴風欣然起身，正好她剛剛檸檬茶喝多了，有點想上廁所，就順水推舟做個人情給他們吧！

……沈舒澐完全不能理解，為什麼這傢伙內心總有這麼多小劇場？

目送柳晴風下樓，姜尚霆才開口詢問，「妳會那麼說，是不是又感應到什麼了？」

「廢話不多說，我直接講重點。」沈舒澐乃將車禍後感應到的亡者呢喃，以及那句意味深長的「開始」全數告知姜尚霆。

「雖然我不清楚這些意外有沒有關係，但我確信這當中一定有我們不明瞭的牽連。」她沒忘記就是從那時候開始才發生一連串意外。

「嗯，我也一直在思考這些事的彼此關聯性。」姜尚霆沉吟著，「不過，或許答案就在那幾個高中生身上。」這是他目前唯一能想到的線索。

「尤其帶頭那個，身上戾氣濃厚，說不定問題正出在他。」只是他不明白，區區高中生，有什麼能耐影響水鬼怨靈，甚至左右天象？

「然後……」姜尚霆瞇起眼睛盯著沈舒澐，看得她渾身不自在，「妳居然還有這麼重要的事情沒告訴我啊？」

「……我本來就不愛管閒事。」沈舒澐試圖躲掉他的眼神，但總被他從其他角度捕捉到，索性轉過身去，「說得越多，誰曉得會不會被你當作神經病？」

「世上無奇不有，既然我決定要幫助妳，就沒有不信妳的理由。」姜尚霆說得簡單，卻蘊含更深一層的誠意。

「……總之，我知道的事大概就這些了。」沈舒澐聽見隱隱約約的蹦跳聲，想是那傢伙要回來了。

幾秒後，柳晴風神情愉快地踩著階梯上來，甚至邊走邊哼歌，「嗨！你們悄悄話說完了嗎？」

「妳怎麼總是這麼開心啊，小風？」姜尚霆看到她都會忍不住輕笑，這位女孩性格極其樂觀，連帶也能影響周遭的人。

「就上完廁所很舒服啊！樓下淹得也沒有想像中嚴重。」柳晴風笑吟吟地回答，「所以你們講完祕密囉？」

「小事而已，不是祕密。」姜尚霆笑著站起，他挺少到西方宗教的教堂裡，雖說信仰不同，但此處的磁場還算舒暢，「我想去裡頭看看，要一起嗎？」

「好啊好啊！」柳晴風第一個舉手贊成，她光待在這裡，沒被淹死也悶死了！

「舒澐同學呢？」姜尚霆回首看著雙手環抱胸前的恬靜女孩。

「沒意見。」她只丟下這麼一句話。

姜尚霆緩步向前，雙手輕柔且恭敬地揭開布簾，對於任何宗教事物，無論東方西方、佛道基督，他總抱持敬畏的心，不因信仰不同而產生歧異的偏見。

正所謂只有文化的差別，沒有好壞的不同。

宗教的創立目的在於勸人為善、撫慰人心，對於信徒來說，信仰更是支持心靈的支柱，神聖而不可褻瀆的存在，沒有人會喜歡看到自己崇敬的事物被無禮對待，同理，他也是一樣。

己所不欲，勿施於人，這句自古流傳至今的至理名言，同時也蘊含做人最基本的道理——尊重、包容。

布簾之後，是一排又一排的木椅，正中央以紅布為基底，矗立著耶穌受難的十字架，底下則有兩個人影低頭禱告，彷彿渴望神的寬恕與救贖。

不過沈舒澐不用眼睛看，也能從陣陣悔恨惶恐中，確認到學生身分——

「啊，是那幾個屁孩！」柳晴風伸手指向那兩個禱告中的高中生，旁邊還站著那個稍早要拿球棒K她的痞子！

「他們似乎沒注意到我們。」姜尚霆刻意放輕聲音，這裡與外頭不同，莊嚴的聖樂遮蔽了雨聲，迴盪在整個禮拜堂之中，足以讓聽者沐浴其中、沉澱心靈。

沈舒澐乾脆闔起雙眼，有賴於教堂的聖樂，能夠淨化、抑制無謂的雜念，她更能從中感應到這幾個學生究竟在害怕些什麼——

『我、我真的不該欺負他……上帝、求上帝救救我！』

『嗚……他來報仇了！豪仔死了，我不要跟他一樣——』

欺負？報仇？他們說的，是指校車上、以及體育館遇上的那個亡者嗎？那種切實的恨意，說是復仇的確不無可能。

還有似曾相識的敵意……沈舒澐睜開眼睛，果見一旁走來幾個應是同班同學的女學生。

「小風，妳怎麼會在這裡？還有……」祁欣看著意外的訪客，尤其當她瞧見那位俊俏的男孩時，心跳更是加速了幾分。

「欸？妳們怎麼也在這！」柳晴風才意外，祁欣、曼珊、育婷、麗淑、嫵南……幾乎她們班上的主要女生都來了嘛！

「欣欣是基督徒，平常在這當義工，是她提議來這裡避難的。」佘曼珊神情黯然，她今晚原本約了幾個帥哥姐妹要去夜店狂歡的，這下全泡湯了。

「是喔。欸，祁欣，我問妳喔。」柳晴風轉頭看向那群高中生，「妳知道他們哪時來的嗎？」

「我也不知道呢……我來的時候，他們就在那裡了。」祁欣說起話來總是怯生生地，「只是……」

「只是什麼？」柳晴風有點耐不住性子，拜託一次講完好嗎？

「他們似乎遇上大麻煩的樣子。」祁欣看著那兩個禱告中的高中生，不由得心生憐憫，「從我來這裡開始，就看到他們一直在禱告，真希望主能聆聽他們的煩惱、赦免他們的罪……」

「哼。」沈舒澐不禁冷哼了聲，悲劇已然造成，禱告豈能盡釋過眼煙？

她逕自走向那群高中生，隨著距離靠近，懊悔與惶恐的情緒也益加強烈。姜尚霆默默跟在其後，看見這些學生出現在這，他也重新思考了一些問題。

「喂。」沈舒澐倏地出聲，卻嚇得幾個高中生如同驚弓之鳥跳起！

她為之一愣，沒想到這幾個高中生這麼沒膽，看來虧心事做了不少？

「幹，妳是不會出點聲啊！」高壯男生認出來人，露出既往的凶惡表情。

「呵，她不是喂了一聲嗎？」姜尚霆悠哉地插著口袋，「要我說，我會認為是作賊心虛喔！」

「你是在說三小？」高壯男生掄起袖子，作勢又要動手。

「老、老大……」兩個小弟近乎哀求地出聲，在這個節骨眼上，他們不想再惹事了……

「夠了！吵死了！」柳晴風快步趕上，後頭還跟著一群女生，「為什麼你們又到這裡來？體育館吵不夠，又想來這找碴嗎？」

「停——你們都少說兩句了。」祁欣擋在雙方人馬中間，展現罕見的強硬態度，「這裡是教堂聖地，請你們莊重點。」

「就是，有啥話不能好好說嗎？」樓嬿南講話有著濃厚的中國腔，她是從福建到台灣來念書的陸生，一身華麗打扮，以及豐腴身材，正說明了家境的富裕。

沈舒澐蹙著眉，隨著眾人聚集，意念也就相對紛雜，何況還是在這劍拔弩張的時刻，礙事。

「咦，太郎怎麼會在這裡啊？」有娃娃音的曾麗淑注意到木椅之間橫躺著一隻黑褐色的狗，那是這所學校的「校狗」，據說狗齡已經超過二十歲了，換算成人類的歲數，大概已是百歲高齡的人瑞了。

「真的耶！居然是太郎。」施育婷蹲在太郎面前，髮箍上的珍珠閃閃生光，「牠看起來好像在休息呢……欸，還有一隻貓耶，好可愛喔！」

貓？沈舒澐下意識轉頭，果然見到熟悉的好朋友慵懶地和校狗太郎窩在一塊。注意到熟人的視線，橘貓也只是張大嘴打了個哈欠，並不怎麼理會。

原本沈舒澐就擔心水勢浩大，任貓再會躲藏，終究要被淋個一身濕，如今看到牠安安穩穩地在這裡歇息，她也終於能放下一塊心頭大石。

至於校狗太郎，沈舒澐也略有耳聞，那是隻頗通人性的土狗，具有忠誠且成熟的念，偶爾會在捷運站附近看見牠的身影。

聽聞牠總會陪著學生上下課，近從冤家路，遠到後山，甚至數公里外的夜市，都包含在牠的護送範圍內，因此學生們不但不將牠視為狗，反而將牠當作爺爺般的長輩在尊敬。

多虧了太郎與橘貓的存在，加上施育婷不停引導朋友們摸狗蹭貓，沈舒澐這才有機會正式向這群高中生攤牌。

「我就直說了。」沈舒澐開門見山，「我猜得沒錯，你們早就知道體育館裡的同夥死了，來這裡禱告，看在我眼裡，更像是一種畏懼的表現。」

三名高中生倏地刷白臉色，沈舒澐可以感應到這三人的念變得惶恐不安，一如她所想的，他們心理素質並不堅強，只要稍稍以痛點擊之，便能輕鬆瓦解他們建立起來的武裝心防。

這招也常被應用於審問犯人上，只是她能掌握對方的情緒、想法，更為有利罷了。

有時候她都想，自己不走執法這條路，是否白白浪費了這項天賦才能？

「妳、妳在亂說什麼！我、我們只是因為水越淹越高，跑來這求神保佑而已！」刺蝟頭還在嘴硬，卻沒發現自己結結巴巴地，簡直欲蓋彌彰。

沈舒澐冷笑一抹，直接往破口突擊，「是誰來報仇？你們又欺負了誰？我這位朋友能看見你們肉眼看不到的非人，需不需要請他來說說，跟在你們身邊的亡魂長得是什麼樣？」

「幹！」三人簡直是用跳的起來，小平頭更是一陣腳軟後跪倒在地。這邊的騷動引起柳晴風注意，她捨下太郎與橘貓，偷偷移動腳步靠近。

「老、老大，她她她說……」刺蝟頭一副驚魂未定的樣子，她的意思是說……「他」一直在他們身邊嗎!?

「我、我受不了了！」小平頭哭了出來，雙膝跪地朝沈舒澐及姜尚霆哀求，「大哥大姐，請你們救救我！」

「蘇漢杰！」高壯男生面露凶光，他是想把那晚的事情抖出來嗎？

「我怕、我怕！」蘇漢杰哭得一把鼻涕一把淚，「豪仔已經死了！接下來、接下來就……」

「哦，就到你了嘛！」涼涼的聲音傳來，柳晴風若無其事地撐在木椅背上，多虧她剛剛躲在木椅後面，才能聽見這麼勁爆的消息！

「……我說，妳怎麼老愛湊這種與妳無關的熱鬧？」沈舒澐拿她沒轍，雖然一直有感應到這傢伙不死心的八卦欲望，但沒想到她真這麼執著。

「跟我有關啊，怎麼會無關？」柳晴風理所當然說著，「害我被警察約談，我還以為我闖禍了！」要是讓她爸媽知道她又在外面捅了婁子，回家還不被罵死！

「噗，妳這麼說倒也合情合理啊。」姜尚霆眼帶笑意，他知道她心中介意那句三八多過體育館裡的爭吵。

「是吧！」久站讓柳晴風覺得腳痠，她乾脆坐到前面木椅上，「小鬼，所以發生什麼事啊？你儘管說，要是這痞子敢對你動手，我就揍他！」說完柳晴風還不忘瞪他一眼，表示她是認真的。

蘇漢杰畏懼地望向高壯男生，還是決定吐實，「事情發生在一個禮拜前，我們夜自習結束後，老大就要我們跟他一起去宿舍，找那個娘砲的麻煩……」

「我們闖進他的寢室，剛好看到他在縫娃娃，大家都覺得很噁心，就開始罵他、羞辱他。誰知道他竟然回嘴，我們一群人很不爽，就壓上去打他、扒他的衣服……」

「最後、最後他掙脫我們逃跑，我們一路追，把他趕到後山的樹林……」蘇漢杰越說越囁嚅，但姜尚霆還是聽見了！

後山！怎麼這麼巧，這幾個學生也和後山扯上關係？莫非——

「然後呢？」柳晴風依他們欺負人的邏輯做出推論，「你們把人家推下山還是活埋喔？」

「不！我們沒有！」蘇漢杰拼命搖頭否認，「後山的樹林是禁地，學校一直禁止我們靠近，所以我們追到一半就回去了！」

「對啊對啊！」一直保持緘默的刺蝟頭突然幫起腔，「我們最初都以為他怕我們，所以故意不去上課、不回宿舍，結果沒想到他一失蹤就是一個禮拜，所以我們猜……他應該出事了……」

說謊。沈舒澐瞇起眼睛，心虛飄移的念，這兩個傢伙在說謊。

「是嗎？」姜尚霆挑高了眉，真相他可不認為僅此而已，否則他們身上重重的戾氣從何而來？

「不然勒？而且不只那個娘砲，我們也有朋友失蹤一個禮拜了。」高壯男生首度收起壞脾氣好好說話，「加上豪仔的事，讓我們覺得，他應該是把他死了的帳算在我們身上，回來找我們報仇了。」

『說……說謊！』

來了！沈舒澐和姜尚霆不約而同地望向彼此，和他們在體育館時一樣，一個是透過空氣中的波動感知、一個則是察覺不尋常的陰氣，只是這一次，他們都明白對方現身的原因——報仇。

沙沙……莊嚴的聖樂忽而夾雜些微雜音，不過由於聲音細小，加以外頭雨聲龐雜，致使沒人發現聲音的異狀。

休息中的太郎突然睜開眼睛，雙耳警戒地豎立；反觀依偎在牠旁邊的橘貓只是抬頭瞄了一眼，隨後蜷曲著身軀繼續睡大頭覺，反正沒牠的事。

空氣中的波動越來越劇烈，沈舒澐可以感知到「它」正和她們處在同一個空間裡，只是礙於姜尚霆、或是耶穌的聖潔力量才未敢現身。

姜尚霆眼觀四面，縱然他知道對方無意加害，不過亡靈一旦嗜了血，就只有墮落一途，何況擁有自覺的亡靈並不多，它甚至懂得隱藏形體！若是放任它胡作非為，等到事態嚴重，那就真的後患無窮了！

「汪！汪汪汪汪！」太郎驀地朝空中吼叫，並發出憤怒的低吼聲，這舉動徹底嚇傻圍繞在牠身邊的女生們。因為太郎的溫馴眾所皆知，即便是外來的野狗野貓跑來爭地，也從未聽說牠會如此生氣。

「太郎？」柳晴風錯愕地看著太郎的反常行為，再怎麼說牠年紀也大了，怎麼說抓狂就抓狂？

「現身吧！」顧不得在場還有其他無關的人，姜尚霆對準太郎吠叫的方向擲出一條串珠，串珠在他的念咒聲下，開始閃耀刺眼的銀白光芒，照亮了昏暗一室——

白光消逝後，所有人都清楚看到，在教堂角落的半空中，飄浮著一名身穿高中制服的削瘦少年！

「哇啊啊啊——」女生們與幾個高中生瞬間尖叫出聲，尤其是蘇漢杰，簡直嚇到快尿褲子，他、他居然真的在他們身邊！

『好久不見了，漢杰、宏凱……』少年一一掃視著昔日同學，最後定格在雙腿巍巍顫抖的高壯男生上。

『還有你……王昊楊。』

第七章　捨棄

大雨滂沱、水洩不通，厚重的烏雲覆蓋本就陰暗的天空，若從上空俯視，便可見到校園已成汪洋一片。

兩三個小時前，這所學校還是充滿冬季蕭瑟美的純樸校園，孰知兩三個小時過後，人們自顧不暇、坐立難安，只能抱著震悸的心，待在水面持續上升的校園內枯等未知的救援。

「那、那是鬼嗎⁉」佘曼珊必須摀著嘴才能避免自己叫出來，一直以來，她都不信世上有鬼這種荒謬事，如今鬼活生生出現在眼前，她、她……

「小風，快過來。」姜尚霆喚著柳晴風，同時把沈舒澐拉向自己，這個亡靈外表看上去完好無缺，並未保持死前的慘狀，可見他的力量已足夠進行幻化了。

「你、你別過來！」蘇漢杰腿軟到站不起來，只能驚恐地抓著地板倒退。

「沒、沒錯！」潘宏凱雖沒有蘇漢杰膽小，但他也快嚇死了！「這裡是教堂，主在這裡，你別亂來！」

少年飄在空中，笑而不語，更令人感到不寒而慄。

「幹！你到底想怎樣？」王昊楊強逼自己硬起來，要是在這裡退縮，就稱了這個死娘砲的心了！

『你覺得呢？』少年冰冷的眼神直視他們，『你們沒看到，豪仔是怎麼死的嗎？』

『他在學校總愛打我的頭、推我去撞牆……』少年木然地摸著自己的腦勺，彷彿回憶久遠的痛楚，『所以我把門甩上他的臉，再讓他玩玩自由落體，讓他也體驗這種感覺。』

死者鼻骨全數碎裂，但致死關鍵卻是胸腔破裂，疑是遭到重物壓迫或衝撞所致。雲芮副局描述的死狀，猶在沈舒澐三人耳畔。

沈舒澐眉頭顰蹙，這種刻意將殺氣壓下來的念，要敵人充分品嘗到恐懼才出手的想法，這個少年，相當懂得如何製造恐慌。

『欺負我的，我一個都不會放過喔……』少年用近似天真的口吻說道，『下一個……該誰了呢？』

「慢著！」柳晴風大喊一聲，衝出去擋在幾個高中生前，「這幾個死屁孩雖然罪無可恕，但要是你胡亂殺人，不就跟他們一樣胡作非為了嗎？」

嘖……姜尚霆完全來不及拉住她，真不知道該讚賞這位柳同學天生見義勇為，還是有腦子不會想？居然就這麼跑出去跟怨靈嗆聲，勇氣可嘉啊！

『不，不一樣。他們是看誰不順眼就動手，而我，只針對欺負我的人……』少年看向蓄勢待發的姜尚霆，它知道他想做什麼，『請你別插手……好嗎？』

「本來你們的事情，我們無權過問也無從介入。」沈舒澐無所畏懼地正視空中的少年，「但，你連續的殺戮已影響了這片土地的亡者，這我們就不得不管了。」

姜尚霆無奈地笑著搖頭，他身邊女性一個比一個還有膽啊！這樣也好，代表他看人的眼光還算不錯，她們兩位都不是貪生怕死之輩，值得深交。

「啥？妳是說這隻鬼殺了不只一人嗎？」比起其他女生，樓嫣南是現場少數融入狀況的人。

王昊楊聽出沈舒澐話裡的意思，立即怒目瞪向皮笑肉不笑的少年，「你這噁心的變態！你把小誠怎麼了？」

「不、不會吧……」潘宏凱怔然，他也聽懂了，「你連小誠也殺了？他可是救過你的人啊！」怪不得那天晚上起，小誠也失蹤了，原來是被它——

『閉嘴！我跟你們這種忘恩負義的人不一樣——』

少年的怒吼瞬間讓教堂裡的燈管全數爆裂，女生們尖叫之餘，也趕緊護住頭部躲到木椅旁尋求掩護。失去照明的禮拜堂頓時陷入一片黑暗，所幸這並不影響沈舒澐的感應能力，她知道對方仍礙於耶穌像、或是姜尚霆而不敢出手。

姜尚霆第一時間打開手機照明，看見高中生們在柳晴風指引下，已及時躲在雕像旁；其餘女生見狀，也連忙跑到雕像旁尋求上帝的庇佑。

這下無關的人都有了充足保護，他也不必再有所受限。

「同學，你要我不插手，事實上我也無意干涉。」姜尚霆持續盯著伺機而動的少年，「但正如我朋友所說，你的所作所為已經牽涉無辜，照理來說，我不應該繼續縱容。」

「不過，要是你肯答應就此罷手，我還可以為你引渡一條路，讓你不至於茫茫渺渺漂泊不定，否則……」姜尚霆又從懷裡拿出一條串珠，「只能說，我很遺憾。」

『罷手？』少年咯咯笑了起來，『我從來沒有過這種想法……當然，也不打算要放過他們——』

糟了！接收到驟然而出的殺意，沈舒澐趕緊搶在少年出手之前，提前將姜尚霆拉離原地！

下一秒，少年竟無視耶穌的存在，雙手化為利爪衝向姜尚霆……的身後！速度之快，若非沈舒澐及時將他拉開，就算他再厲害也會受到波及！

這下不只所有人，連姜尚霆也訝異無比，這少年的力量竟然大到連耶穌都鎮不住了!?

只見少年俯而衝向神像下的高中生們，隻手一抓，便硬生生從蘇漢杰腿上刨下幾條肉來！

「哇啊啊——」蘇漢杰痛得大叫，連忙護住自己的小腿往後縮，但一碰到傷口就痛到快讓他哭出來了！

「喂！你沒事吧？」柳晴風第一時間蹲在蘇漢杰身邊查看，比起他那幾位「兄弟」還縮在神像下動也不動，算是有義氣多了。

「糟，不能再讓它傷人了！」姜尚霆趕緊將手上串珠扯斷，口中喃喃念著咒語，準備淨化這名失控的亡靈；而少年察覺姜尚霆的意圖，又隱入黑暗之中。

姜尚霆警戒地環望四周，這就是他討厭有自覺亡靈的原因，有理智懂得思考不說，更重要的是很會利用自身優勢躲藏！

感應到姜尚霆的困擾，沈舒澐開始仔細留意這座教堂裡的非人怨念。無論是「它」，還是姜尚霆，都不清楚形體或能隱藏，陰氣或能掩蓋，但念之一物，卻能實實在在顯示一個人當下的情緒及感受，同時指引出方向。

以念來尋找怨靈蹤跡，這種極其荒謬的行為，在今天以前，她從沒想過有朝一日她會這麼做。

「噓，別出聲。」沈舒澐走到姜尚霆身邊，低聲附耳，「我知道它的位置，在門口右邊的角落，別讓它發覺了。」

謝了，舒澐同學，幫了大忙。姜尚霆笑著在心裡頭回應，他這股感謝的念，相信她也感應得到。

他將扯斷的念珠握在手中，算準方向，便以迅雷不及掩耳的速度一把擲出！轉眼間，激烈的火花在空中迸開，所有人因而看得清楚，那名少年的靈體像是被散彈槍射傷般，所見之處都有燒紅般的灼傷。

『啊——好痛！你怎麼可以！』少年又驚又氣地看著身上的創傷，不敢相信那個人怎麼會發現的！

一條條赤橙色的灼痕遍布全身，好痛……這樣的傷口，不禁讓它想起生前，那些人也總愛在打掃時用鐵夾揮傷自己——

到底為什麼！為什麼是它！為什麼別人為非作歹就可以逍遙法外，而它只是要求個公道，卻百般受阻，到底憑什麼——

舊恨新仇，少年簡直有滔天的委屈與不甘願，既然這些人連討公道的機會都不給它，那就去死吧，通通都去死吧——

轟！外頭白光一閃，一記懾人心魄的響雷就此落下，接著是土石崩落的聲音，以及嘩嘩嘩的——洪水聲!?

「怎麼回事!?」聽到外面的動靜，佘曼珊像隻熱鍋上的螞蟻，著急地不知該待在原地還是逃命。

「喂！你又做了什麼！」一如本人衝動的個性，柳晴風像質問小孩地奔上前。

少年沒有回話，只是帶著怨毒的眼神漸隱。唯有沈舒澐讀到那通天徹地的怨念，她緊咬著唇，腳步已然站不穩，多虧姜尚霆及時發現她的異狀攙扶住，才不至於讓她被這種強力的意念擊倒。

「消失了……它死了嗎？」祈欣怯生生地問道，她簡直不敢相信，在主的聖堂內居然有鬼魂作祟……

「白癡，它本來就是死的！」王昊楊立刻擺起架子，順道強拉同伴起來，那兩個沒用的廢物都被嚇到腳軟了。

「我說你！別一副痞子樣，要是這麼有種，你剛剛怎麼不去找它單挑？」柳晴風最看不慣這種沒事耍大牌，碰到事情卻成縮頭烏龜的小癟三。

「現在呢？該、該怎麼辦？」曾麗淑一臉惶惶不安，娃娃音明顯發顫，更凸出她的害怕，「我剛剛聽到外面好像……」

「是連續大雨讓土石崩塌了嗎？」施育婷只能做出最合理的推測，她忙拿手機想向別處的友人確認，卻在看清手機螢幕的那一剎那徹底呆住。

「怎麼了？」曾麗淑看見好友的遲疑，也湊上前看，沒想到映入眼簾的竟是攪成一團亂的手機畫面！「妳、妳的手機怎麼會變成這樣？」

女生們聞言，也紛紛靠過去看，結果反射性地確認自己手機，得到的均是被攪成漩渦狀的混亂畫面。

「這、這……」佘曼珊快急死了，這代表連對外求救的機會都沒了!?

「尚霆！」柳晴風碎步跑來，也出示自己的手機畫面，「你們看——舒澐又怎麼了？」

「我沒事……」沈舒澐勉力掙開姜尚霆的攙扶，揉著太陽穴，「謝謝，又麻煩你了。」

「舒澐，妳又貧血了嗎？」柳晴風皺著眉頭問道，臉色那麼白，她不知道除了祁欣，舒澐的身體也這麼虛耶！

「小風，妳拿手機要我們看什麼？」姜尚霆反問，他對此比較在意，取過柳晴風的手機後，旋即明瞭於心。

「暫時別用手機了，這裡不宜久留，先離開吧，我待會解釋給妳聽。」他轉頭看向臉上毫無血色的沈舒澐，「舒澐同學，能走嗎？」

「嗯。」沈舒澐應道，邊晃著身子試圖找尋橘貓的蹤影，如果這裡不能待了，她也得設法將橘貓帶出教堂。

「怎麼了？」其他人已經在柳晴風的催促下離開禮拜堂，唯獨沈舒澐還摸黑不知道在找些什麼，姜尚霆默默跟在其後，深怕這位女孩一個不注意又會昏厥。

會讓舒澐同學這麼在意，應該只有那隻貓了吧？

「妳在找那隻貓嗎？」稍早他曾注意到，那是隻橘黃相間的貓，不同於尋常野貓，那隻貓的毛色鮮艷而有光澤，應是長時間生活不錯才有的狀態。

「嗯。」沈舒澐扶著木椅，無論她怎麼找，始終尋不著橘貓身影，內心不禁備感煩躁。

這時柳晴風衝了進來，從她慌張的表情與全副武裝看來可知絕對不是好消息——

「不好了！外面水淹進來了！」

「舒澐同學！貓的天性善於保護自己，妳別擔心！」姜尚霆試著安撫沈舒澐，他看得出她內心非常焦灼，「我們先離開這裡，說不定貓早已趁剛剛混亂的時候跑走了！」

這番話讓沈舒澐幡然醒悟，是啊，他說的對，貓是既聰明又靈敏的動物，沒理由待在這等死的。

「抱歉，多虧你提醒。」沈舒澐重拾她一向冷靜的思緒，這反倒讓她想起那名少年消失前，那綿延不絕的恨意——「是那傢伙，它打算拉所有人陪葬！」

「嗯，我知道是它。」那混亂的手機螢幕足以證明，怨靈之屬的氣場，能夠影響一切電子設備，

「我們先離開吧，小風，有哪裡能去？」

「只剩下綜合大樓了！剛剛幾個學生先把神父帶走，現在就剩我們班的跟那群死屁孩了！」柳晴風直接撩開布簾，好讓他們能看見外頭的狀況。

混濁的泥水逐漸從門口滲了進來，半小時前還不到階梯一半的水位，現在竟已漫到教堂；遠遠看去，教學大樓一樓幾乎泡在水底下，水速上升之快，實在令人害怕！

「外面的水一時半刻還不會對我們產生威脅，大家快涉水到隔壁的綜合大樓！」出乎沈舒澐二人意料，這種時候，最處變不驚的居然是柳晴風。

可能與她社長的身分有關，會不自覺地對他人產生使命感，仔細想想，剛才也是她引領其他人躲

在神像下的。

「可、可是！」至此佘曼珊還不想面對現實，「去綜合大樓，可是要下一段階梯啊！依照現在的水位，我們可能整個下半身都會泡在水裡，萬一不小心——」何況她為了晚上去夜店，只穿了一件熱褲啊！

「沒時間拖拖拉拉了，尚霆、舒澐你們先過去！」柳晴風挽起袖子，把她的長弓背在身上，「那個誰！來幫我，一起把太郎抱過去！牠太老了，我怕牠沒辦法撐過去。」

「什麼！妳瘋了嗎？」曾麗淑立刻發難，更白話一點的意思是：都要逃命了，哪有時間管一隻狗？

「呿！」沒來由的火氣上來，也許是今天經歷了太多波折，已讓沈舒澐沒什麼耐性，「我來幫妳吧！」

「妳？妳身體還好嗎？」看舒澐臉色，是在場所有人最虛弱的，柳晴風確實需要人手，但舒澐更需要幫忙啊！

「沒事，走！」沈舒澐果決地抬起太郎下半身，而柳晴風立刻上前抱住太郎，讓牠得以將身體依靠在她身上。

果然是人類，自私自利，當事情發生時，第一時間永遠只考慮到自己，這就是她討厭人，寧願把心力放在動物上的原因！

姜尚霆領先走在前頭引導，以防女孩們看不清水下的地形而失足滑倒；沈舒澐二人踩著積水，緩緩跟著姜尚霆移動腳步，而太郎彷彿知曉兩位女孩是為了幫助牠，因此不吵也不鬧，靜靜地任由二人抬舉。

蘇漢杰因腿傷不便於行，幸好他的同夥還願意左右各扛一肩，這才有辦法行動；女生們見其他人涉水，也顧不得會不會浸濕，全都爭先打傘衝了出去！

就這樣，姜尚霆先踏下階梯，儘管身材高佻，水依舊淹沒了他大腿以下的部分，他沿路指示兩位女孩哪裡落腳需要注意、哪裡地基又不太穩，直到兩人抵達V字形的彼岸——綜合大樓，他才接著渡水而上。

站在對岸的他們，可以看見隨後而來的，依序是三名高中生、體態修長的佘曼珊、嬌小柔弱的祁欣、略顯豐腴的樓嫣南，以及——

啪！

倒數第二的施育婷忽地絆了一下，腳像是勾到什麼無法動彈，她連忙叫住後方的好友求援，「麗淑！我腳好像被勾住了，妳能幫幫我嗎⁉」

「怎麼了⁉」曾麗淑止住腳步，雨聲浩大，她必須用喊的才有辦法讓對方聽見，同時看清纏在好友腳上的……一隻手⁉

「哇啊啊——妳、妳的腳！」高分貝的尖叫，讓已是娃娃音的曾麗淑叫聲更加刺耳！

施育婷顫巍巍地移動視線，定睛一看，赫見那竟是一隻被泡到發爛的手！

「哇啊啊——這什麼！救命！救命！」施育婷拼命甩動自己的腳，甚至連傘都丟了，手腳並用地想掙脫腐手箝制，卻沒想到腐手根本不為所動！

前方女生紛紛轉頭，全都看見了這幅怵目驚心的景象。佘曼珊只是更著急地划水到達對岸；而祁欣邊哭邊走，上了岸才在水邊進行禱告；樓嫵南則處在中間最尷尬的位置，她沒理由回頭。
正當曾麗淑躊躇著要過還是回頭時，又一隻腐手從水底竄上來抓住她，並從中浮現一顆人頭！一顆應是女孩，但只剩稀疏長髮覆蓋，眼神空洞死沉的臃腫腐屍！
目睹這場景的姜尚霆二話不說再度下水，他很是疑惑，明明水鬼已經被他用咒法封印，怎會……難道！水的流量成了洪水，連帶將它們的領域也擴大了？因此他雖然封印一個出口，但現在舉目皆水，根本到處都是它們的地盤！
像欲干擾救援似的，水流愈顯湍急，姜尚霆拉過還在渡水的樓嫵南，另一頭的施育婷與曾麗淑已被重重髮絲縛住，身上甚至爬了兩三隻水鬼！
眼看就要來不及，後頭突然響起飛箭破空的聲音──「尚霆小心！」
銀色箭桿在暗濛濛的視線下格外醒目，雖說柳晴風的箭術精準，不過只是普通的箭矢，料想不能對鬼怪之屬──
砰！箭矢在射進水鬼頭顱的瞬間開始燃燒，並由此延內，將水鬼燒得全身焦黑，最後因耐不住高溫而炸裂！
姜尚霆驚喜般地讚賞著，那把弓或箭，無疑是對付亡靈的一大法器！只不過一個平凡女孩，怎會擁有如此強力的武器？還是說，她也……
「快救她！」遠處的柳晴風大喊，方才的一箭已讓曾麗淑重獲自由，但她依舊沉浸在被水鬼攻擊的驚嚇中，一張臉哭得梨花帶淚，已然嚇得魂不附體。

姜尚霆甫上對岸，還沒來得及喘息，一陣巨浪便襲捲而來，看在他眼裡，那豈止是混合著泥沙的濁水？根本是一群水鬼乘著浪潮來勢洶洶好嗎！

情急之下他又從懷中取出一條新串珠，朝空中揮了兩圈，準確地讓串珠所經之處形成一層屏障，配合他的靈力，便足以成為他堅實的壁壘。

遠處的其他人看得目瞪口呆，當浪潮即將打上姜尚霆時，就像撞到一道透明無形的牆，同時在撞擊之處，憑空出現了許多被靈力消融的水鬼！

「散！」姜尚霆熟練又不失帥氣地往空中打了個驅鬼印，那些被屏障擋下的水鬼便通通被彈飛數十公尺遠！

「哇賽，帥呆了！」柳晴風發自內心讚揚著，這根本媲美電影特效了吧！

「……我說，現在是讚嘆的時候嗎？」沈舒澐不禁白了她一眼，那群水鬼對姜尚霆來說雖算不上威脅，不過對方使用鬼海戰術，也夠他自顧不暇了。

她若是那隻偏執鬼，絕對會趁這個機會除掉姜尚霆這塊大石，那麼危險的，就不只那兩個女生了。

蠢蠢欲動的惡意，正隱藏在某處。

「聽好，我去把人帶回來，一有危險妳就射箭掩護我們，明白嗎？」沈舒澐深深一呼吸，這裡唯一能指望的只有柳晴風，而姜尚霆對她有恩，她沒理由受恩不圖報。

「什麼！妳的身體不是還在——」不舒服嗎！柳晴風專心瞄準目標，她完全無法分神關照沈舒澐，選定目標她放手就是一箭！

「顧不了這麼多了！」沈舒澐心底很明白，再不把握時機把人帶回來，一旦事急有變，她們這群人便很難全身而退。

遠遠的，姜尚霆面對排山倒海的水鬼，索性以靈力張開一圈結界包覆自身，如此一來，水鬼無法直接侵犯於他，他還能對這些水鬼施予反擊。

「同學，快去看看妳朋友的狀況！」正如沈舒澐所言，對方使用的是名符其實的「鬼海」戰術，雖不至於對姜尚霆構成威脅，卻也讓他無法抽身！

而曾麗淑還呆愣在原地，直到姜尚霆吼了聲：「再遲就來不及了！」她才宛如觸電般地抖了下，緩緩回過神來。

只見她看了陷入纏鬥的姜尚霆一眼，又瞄了瞄求救聲越來越細微的施育婷，下一秒，她竟選擇掠過施育婷，趁水鬼們集中對付姜尚霆時，往人群的彼岸跑去！

看到這一幕的柳晴風差點沒氣到吐血！她的同學，居然就這麼捨下同伴，甚至拋下救她一命的人！

『真是……諷刺啊……』

陰寒近乎嘲笑的念驀地竄入沈舒澐腦中，雖然她早知道自私是人類天性，但她還真想不到有人可以無恥到這種地步！

「麗淑……」看到好友直接扔下自己逃走，施育婷使勁地擠出朋友的名字，她淚痕斑斑，聲如細蚊，一如她傷透了的心。

柳晴風再次架起箭矢，往那幾隻巴著人家身體不放的水鬼放箭，而施育婷的身子卻偏了一下，被更多髮絲強行拖入水中——噗咚！

岸上的女生們呆望這一切，急湍水流猶然擴散著波紋，隱約還能看見女孩那珍珠髮箍的光澤在晃動，頃刻之間，鮮紅色的液體染紅了土褐色的濁水，翻騰著水面。

「育、育婷！」祁欣難以接受地摀住臉，靠在樓嫣南的肩上哭泣。

「老大……現在我們該怎麼辦？」潘宏凱絞著衣角，心中悔恨開始湧現。

「早知道這樣……我就不要跟著欺負他了！」蘇漢杰道出心聲，反倒讓王昊楊一把揪住衣領。

「沒用的廢物給我聽著！那件事你們兩個都有份，別忘了我們是一條船上的人。」王昊楊湊近那張哭喪著的臉，壓低的聲音代表警告，「尤其是你蘇漢杰，要是敢扯我後腿，我現在就把你推下去跟它作伴！」

「我、我不會的！」蘇漢杰死命搖頭，對照他怕死的個性卻沒說服力。

「老大，你看！」潘宏凱驚然指著遠方的戰況，只看曾麗淑邊哭邊喊邊搖頭地掠過沈舒澐，一路尖叫著跑回同伴身邊。而那頭的沈舒澐剛拉過姜尚霆，回首，又赫見一片滔天浪潮迎面撲來！

「舒澐！」柳晴風高聲叫著，箭矢架在弦上，卻不知從何放起！放眼不見目標，這樣是要她怎麼掩護啦舒澐！

眼見巨浪即將吞噬兩人，姜尚霆權宜抱住沈舒澐轉了一圈，以自身的靈力舞成一層屏障，威力雖不如他結印念咒要來得堅固有效，甚至可能會傷及自身，但在這種危急存亡之刻還是聊勝於無。

感受到暖意的沈舒澐意識到自己又成了累贅，但更多擔心的是姜尚霆以肉身作盾，面對這種襲擊會受到什麼傷害……

水花四濺，耳畔淅瀝聲漸落，當沈舒澐再次仰起頭，映在眼前依然是那抹充滿自信的笑容，這一幕不禁讓她有些呆愣，遠在對岸的柳晴風更偷偷在內心吶喊：這也太太太浪漫了吧——

「你……沒事嗎？」

「放心，這點『小波浪』我還挺得住。」姜尚霆還笑得出來，他緊握住沈舒澐冰冷的手，「我們快過去吧，再遲恐又有變！」

說也奇怪，接下來除了雨彈滂沱，再無亡者現身阻擋，是以兩人不消頃刻時間就回到對岸，不禁令沈舒澐思考，難道是這波攻勢成功帶走一條人命，暫時讓那些傢伙得以心滿意足的緣故？

「舒澐、尚霆，你們沒事吧？有沒有受傷？」柳晴風急忙牽過沈舒澐，確認兩人沒事後才鬆一口氣，「天啊，你們嚇死我了！」

「我看真正需要『關心』的，應該是妳身後那位。」沈舒澐越過柳晴風，冷然對上那雙汪汪淚眼，心中有股不知名的火焰翻湧著。

「好了，此處不是說話之地，不宜久留。」姜尚霆聽得出沈舒澐話裡的惱怒，但當務之急還是先離開為上，「小風，有什麼地方能暫時歇息？」

「嗯……體育館拉起了封鎖線，所以鍛鍊室應該是沒有辦法去了。」柳晴風將溼潤的瀏海往耳後撥，好讓臉上可以舒服些，「好吧，我們先去弓道社辦好了，雖然有點擠，但應該還有辦法容納下我們這些人。」

「曼珊、祁欣，還有——」柳晴風旋身，將弓背在身上，「你們幾個死屁孩！雖然我很不想讓你們跟，不過要是你們保證安安分分，我還能勉強讓你們一起去。」

至於……柳晴風看了眼靠在祁欣肩膀痛哭的曾麗淑，像這種會捨棄同學跟救命恩人顧自逃命的人，她不知道自己是不是有那個心胸去接納，但要她丟下同學，她還是做不到……

肩頭一記觸擊，沈舒澐讀到柳晴風此時的想法，並向她點了點頭。同樣的，她也沒那麼慈悲心腸，更不是那種被賣還幫人數錢的濫好人個性。

沈舒澐冷凝地睥著那看似無害的可憐人兒，因此，接下來發生任何事，就各自求多福吧！

第八章　犧牲

綜合大樓，一棟集所有設施、功能於一身的建築，總受到學生的依賴，亦是學子固定往來的上課場所，如今，人數卻寥寥無幾。往校門外望去，放眼皆成一片灰濛濛汪洋，死氣沉沉。

一樓，明亮的7-11與麥當勞內，仍有少數學生避難於此，一來是穩定的食物供給處，二來也沒人敢外出，因此不曉得稍早前，已有名女孩慘死於水鬼之手。

面對麥當勞的右手邊，有條不起眼的通道，那是這所學校眾多社團的休憩處，簡稱社辦街。裡頭左右各有幾間辦公室，由申請到的各社團瓜分領地，有的壁壘分明、固守疆界；也有的打破界線、彼此互利，種種風格充斥著每間社辦。

柳晴風帶領一行人來到社辦街尾間的社辦，這裡由五個社團共用，她的弓道社一向樂於與其他社團交際，加上她本人的性格使然，很容易便與大家打成一片，所以社辦內也沒什麼疆域的概念。

而今，這間社辦只有數名電競社成員在裡頭，即便來了這麼多人，也不至於到擁擠難受。柳晴風和電競社的人講明原因，希望他們不介意讓狹窄的社辦暫時成為其他學生的休憩所。

「好了，電競社的人不介意讓你們在這休息，只要你們安分守己別吵到人家就好。」柳晴風隻手插腰瞪著高中生們，長弓還握在手中，「聽到沒！」

姜尚霆則盯著柳晴風手上的亮銀長弓，心裡很感興趣，「小風，妳這副弓箭很特別。」乃至於能讓亡靈形神俱滅，是殺傷力很強的武器。

「喔……這是我爸爸送給我的。」柳晴風回頭放下長弓，暗暗沉下雙眸，雖然刻意不讓姜尚霆看見，但這股念卻被沈舒澐接收到了。

又是淡淡的悲傷，究竟在這個開朗又聒噪的女孩背後，隱藏著什麼樣的故事？

沈舒澐安置好太郎，順手取過一條毛毯為牠擦乾身體，以防牠無法忍受這種季節的低溫。

「真沒想到，學校還有這麼一個地方。」沈舒澐挨到一張桌旁坐下，從不玩社團的她，課後只有回店裡善後、補貨，再者就是處理課業，她的一天就這麼過了，所以壓根兒不知道有所謂「社辦」的存在。

「蛤？」柳晴風不明白這段話所為何來，平常她要是沒事，要嘛在鍛鍊室指導社員練箭，要嘛到這串門子打牌，社辦對她來說是再稀鬆不過的處所了，也不覺有什麼稀奇？

而電競社的人見到一群女孩渾身溼漉漉地縮在角落，連忙提供了幾包衛生紙，好讓她們不至於著涼。

「謝啦！」柳晴風舉手向釋出善意的電競社成員致意，這幾個都是熟面孔，電競社的核心鐵三角──社長、副社、美宣長，據說電競社原本聲譽並不怎麼好，在學生間也沒什麼知名度，自從他們三個接頂社團後，接連的活動終於使社團振興，成為學校的當紅社團之一。

「不客氣，還有需要再跟我們說喔。」戴著無框眼鏡，身形略顯肥胖的是副社，整間社辦中，就屬他與柳晴風最處得來，理由不外乎他爽朗豪邁的個性與柳晴風一見如故。

「舒澐妳現在感覺怎麼樣？剛剛看妳臉色好白！」柳晴風把椅子拉近沈舒澐，適才因為情勢危急她沒有提，但她心裡一直很介意。

「不礙事了。」沈舒澐稍稍擦乾秀髮，邊按摩太陽穴，所幸這裡的人不多，她還有辦法忍受，要不然真是名符其實的「頭疼」。

「現在我們該怎麼辦好？」柳晴風低聲詢問，光是在這裡躲，那些水啊鬼啊很快就會跑到這來了！

「如果要解決問題，源頭就在那些高中生身上。」沈舒澐側首，眼尾還能瞥見在角落尋求庇護的少年們。

王昊楊與潘宏凱低著頭不發一語；而蘇漢杰將好幾張衛生紙疊在一起，充當紗布裹住自己血流不止的小腿，剛才勉強涉水而過，那些混合著泥沙的汙水對傷口造成不小刺激，他深怕細菌感染，還是忍著痛楚處理傷口。

祁欣將衛生紙分給其他女孩，信奉基督教的她在這種時刻還是能擔任安慰別人的角色，想到以往都是育婷負責這類貼心小事，心中不禁一陣酸楚。佘曼珊看似冷靜，倒不如說是不敢置信！這一切彷彿是場荒謬的惡夢，現在的她應該要在夜店與帥哥狂歡慶祝跨年啊！

樓嫣南定定地望著地板，方才的經歷對她來說仍心有餘悸，從前的她老愛看些驚悚片，沒想到真實在生活中上演又是截然不同的感受。曾麗淑來回抽取衛生紙擦拭眼淚鼻涕，她真的快嚇死了！還有育婷、育婷她——

「幹！妳是哭夠沒？一路上就聽妳在哭哭哭，是在哭屁啊！」王昊楊耐不住火氣，直接對著曾麗淑破口大罵。

曾麗淑淚眼圓瞠，完全沒想到會被突如其來指責。

佘曼珊立刻維護起友人，「你有沒有同理心啊？是沒看到人家女生嗎？說到底都是你們的錯！」

「女生又怎樣？我就是看不慣那娘砲，老子大方承認！」兩人都是團體中的Leader，吵起架來氣勢未嘗退讓，「剛剛放生同夥的也是她，現在才在那邊裝模作樣哭哭啼啼，有夠噁心！」

「你！」佘曼珊氣不過還要回嘴，卻被祁欣擋下來，都這種時候了，她不想再見到有人爭吵……

「停！你們要吵出去吵好嗎？這裡還有別人在，誰要再大吼大叫我就趕人出去！」柳晴風連忙轉頭向電競社的人道歉，「對不起，吵到你們了！」

接下來是一片靜默，被王昊楊痛罵後，曾麗淑再也不敢哭出聲音；而姜尚霆和沈舒澐靜靜聽著這一切，心中各自有譜。

「那我們……該怎麼辦？」良久，祁欣出乎意料打破了沉默，她絞著雙手向姜尚霆求救，明明很害怕卻得故作鎮定。

「那男孩沒說謊。」沈舒澐冷不防地出聲，一雙冷凝而銳利的雙眼掃視著三名高中生，「你們口中的小誠，並不是它殺的。」

「妳怎麼知道？妳不是說它已經連續殺了好幾個人嗎？」潘宏凱在地上越坐越冷，乾脆站起來。

「仔細想想，你們那群霸凌者中，至今還有誰沒出現？」沈舒澐仍盯著他們，冰冷的眼神直透心窩，不禁讓蘇漢杰打了個冷顫。

這番話提醒了王昊楊，的確，今天他們還有一個夥伴還沒現身，難道——

「早上的車禍，相信你們也有所耳聞。」沈舒澐對上王昊楊的雙眼，陡然問了個毫不相干的問題，「沒出現的那位，平時怎麼參與霸凌？」

王昊楊回想起他們平常在學校的情景……豪仔總愛巴頭、拉「它」去撞牆，而潘宏凱和蘇漢杰看情況隨時補上一槍，小誠負責把風，阿侑則是……幹！

潘宏凱和蘇漢杰也同時醒悟，阿侑最愛把人壓在腳下踩，聲稱對方是髒東西，得鎮壓鎮壓！按照它的報復手段……

「聽說校車翻覆時，順便壓死了一個高中生。」沈舒澐的語氣絲毫不帶感情，她說的每一句話、每一個字，都猶如無數的針刺重擊著他們的心防。

姜尚霆知道她是想逼這群高中生說出實話，世人的天性避重就輕，要是不使出殺手鐧，便永遠無法得知事情的真相。

「那妳憑什麼肯定小誠不是那娘砲殺的⁉」王昊楊強忍怒火，那娘砲一再殺死他同夥，卻刻意把他們留到最後，是想看他跪地求饒的樣子嗎？妄想！

「你應該也有看到那少年的模樣，那股委屈與怨恨，不可能毫無來由。」姜尚霆接過話，當然他不是沒見過那種不可理喻的亡靈，為了他完全不能理解的理由執迷造孽，但這次，他認為事出有因。

「為什麼它說你們忘恩負義？你們究竟對它做了什麼？我認為你們沒有把事實全盤托出。」姜尚霆嚴肅地看著他們身上散發的戾氣，怨毒重重，「你們絕不只把人追到後山這麼簡單。」

「就說了我們只把它追到後山而已！」蘇漢杰忍著腿傷反駁，看在姜尚霆眼裡，更像是心虛的表現。

劈啪，電燈毫無預警地滅了。

所有電器不約而同地停止運轉，社辦外瞬而暗下，陣陣驚呼聲此起彼伏，這樣的騷動不禁感染了這頭的驚弓之鳥，女孩們相互緊抱，至少這樣的體溫還能保留一絲安全感。

柳晴風第一時間衝到門外探查情況，發現不只他們這間停電而已，「大家別緊張，只是停電！」

停電？不，山雨欲來的惡意，沉重的壓迫感，逼得沈舒澐十分不舒服，她直覺地瞪向天花板，有什麼事就要發生了。

她在姜尚霆耳邊低語，訴說她感知到的異樣，好讓姜尚霆有所防備；同樣的，重重的壓力也讓姜尚霆有所察覺。

太郎警戒地起身，到底是動物的感覺靈敏，牠望著天花板發出低吼，這舉動不禁讓眾人聯想起教堂的情形，女孩們不由得挪動身子遠離太郎，人人戒慎恐懼。

奔踏的足音倏而蹦蹦蹦地傳來，夾雜著或驚或恐的尖叫聲，無疑讓本就恐懼的人更加害怕。各式各樣慌亂的意念紛紛灌入沈舒澐腦中，她必須專注精神，才有辦法應付雜亂的意念衝撞。

「舒澐同學，得委屈妳忍忍了。」姜尚霆現在只要看她露出不耐的神情，就能理解她應又是被所謂的「念」所侵擾。

「嗯，我沒事。」意念雖然紛雜，但值得慶幸的是屬於活人的念，她還不至於無法消受，只消與平常一般，恪守精神充腦不聞就行，「樓上來了很多人，是來避難的。」

「蛤？避難？」柳晴風傢伙都準備好了，聞言還是狐疑向外探去，果不其然發現從右邊的階梯跑下了許多人，包含稍早前才見過面的教官與老師。

「盈君老師——這裡這裡！」柳晴風向周盈君招手，趕緊把她接到社辦裡，幾個認識柳晴風的老師教官、包含早前的雲芮副局也順勢躲了進來，窄小的空間瞬間湧入更多人，變得更加擁擠。

「怎麼回事？老師你們怎麼——」柳晴風話還沒說完，只看周盈君驚魂未定地把門關上、上鎖，這才喘了幾口大氣，窘迫不堪。

「外面、外面突然來了好多……」周盈君嚇得魂不附體，雲芮副局便代替她簡單說明，他和警局同仁們因為淹水，不得已在辦公室暫避，誰知過沒多久，忽然出現一群根本不可能存於現實世界的亡靈！

它們闖進辦公室，幾個反應不過的同仁已經遇害，他連開好幾槍，順便把一切能丟的東西都丟盡，才逮到機會逃到社辦街來。

沈舒澐瞇起眼睛，果然出大事了，一層又一層的怨念，正由遠而近。

「小心，它們來了。」她擰眉說著，音量只讓姜尚霆聽見。

「嗯，我也感覺到了。」陰氣重重，看來對方來數眾多，只是這裡黑漆漆目不視物，無異於坐而待斃。

電筒。

喀嚓兩聲，斗大一室瞬而通明起來，姜尚霆訝然回首，只見那幾個電競社成員已經亮起工業手

「視線受阻，你們也很難做出應對吧？」說話的人柳晴風認出那是電競社的社長，他一向戴著口

罩，沉默寡言，此刻聽聞他聲音還真是滿意外的！

沈舒澐不由得瞥了那人一眼。陰氣逐漸逼近，踏踏的足音逐步清晰，所有人都能清楚聽見，踏、

踏、踏……砰！

門倏而被重擊，幾個女孩再也無法忍受直接「啊呀」地叫出聲，尤其高分貝的曾麗淑與外頭的尖

叫聲簡直形成一種共鳴，讓人倍感刺耳——但對沈舒澐而言，這都沒有比那層層的怨念來得難受。

又砰的一聲，門終告損毀，在手電筒的照耀下，映入所有人眼簾的是一個個活像遠古戰場上的亡

靈士兵！

它們各個衣衫襤褸，殘破的軀幹露出枯骨，混合了涔涔滴落的泥沙，就像剛從土裡爬出來的；手

持的各式武器，囊括了短劍、大刀、斧頭、長槍等等，儘管腐朽斑斑，還是能想像昔日在戰場上的

威風。

不是水鬼？姜尚霆暗暗心驚，這些亡靈是從土裡被喚醒的，乃至於有了實體，難道事情真如他所

想的一樣？

柳晴風咻咻兩箭，解決了兩個來勢洶洶的亡靈，待她要發第三箭時，卻被姜尚霆出聲阻止，「小

風，不要浪費妳的箭，保護好其他人！」

姜尚霆一馬衝出，側身閃過亡靈的劈砍，邊揮舞著長串念珠，搭配口中的驅鬼咒，串珠所至，皆使亡靈燒毀消融！

但亡靈的數量非但沒有減少，反倒湧入越來越多，雖然姜尚霆應付起來並不吃力，不過終究出現漏網之魚，幾個亡靈手拿武器朝人們劈來！

聚在一起的人們瞬間鳥獸散，各自在狹隘的角落中求生存，柳晴風礙於空間過窄無法射箭，二來姜尚霆說的也是事實，箭矢攜帶不多，更不能沒頭沒腦浪費！

沈舒澐冷靜地站在原地，這種時刻要是到處亂跑，只是徒增危險罷了，她用身體擋住發怒的太郎，避免牠忍不住暴衝出去，誰叫那憤怒的意念比起重重怨念更令她掛心。

「可惡！」柳晴風英雄無用武之地，完全想不到一年的最後一天會這麼收場！

——要是爸爸在……欸，有了！

她像是猛然想起什麼，忙從頸間掏出一枚護身符，有別於傳統廟宇的紅黃配色，柳晴風的護身符呈現別緻的碧綠色，上頭織工精細，是她媽媽親手縫紉的！

她學姜尚霆將護身符揮舞成圓，果然有助於阻擋亡靈逼近，只不過遠水救不了近火，樓嫣南肩頸被砍了道傷口、潘宏凱手臂被刺了一劍，若非還有雲芮副局奮力抵抗，傷亡簡直不敢想像。

眼看戰局越來越混亂，姜尚霆被亡靈包圍無法抽身，雲芮副局子彈用盡，他只得拿起棒球社的球棍充當武器——柳晴風再也按捺不住，請沈舒澐注意安全後，便揮舞著護身符朝人群而去！

另一頭，蘇漢杰不良於行，潘宏凱雙手受創，王昊楊也學雲芮副局撿了根球棒抵擋，總好過乖乖等死！而身材高壯的他揮起球棒，竟一度能掃退亡靈！

幾名老師教官四處竄逃，企圖逃離現場，卻相繼被亡靈砍殺，血花當場四濺，使得未嗜血的亡靈變得更加激動！

『不能死……不能死……』

『活命……重生……』

『未竟……之事……』

各種求生的欲念隨著鮮血的感染而大盛，使得沈舒澐腦中嗡嗡一片、似煙霧般遮蔽了她的理智……她不明白怎麼回事？這些不知死透多久的傢伙，現在竟一心一意想著生前之事？

亡靈因為血腥變得亢奮，攻勢益加兇猛，柳晴風趁著護身符灼燒亡靈的空隙，趕緊將周盈君、雲芮等人拉離鬼群，卻沒注意到身後來勢洶洶的大刀！

「柳晴風！」沈舒澐大驚，連忙反射性地上前推開柳晴風，那大刀匡的一聲砍沒於地，還來不及喘息，眼尾餘光又見側面迎來一記長槍突刺！

眼看反應不迭，長槍就要貫入體內，沈舒澐卻顯得一陣恍然，連什麼是掙扎都……都……

「舒澐！」「舒澐同學──」「汪汪！」

沈舒澐雙眼閉闔、只待死命，耳畔卻響起憤怒的犬叫聲，驅逐了佔據腦中的混沌！她遽然覺醒，才意識到那隻年事已高的校犬──太郎！

太郎驀地從眼前飛撲過去，死命咬住長槍，責備的意念如萬叢荊棘中的鮮花般突出，牠……在責備自己毫不抵抗！

是啊……既然她都知道人生沒有兩次，也更加珍惜每分每秒為自己而活，怎能到了這當口生死交加之際，反倒任由亡靈意念擺布？

眼見太郎為她犯險，更凸顯了自身的不該！她衝了過去，抱著和亡靈肉搏的決心，孰知下一秒，亡靈竟甩動長槍將太郎整個摔飛出去！

身體狠撞牆壁砰的一聲，卻沒有多餘哀號，不光是沈舒澐，就連柳晴風、躲在書櫃後的祁欣、佘曼珊等人也倒抽了一口氣——

「太郎！」沈舒澐心急如焚，卻沒時間擔憂，亡靈提著長槍又是一刺，她急忙向後閃避，但後頭挾帶的風壓甚猛，逼得她趕緊蹲低往旁滾去。

這樣下去不是辦法！姜尚霆甩動串珠，將追擊沈舒澐的大刀亡靈攔腰斷成兩截，再順勢往門口一拋——

灌注靈力的串珠開始在空中閃耀白光，光芒所至之處，皆使亡靈逐漸燃燒，乃至全數化為灰燼！威脅瞬間減低，柳晴風趁那長槍亡靈還在掙扎，趕緊將護符緊握手中，接著凝聚全身力氣，朝那未腐爛完全的臉上灌下去！

「這是為太郎報仇——」拳頭觸及到亡靈的那一剎那，竟隱約燃燒著火光，一如柳晴風的怒火中燒！長槍亡靈連哀號的時間都沒有，便隨著光芒的逝去而化作焦炭。

姜尚霆好整以暇地取下串珠掛在門口，再施以靈力咒法，暫時為社辦布下一道簡單結界。回頭，只見兩名女孩蹲坐在土狗身邊，神情哀傷。

「太郎、太郎……」柳晴風輕聲喚著，動作溫柔地撫著太郎。牠嘴角滲血，氣息奄奄，儼然受了重傷。

太郎無力地看了看她，卻無法吠出聲安慰，再轉動眼珠，終於看到那名女孩安然無恙，心中大為寬慰。

沈舒澐坐在太郎面前，四目相交，不需要言語作為媒介，她已能明白太郎的心意……一心希望學生平安無事、快快樂樂畢業，是牠生活在學校的願景。

每年來來去去，看學生一批換過一批，雖然總是人生過客，大多為一面之緣，有人卻在畢業後仍惦記著牠，看著當年青澀的臉龐蛻變成長，興高采烈地喚牠一聲：太郎！那是無比的雀躍……

沈舒澐忍不住一陣鼻酸，她伸手撫摸太郎，靜靜陪伴牠走完最後一程，直至其了無遺憾斷氣，她才緩緩站起身子。

「舒澐同學……」姜尚霆看見沈舒澐露出結識以來，從未有過的哀戚神情。

「下一步你打算怎麼做？」再次睜開眼睛，沈舒澐的雙眼變得更加冰冷，那是宛如杜絕所有情感、不滯於物的眼神。

姜尚霆領略其意，也就不再多言，他知道沈舒澐多半已經讀到他的想法。

「就像妳說的，要解決事情，得從根本下手。」他轉頭看向那幾個身負輕重傷的高中生，他們必然與後山有所牽連，抑或無意中解開了什麼封印或咒術，否則不會使沉睡已久的遠古亡靈也在此刻復甦。

「所以，我們得去後山一趟嗎？」柳晴風也站了起來，指向高中生們，「連同他們一起？」

「什、什麼！妳瘋了嗎!?」蘇漢杰抱著小腿往角落裡縮，他可沒忘記那些亡靈是怎麼在他面前殺人的，「外面都是鬼啊！」

「就、就是啊！妳沒看到我的手也被那些鬼砍傷嗎？」潘宏凱伸出雙手，果然血流如注，傷口大小深淺均有，「而且還有那些女鬼啊！」

說起那些水鬼，曾麗淑又是一顫，她還沒從施育婷的陰影中走出，馬上又遭遇這些遠古亡靈，精神狀況已經瀕臨極限。

「事出必有因，我相信你們也很清楚，對方的目標是你們。」姜尚霆極其嚴肅，但仍保持著聲穩氣順，「要是我們冷血一點，大可不必蹚這趟渾水，千萬別以為這是我們的義務。」

世人的天性自私，總愛抱持僥倖的心態，想撿便宜卻又不願親自付出，只待收割共享別人的成果，天下間哪有這麼好的事情！

「我怕你們中文程度不好，尚霆的意思是：要是你們想擺爛坐享其成，他就放任你們在這裡被鬼殺！」柳晴風直接把話語背後的威脅說得明白，憑什麼這幾個死屁孩就可以安安穩穩待在這，而他們倒要親冒矢石衝鋒陷陣？

「走！」王昊楊出乎意料地乾脆，「既然那娘砲一心一意要對付我們，老子才沒在怕！」

「老、老大……」蘇漢杰還想哀求，卻被王昊楊連同潘宏凱一起拉起來，不給他們拒絕的機會。

「其餘無關的人可以待在這裡，就麻煩這位同學協助了，好嗎？」姜尚霆越過眾多視線，對著從頭到尾都在一旁觀看的電競社成員說道。

他們仍拿著手電筒為大家照明，周圍連一點打鬥的痕跡都沒有，恍若置剛才的騷動於千里之外。

電競社社長微微頷首，不發一語，似乎在等待所有人做好決定。

沈舒澐瞧他們個個毫髮無傷，而這位社長散發的氣場更加異於常人，八成也是擁有特殊力量的人。

「老師、副局，你們請安心待在這裡，順便……幫我們照顧好太郎……」柳晴風對姜尚霆的決策沒有太多疑慮，雖然她是不懂怎麼會託付給電競社的人啦，但尚霆想必有他的理由，相信就對了。

「小風，你們放心，太郎就交給老師，老師會……好好照顧牠的。」方才的情景周盈君也看得一清二楚，這幾個孩子年紀輕輕，遭逢這樣的憾事對他們也是殘忍……

「小姑娘，您放心，有副局在，副局會好好保護大家的。」雲芮身上多處掛彩，仍不失其男子氣概，身為副局，他必一肩扛起保護人民安全的重擔！

「那我們走吧！」柳晴風背起長弓，一副蓄勢待發的模樣。

「……妳，不留下嗎？」沈舒澐想表達的是，其實她也與這件事情無關，大可不必往未知的危險裡鑽。

「說什麼話！要不是因為我，太郎也不會……」柳晴風沒忘記沈舒澐是為了救她，才使自己陷入危機中，「所以這件事情上，我必須負責任！」

「那、那個……」祁欣怯弱地走來，囁嚅開口，「我、我也可以跟你們一起去嗎？」

妳？別鬧了！班上數一數二膽小的小妮子居然也想跟著去？不過柳晴風沒有直接吐槽，儘管通通被沈舒澐感應到了。

「是啊……要是可以的話，我們也希望能跟著去，對嗎嫵南？」佘曼珊自從遭遇淹水威脅、群鬼肆虐，自身光采也隨著夜晚的計劃泡湯而顯得黯淡。

「呃？啊……對、對！」樓嫵南面白如紙，她肩頸被砍了一刀，現仍血流不止，卻也不惜跟著姜尚霆等人深入後山，為的是……

啊，原來如此。她們心中盤算的念頭終究瞞不過沈舒澐，對她們來說，比起再安逸的地方，都不及巴著姜尚霆來得有保障。

呵，她們也真是天真，難道她們真認為保護她們是一種義務？她們的人身安全得由他們來負責？但是她更清楚，他們之中有位對女性十分紳士的男子，料想不會拒絕柔弱女孩的苦苦哀求。

最後，只剩下周盈君、雲芮與電競社的人留在社辦打理殘局，無論是太郎、還是那些死亡的教官老師，都需要人幫忙善後。曾麗淑一度拒絕上山，但見好友們一個個離開，她還是硬著頭皮跟上，並祈禱那名看起來很厲害的男生能看她是女生的份上保護她。

不過她似乎忘了，稍早前姜尚霆的確救過她一命，但當她毅然決然選擇拋棄恩人逃走時，不曉得待危機再次來臨，對方是否還存有那樣的寬宏大量？

「小風，待會由我開路，後頭的安全就麻煩妳了，好嗎？」姜尚霆取下門上念珠，意味著此處將不再受到結界保護，但他自忖也沒這個需要。

「OK！」柳晴風將護身符握於手中，以便應付突如其來的亡靈，那枚護符方才姜尚霆在慌亂之中曾見過，論外觀、論威力，皆非一般護身符可比，這個女孩，身上盡是些威力強大的法器。

「由我指路吧。」沈舒澐趁那群女生還在跟高中生爭執誰先誰後，先來到姜尚霆身後，「我還能藉由念的指引，避開無謂的戰鬥。」

「那就有勞舒澐同學了。」現下分秒必爭，他們必須用最快的時間到達後山，所以姜尚霆不等那頭的人吵完，直接聽從沈舒澐的指示往右方的防火階梯上樓。

其餘人見狀，也顧不得誰要先誰要後，全都一窩蜂地擠在隊伍中間，反正只要不脫離隊伍就好。

臨行前，沈舒澐還是忍不住看了太郎一眼，隱隱怒火，正悄然在她內心燃燒。

第九章　隱憂

綜合大樓四樓，在功能上不只作為學校教學的場所，也是通往後山區的路徑之一，扮演連接學校前後的重要使命，是全校不可或缺的所在。

由於地理位置特殊，是以此地格局採開放式的空間，正中央是一處寬敞的平台，時常作為學生課後活動的練習場所；平台兩側，是一間間教室，盡頭各有電梯、樓梯通往更高的樓層。

平台往前延伸，是一小段螺旋式階梯，以便區隔與四樓的性質，階梯之上是一段天橋，能讓學生爬往圖書館與宿舍區，乃住宿生每天往來的必要途徑。

在沈舒澐的指引下，姜尚霆一行人果然沒有遇到太多亡靈阻礙，當然更多的是在現身之前就被姜尚霆給消滅。

眾人來到平台上，卻不自覺地停下腳步，點點細雨在外頭滴答滴答，彷彿一種劫難後的餘韻。

「咦？雨停了！」柳晴風喜出望外，「太好了，這樣就不用擔心水淹上來了！」不然她一路走來，始終掛心著社辦的大家。

「壞事一向都是接二連三的，來得快去得也快的壞事卻前所未聞。」從沈舒澐口中說出這種殘忍的現實，聽在其他人耳裡，都不免覺得人生毫無希望，「可別指望有什麼好事。」

唯有姜尚霆能夠理解，自幼懷抱那種天賦的女孩，無論是人性的黑暗面、抑或世事的殘酷面，她是最深入其中的人。

因此她就事實而論，呈現的往往消極負面，然而在姜尚霆的內心深處，卻有一絲悸動澎湃著，他想改變她這種命運——但一切都得等眼前難關結束。

「我們還是趕緊上山吧。」隨著夜幕低垂，姜尚霆擔心拖得越晚，變數就相對越多，而那名少年至今仍隱蔽不出，必是想累積實力一口氣爆發。

它的力量既足以進行幻化，甚至連耶穌像都鎮不住，縱使當時受了傷，若放任不管，終將為禍匪淺。

加上……照那群高中生的說辭，那少年已失蹤一週，便代表今夜是它的頭七，一旦到了子時，它的力量將發揮到最大！屆時，一場惡戰在所難免。

「慢著，有古怪。」沈舒澐乾脆閉起眼睛感受，方才漸而遠去的怨念，這會兒又逐漸逼近，目標……似乎針對他們！

曾麗淑聞言，立刻縮在豐腴的樓嫣南旁邊，慌張行為牽動了樓嫣南的肩傷，不免令她一陣哀號！高中生們更是驚慌，連忙躲在王昊楊身後，他們素來對這個大姐說的話十分忌憚，她要是說有古怪，那就絕對不可能正常啦！

「什麼古怪？妳倒是講清楚啊！」佘曼珊片刻都不想停留，她只想趕快了結、趕緊離開這座她一輩子都不想再踏進的校園！

「重重怨念……正朝向這裡而來！」沈舒澐低喃著，卻語驚眾人，女孩們僅以為她是性格乖僻的怪人，原來就連她也感覺得到鬼嗎!?

「舒澐！原來妳——」柳晴風話未出口，沈舒澐便感覺到四方襲來的壓力——

『必將……復活……』

『吾命……再起……』

『復生——復生——』

強大的念瞬間令沈舒澐站不住腳，幸虧被姜尚霆眼快搶先一步攙扶。

「舒澐同學，振作一點！」當他察覺沈舒澐臉色不對勁時，就料到有可能出現這種狀況……事實上，這安寧到詭異的氛圍也讓他覺得不對勁。

就算一路上靠舒澐同學的感知，避開絕大多數的亡靈，但陰氣不減反增，社辦裡遇上的只是一小部分，先鋒之後的主力……才是令他最擔憂的。

懷中的女性倏地跳開雙眼，一層厚過一層的怨念不停來回重擊她的精神、也迫擊她的理智！她身子搖晃走向高中生們，一把揪住王昊楊的衣領，爆吼出聲：「你們究竟還有什麼事隱瞞沒說的，快給我說清楚！」

接連的意外，本就使她的耐性消磨殆盡，但真正引爆她怒火的，是太郎為了保護她而犧牲自己性命！

而這一切的根源，全都歸咎於這群高中生上！眼下亡靈未解，又傳來行軍般的求生怨念，究竟要惹來多少事情、牽連多少無關的人才肯罷休!?

「舒澐……妳別激動啊！」柳晴風試圖安撫沈舒澐的怒氣，天曉得舒澐生起氣來這麼可怕，打死她以後都不敢惹舒澐生氣啦！

「我……」面對比自己矮一顆頭的沈舒澐，王昊楊竟一時語塞，氣勢完全被沈舒澐輾壓。

身旁的兩個同夥顫抖著雙腿，有那麼一剎那，他們覺得這個大姐生氣的模樣比什麼鬼都還嚇人……

「舒澐同學，冷靜下來，有話好好說。」姜尚霆設法緩和沈舒澐的情緒，她大概是被所謂的念侵擾到失去耐性，才會如此失控。此地陰氣逐漸聚集，爭吵實在不明智，「你們！都這種時候了還不吐實？」

「我、我們……把它趕進了後山，結果遇到了鬼……」王昊楊一時半刻被沈舒澐嚇得不知所措，竟將事情的經過全盤托出。

見到老大攤牌，蘇漢杰再也忍不住直接哭出來，「然後、然後鬼抓住它，我們就嚇到逃回來了……」

「逃回來？你們見死不救!?」柳晴風差點沒暈過去，他們就這樣跑了!?

潘宏凱睜著大眼，雖然不若蘇漢杰哭哭啼啼，也已眼眶泛淚，「對、對不起！但我們真的很怕……很怕！」

不，不對。

沈舒澐洞悉他們內心的一切，這幾個人仍然避重就輕，但真相她已猜到八九不離十。

「原來如此，這就是你們身上帶著濃厚戾氣的原因，見死不救啊……」姜尚霆若有所思地摸著下巴，這樣的確能說通那名少年找他們報仇的原因，但「忘恩負義」又該如何解釋？還有水鬼、遠古亡靈，甚至舒澐同學提到的虎嘯聲，他們提供的說辭，仍無助於理解整起事件全貌。

行軍的怨念持續逼近，但已不足影響全心全意恪守精神的沈舒澐，她抑下怒氣，感應怨念距離，提醒姜尚霆亡靈來犯。

「小心戒備。」這些亡靈就像是把他們鎖定在此處，打算來個甕中捉鱉，「它們有很強的求生欲念！」

「嗯？求生？」姜尚霆還沒來得及會意，一陣陰氣驟然襲捲而至！

鏘鏘……細微而熟悉的金屬聲傳來，漸而清晰，一個個曾在遙遠時代戰死沙場的亡靈接連現身，就像是穿過無形的簾幕，轉瞬之間已然包圍眾人！

曾麗淑照慣例尖叫出聲，與祁欣緊緊相擁；樓嬿南刷白了臉色，祈禱自己還有命活下去；佘曼珊則伺機躲在姜尚霆或柳晴風其後，他們兩個對她而言是活命的保證。

王昊楊拿著從社辦帶來的球棒環顧四周，其餘兩名同夥緊跟其旁，他們到底還是掩蓋了老大親自把「它」踢下土丘的事實……

姜尚霆擰眉看著難計其數的遠古亡靈，果然先前的攻勢只是開胃菜嗎？他取出串珠，暗自將靈力灌注其上，要對付這麼一大批亡靈，雖對他不成問題，但身邊終究有一群需要照顧的人。

他將念珠置於胸前施咒，接著以他為圓心，迸發出一股清新的能量將眾人籠罩在內——沈舒澐再熟悉不過，那是他救她出鬼打牆時所散發的氣場，溫暖而強大。

「大家跟緊了，小心行走，一旦出了結界，就連我也難救！」時間有限，姜尚霆不敢戀戰，這些亡靈只是其次，上山解決源頭才是首要目標。

眾人緩緩而行，女孩們更是身貼著身，喀嚓一聲傳來，視線隨著聲響變得清明，原來柳晴風在離開社辦時，還不忘跟電競社的人借來一支手電筒，否則滿滿的鬼啊亡靈啊不論，他們還得摸黑上山啊！

沈舒澐不禁瞟了柳晴風一眼，原來在她心中，摸黑上山比亡靈肆虐更令人在意嗎？

樹枝咻的一聲閃過沈舒澐眼前，幾名看似弓弩手的亡靈，它們身上的弓弩、箭矢均已在長年的地底下腐朽，因此只能以樹枝、細石等充當武器，這樣一來，它們的攻擊也足以穿透姜尚霆設下的屏障——危險！

說時遲那時快，亡靈們宛若察覺了這點，口中不斷嚷嚷沒人聽得懂的語言，頃刻間，許多飛石樹枝便來回穿梭於人群之間！

女孩們「哇啊」的慘叫，蘇漢杰與潘宏凱抱頭閃躲，王昊楊則在有限的空間內揮動球棒抵擋，但仍不免被樹枝插進了小腿！

在這樣的情況下，屏障內的人們亂成一團，佘曼珊開始猶豫是不是該找機會逃出去，但眼下四處皆鬼，也看似走投無路！祁欣被刺中手肘，樓嬿南被石頭砸到右額，曾麗淑則努力往裡頭內擠，擠進一分是一分，說什麼她也不要遠離屏障的保護！

一陣慌亂中，沈舒澐感覺自己被人推了一把，她一個重心不穩跌出人群，亡靈立刻群湧而上——

「舒澐小心！」柳晴風立即飛奔出去，以護身符掃退蜂擁而至的亡靈，暫時護得沈舒澐一刻安全，卻無法保得兩人全身而退！

「小風回來！」姜尚霆在後頭高喊，現在的他無法抽身，結界的產生繫於灌注他靈力的串珠之上，必須由他信任的人來維持結界才行！

再怎麼說，他看過的鬼未嘗少卻於人，人性之脆弱、危難時的求生欲，最容易引出人心的黑暗。所以，唯有他信任的人來維持結界，他才能放心救人，否則他深怕一出去，這條串珠恐會淪為你爭我奪的嘴邊肉。

柳晴風聞言，立刻護著沈舒澐往後退，但亡靈數量眾多，她只能不斷以橫掃的方式阻擋亡靈接近，同時還得躲避樹枝飛石的襲擊。

姜尚霆邊移動陣地，大手一拉，率先把柳晴風撈了回來，他把串珠交予柳晴風，叮囑她守好結界，自己則一馬當先衝了出去。

他閃過迎面而來的大刀與斧頭，再以驅鬼咒法擊退亡靈，動作看似輕描淡寫，情形卻讓看的人為他捏一把冷汗。

而沈舒澐失去了柳晴風的保護依舊臨危不亂，她以翻滾代替閃避，總算躲過連續的長槍刺擊，但情況不容她喘息，隨後又有一波攻勢湧上！

她急忙起身，腦中感應周遭傳來的殺意，既然走頭無路，她索性往鬼少的一方奔去，再比照她對付水鬼時，抬腳用力往亡靈腿骨一蹬——

喀的一聲，清脆而響亮，沈舒澐見攻擊奏效，連忙趁其他亡靈還沒包圍過來時，再踹斷幾根亡靈的腿骨！

危機暫解，柳晴風看得連聲歡呼，就連姜尚霆也不得不佩服她的機智與膽識——不過是這些亡靈結合了實體，若是無形的怨靈厲鬼，她恐怕就危險了。

「舒澐同學，有受傷嗎？」姜尚霆解決那頭的亡靈後，隨即趕到沈舒澐身邊，掩護其撤退。

沈舒澐搖了搖頭，比起這些難以計數的亡靈，更需要在意的是……有人趁亂推她出去，想置她於死地。但這個人將心緒隱藏得很好，究竟會是誰？

亡靈再度齊湧，姜尚霆乾脆以身橫在沈舒澐前，只看他雙手握拳交叉，像是用力掙脫枷鎖般，由上而下摒放開來！在那瞬間，離他最近的沈舒澐彷彿看見了一縷藍紫色的……火花？

接著，咫尺距離內，亡靈們恍如撞到一堵透明色的牆，始終無法進犯！而姜尚霆更不須任何法器輔助，僅只是以自己的靈力搭配咒法，那些撞上牆的亡靈便像觸電般，伴隨著淡淡焦味而炭化！

這幕讓女孩們與高中生看得目瞪口呆，尤其是祁欣，整個人看傻了眼，連嘴巴都忘記閉起，而柳晴風則是直接以讚嘆聲表達內心的高亢。

這頭的念在重重怨念中特別凸顯，就如遍地仙人掌中開出的鮮豔花朵，有洋溢、有欽羨，也有……嗯？沈舒澐望著祁欣，瞧她的表情活像看偶像般沉醉，這種時刻還有心情作白日夢？

回頭，卻見天外飛來一根枯枝，離自己的雙目越來越近——

『吼——』

震耳欲聾的咆嘯聲挾帶著狂風，硬是將在場所有的枝枒飛石悉數震落！亡靈們個個露出驚畏之色、哀號遍野，尤有甚者更直接在怒吼聲中化作塵煙！

姜尚霆終於也親自體會到所謂的虎嘯聲……到底是萬獸之王，氣勢奔放雄渾，區區亡靈怎能抵擋？因此古中國的四聖獸中，西方以「白虎」作為守護神；而道教神祇中，也有所謂的「虎爺」在列，專門負責驅魔逐鬼一職。

只是此地，又怎會有如此神獸相助？

脫離險境的沈舒澐不比上回餘悸猶存，她可以感覺對方並無敵意，更像是為了救她……說起來還稱得上是盟友，犯不著她擔心。

她摸著耳朵，腦袋至今仍嗡嗡作響，難怪那群鬼會被震得支離破碎。

亡靈們爭先恐後逃命，古書所謂「兵敗如山倒」的情況，如今活生生在眼前上演，總算能一窺這段話的真意。

柳晴風被這突然的虎嘯聲嚇得半死，手電筒跟串珠差點從手中噴飛出去，誰可以告訴她怎麼奇怪的東西越來越多了啦——嗚！

女孩們通通癱軟在地，個個失魂落魄，受了不少驚嚇。王昊楊單膝跪地，隻手用球棒努力硬撐，棒身滿滿的缺口，說明他為了抵抗亡靈豁出去了，也因如此，他的傷勢遠不如兩個跟班嚴重。

「妳們都沒事吧？」柳晴風將護身符重新掛回頸上，來回審視同學們的狀況。

「那、那是……老虎嗎？」祁欣淚眼汪汪，嬌弱的她在亡靈攻擊下，只受到些許刺傷、以及自己跌的擦傷，算是不幸中的大幸。

「我……我快受夠了！」佘曼珊自傲的雙腿全被樹枝劃破、石頭砸瘀，她腦內開始浮現悔恨，早知道她今天根本不該來學校，早知道她根本不該陪祁欣上課——

樓嬿南的狀況最為慘烈，先前已被砍一刀的她，如今又接連被石頭砸中，但歷劫時的腎上腺素尚未消退，是以她也不覺得痛，只是在鬆懈下來後頻頻喘息。

曾麗淑東躲西藏，因此傷勢是四人中最輕的，但更多傷是躲藏時把自己撞得鼻青臉腫所致，似乎也沒好到哪去？

「嗯，看來沒什麼大問題！」柳晴風雖然心中不願意，但基於人道關懷，也順便關心一下那幾個高中生，免得被說冷血無情，「喂，屁孩，死不了吧？」

「怎麼態度差那麼多……」潘宏凱低聲唧咕，他雙手血跡斑斑，還是不忘整理起他自豪的刺蝟頭。

「我聽到了喔。不錯嘛，還會抱怨就代表你好得很！」柳晴風順勢拍了一下他的肩膀，「繼續保持啊！」

沈舒澐暗暗嘆口氣，所幸她命大，才不至於拖累這個男人，「真是千鈞一髮。」

「是啊，幸虧妳沒事。」姜尚霆言語中透露著溫柔，「好端端的，怎麼會摔了一跤？不舒服嗎？」

「我被人推了一把。」沈舒澐沒好氣地道出事實。

「什麼！誰這麼沒良心推妳出去⁉」這番話適巧被走來的柳晴風聽見，又經由她的嗓門重複給所有人一遍，難道屏障內的空間不夠大，非得把人擠出去才甘願嗎？

「算了，糾結這個沒有意義，上山解決問題要緊。」何況推她的人心志堅定，也討論不出個所以然，再者，她已無法負荷主動感應帶來的精神負擔。

舒澐同學……姜尚霆當然明白她一心只想趕快解決事情……也罷，的確正事為重，既然如此——

「小風，得麻煩妳多注意同學們安全了。」這話乍聽之下是為每個人設想，實則希望柳晴風多多留意，以防有心人士再度造次。

「遵命！」柳晴風沒有多餘疑問，手指著幾步之遙，那座迴旋而上的階梯，「從那上去後走過橋，然後再往上爬坡就離後山不遠了！」

這種時候，沈舒澐就會欣賞柳晴風對於夥伴抱持完全信任，而非猜疑；相較之下，已經有人開始把過錯歸咎於他人身上。

人總是如此，遇到問題永遠不會想著檢討自己，而是以怪罪他人的方式合理化自身行為，藉此獲得心理慰藉。

就像農產品過剩滯銷，部分農民把責任歸於政府的規劃不周、政策不當，殊不知問題的根本是：不該搶種。

又如行人無視紅燈行走，結果遭到車輛衝撞，後續卻把肇因賴於駕駛，理由是行人優先，但問題的本源是：不該闖紅燈。

諸多事例，沈舒澐是看得最多最清楚的人，尤其她長年在早餐店工作，也曾遇過想賒帳的客人，但她們做的是小本生意，不容賒欠，客人卻反怪她們不通人情——實際上，應該是自己錢要帶夠，否則就不該點超出自己負擔的金額吧？

婆婆總是賠著笑臉說沒關係，但正是這種心態助長了歪風，所以說，無風不起浪。沒有灌溉，即便是雜草，也難以叢生。

「救命——救命啊——」

一陣淒厲的求救聲，讓即將啟程的眾人二度停下腳步，警戒著未知的吉凶。

「這、這次又是啥？」樓嫵南好不容易靠祁欣攙扶勉強站起來，這會兒雙腿又發軟使不上力了！可千萬別告訴她，這又是另一批鬼怪啊……

聲音漸而具體，柳晴風轉頭看向姜尚霆，以及深藏不露、居然感應得到阿飄的舒澐！「這好像是活人的聲音耶？」

「我感應不到。」沈舒澐立刻做出反駁，嚴格來說，她感應的是念，而且這傢伙有點興奮過頭了。

「你們……覺得這個聲音像不像……」喁喁私語引起了沈舒澐的注意。

「不會吧，在這種時候……」潘宏凱與蘇漢杰頻頻交頭接耳，王昊楊臉色鐵青站在一旁，內容頗讓沈舒澐在意。

對於這幾個高中生，她就算不刻意感應，也能很輕易地讀到他們自然流露的想法——

『聲音好像……小誠！』

『小誠失蹤這麼多天了……會是他嗎？』

小誠？最後一個尚未現身的霸凌者？

足音漸漸笨重，一個矮小人影飛也似的奔下樓。

「救——啊！是、是你們——」矮小男孩猶如黑暗中見到一盞明燈，竟激動地眼淚奪眶而出，

「老大！阿杰！阿凱！」

但這樣的舉動非但沒有獲得同伴迎接，反倒把人嚇得退避三舍！

「你你你——別過來！」蘇漢杰大驚失色，躲得更遠了。

矮小男孩明顯愣了一下，腳步戛然而止，「你們……你們不認得我了嗎？我是小誠啊！」

王昊楊咬牙，強逼自己迎上前，「小誠，你是人還是鬼？」

「啊？你在說什麼……我當然是人啊，我是人！」小誠快步向前，雙手大開，急於想證明自己的身分，「不信你們檢查！」

自稱小誠的男孩穿著和他們一模一樣的制服，身上有許多地方被泥土所玷汙，但無緣無故出現，看上去又完好無傷，已促使沈舒澐與姜尚霆高度戒備。

「你是誰？」姜尚霆語氣冰冷，並不打算與之糾纏。

「我……我是小誠，我是他們的同學啊！」小誠情緒激動地回應，模樣萬分委屈。

「你說你是小誠，那好，告訴我，你他媽消失這一個禮拜都去哪了!?」王昊楊還在懷疑，豪仔跟

阿侑都死了，沒理由小誠失蹤七天還能活得好好的！

「我、我……」小誠想起那盈滿恐懼的回憶，眼淚連同鼻涕開始流下，「那天你們走後，我始終走不出那裡……所以我一直躲、一直逃，餓了好多天……然後，悅維……就出現了！」

聽到這裡，高中生們明顯顫了一下身子，沈舒澐直覺地認為，那個「悅維」，便是那偏執鬼的名字。

「它說因為我救過它，所以暫時放過我……」小誠頓了一下，又繼續說道，「但是你們……它說，要慢慢地折磨你們！」

「幹！」王昊楊必須藉著咒罵才有辦法緩解內心的緊張；蘇漢杰早就哭得死去活來，潘宏凱只感覺寒意從腳底蔓延至全身，無法動彈。

「這個人有古怪。」沈舒澐警戒地瞪著那個自稱是人的小誠，「我完全讀不到他的念。」照理說他這般恐懼，不可能不隨之釋出恐慌、害怕的念頭，至少在她遇過的人當中，沒有出現這種例外。

更別說他刻意將敘述的過程省略大半，明顯有問題。

「舒澐……我可以問問題嗎？」柳晴風像個怯懦的小學生舉起手，深怕被老師責罵。

「……我知道妳有一籮筐的問題想問，等這件事情結束後，妳愛問多久都行。」沈舒澐算是對她沒轍了，「但眼前還有許多事待我們一一解決，比如那傢伙。」

「好，一言為定！」柳晴風喜逐顏開，總算心滿意足。

「老實說，我感受不到小誠的陰氣。」姜尚霆緊盯著他，「但我也不認為他是人。認真說來，這當口出現的任何『人類』，身分都有待商榷。」

他思索了一番，提出腦中唯一可能的結論，「我有個想法，妳們聽說過……『魑魅』嗎？」

魑魅？這對沈舒澐來說，是個頗為陌生的名詞，若說是「魑魅魍魎」，她還能就讀過的書籍解讀成四個小鬼，不過那是用以罵人，實際意義又是另一回事。

「我知道！是山林間會出現的髒東西嗎？」柳晴風毫不猶豫說出正確解答。

「喔？小風果然有見識！」打從姜尚霆發現這個女孩身上盡是些威力強大的法器後，便不再以尋常人的眼光看待她，「舒澐同學呢，應該不清楚吧？」

「嗯。」雖然她是中文系學生，也對古中國的神話抱有濃厚興趣，但這種鬼神領域不在她的認知範疇內。

「魑魅，相當於民間傳說的『魔神仔』，是由山林間的孤魂野鬼、或是精怪幻化而成的。」姜尚霆挑簡要的特點講解，「它們擅長幻化人形進行魅惑，以挑撥離間為樂。」

「你的意思是，這傢伙是魑魅？」沈舒澐聽出他話裡的意思，假若那傢伙沒有陰氣，也就不是鬼，而是所謂的精怪幻化？

「不，這只是我的猜測而已，畢竟魑魅只在深山樹林裡為患，而這裡鄰近山區，總而言之，我們千萬別掉以輕心。」姜尚霆叮囑身邊兩位女孩，若是無主孤魂化身的魑魅那倒也罷，精怪所化的魑魅，才真的棘手。

或許出於同仇敵愾，王昊楊很快就接納小誠，一方面是那娘砲確實有不殺他的理由，另方面，至少他很識相地保守了那天的祕密。

「老大，謝謝你！」小誠以手拭淚，情緒漸漸平復。

潘宏凱與蘇漢杰見到小誠哭得滿臉淚痕，也逐漸卸下心防，再怎麼說，他們都是同學，也是同一艘船上的人，即使變作鬼，應該沒有理由害他們才是。

「對了老大，你們怎麼會在這裡……」小誠四處張望，才發現不知不覺中，他已經跑這麼遠了。

「我們打算上山，找那娘砲算帳！」王昊楊用力把球棒往下一敲，可別以為他會就這麼怕了！

「小誠……你剛從山上回來嗎？」潘宏凱畏畏縮縮地開口，「一路上，你是怎麼躲過……那些鬼？」

「鬼!?你、你在說什麼？我什麼都沒遇到啊！」小誠大吃一驚，「我在山上突然聽到有老虎的聲音，心想這下我死定了，結果頭也不回用力跑、用力跑就發現……發現你們了。」

「呃，他真的假的啊？」柳晴風用氣音詢問兩名好友，這速度跑百米也沒這麼快吧？

「說了他有問題。」沈舒澐即便讀不到他的念，但那傢伙依舊散發著令人討厭的氣場。

「嗯，見機行事吧。」姜尚霆徐步向前，口吻變得和緩許多，「同學，既然你一路下來暢通無阻，能否帶我們走原路回去？」

「蛤？我有沒有聽錯，尚霆要那個人不人鬼不鬼的帶我們上山？」柳晴風一度以為是自己耳朵有問題，這不是請鬼抓藥單嗎？

沈舒澐靜靜平視著，與其擔憂對方意圖，不如主動迎擊，對方越是自滿，也就越容易露出破綻。

「相信他吧，再怎麼樣，他也不是笨蛋。」沈舒澐看向另一側，那群呆若木雞的女孩們，「通知一下妳那些朋友，該走了。」

明明跟著是為了尋求庇護，卻接二連三受了不少傷，真是諷刺。

「曼珊、祁欣、嫣南，還有……」下一聲名字，柳晴風忽覺喊不下去，捨棄朋友的人，她始終無法接受，「我們該出發了！」

「我、我不要……我不想去了！」曾麗淑癱坐在地，好不容易死裡逃生，她才不要傻到再去犯險！

「妳不去？難道妳要待在這裡嗎？」縱然柳晴風無法原諒她的作為，但要她眼睜睜拋棄一個人還是沒辦法。

「由著她吧。」沈舒澐面無表情地睥著愕然的女孩，曾麗淑似乎沒料到自己不被挽留，顯然有些錯愕，「要是妳硬逼她去，到時出了什麼事，她會把責任全歸咎在妳身上。」

說著，沈舒澐正對柳晴風充滿疑問的雙眼，「因為，是妳『叫』她去的。」

人在下不了決定時，總會尋求別人的意見作為參考，聰明一點的，會規避這份責任，明確告知對方：給予建議，就等於有了言責；而熱心一點的，可能直接幫忙出謀劃策，一旦出事，卻反遭事主責怪，藉以將自身的責任推得一乾二淨，所謂好心沒好報。

柳晴風頓時恍然大悟，是啊，她怎麼就沒想到呢？要是出了什麼意外，說不定對方還怪她雞婆多嘴呢！

「嗯，妳說得對！」柳晴風解顏而笑，舒澐果然有很多觀念值得她學習，「那，妳保重囉。」

她那愉悅的模樣，正巧被走回來的姜尚霆見個正著，只差沒看到過程，「嗯？小風看起來好像心情很好？」

「喔，對啊。我剛被舒澐上了一課！」柳晴風轉過身，開始吆喝女孩們動作。

「哦？」姜尚霆一臉感興趣的模樣。

「沒什麼，教她學會人要為自己負責。」說出這句話的時候，沈舒澐感覺有雙惡毒的眼神也在瞪著她，不過她連理都懶，「談妥了？」

「嗯，由小誠帶路，我們跟著他上、山。」姜尚霆特別用語氣加重那兩個字，調皮中暗藏玄機，他很想知道這個小誠葫蘆裡賣什麼藥。

她們跟著姜尚霆來到迴旋梯前，曾麗淑再怎麼不願還是拔腿跟上，不過沈舒澐可以感知到，那傢伙正逐漸把內心的怨氣投注在她身上，呵，真是奇怪，非得找個人怪罪不可嗎？

「那、那我努力想想我是怎麼回來的……大家要跟好喔！」作為領頭羊，背負著眾人寄望，讓小誠倍感壓力。

他背對眾人，躍上階梯，用與身高成正比的稚嫩口音提醒大家小心，然後，一抹堪稱邪惡的笑容在他臉上浮現——只是沒人看得到。

「出發囉！」

第十章　猜忌

夜色蒼茫，重重烏雲遮蔽明月，雨水滴落枯葉，發生片段的答答聲，濃厚的濕氣，使得空氣愈顯沉悶，幾度壓得人喘不過氣來。

冬季的夜晚不比白晝，少卻了陽光調節，加上身處山區，陰氣蓬勃，致使體感溫度一度降至冰點。

小誠帶著眾人從小路上山，說是避開土石流，沿途道路崎嶇不平、芒草叢生，不禁讓身穿高跟鞋的佘曼珊怨聲連連，而樓嫣南受傷之餘幸好還有祁欣攙扶，但走山路對她又別是一大挑戰。

沈舒澐那件羽絨背心已被警方當作證物收走，雖然她一向不怕冷，也對低溫習以為常，但不曉得是不是山區集陰的緣故，竟也讓她感到寒氣入骨。

她搓著手臂，希望藉由摩擦多少爭取一點暖意，忽然一件大衣覆上身體，她驚詫地望向男人，只見對方笑出一臉和煦，「小心別著涼了。」

興奮的意念由後傳來，沈舒澐連忙卸下大衣，免得有人大發花痴讓她受不了。

「山區很冷，要是感冒就糟了。」姜尚霆看出她的顧慮，「妳別多想，這種時候禁不起病。」

哎呀就穿上嘛！柳晴風在後頭窮緊張，要不是她得負責照路，早就衝上去勸了。

「……好吧，謝謝。」沈舒澐將棉襖大衣套上，餘溫很快地便暖和身軀，一如姜尚霆的冬日暖心。

這樣就對了啦！柳晴風一臉愉快，沒想到她走在後面還能見到這麼青澀的互動，看得她粉紅愛心都要冒出來了！

沈舒澐輕嘆口氣，雖然對念感到困擾，不過一路走來，她總感覺到有些人的性格正在轉變，比起什麼怨靈、魑魅，似乎還有更值得提防的事？

「小誠，你有沒有走錯路？」王昊楊越走越奇怪，這裡他一點印象都沒。

「是啊……往樹林走的是這條路嗎？」祁欣體能一向不強，所以大一登山課對她而言是一場惡夢，低落的成績更是她大學以來無法釋懷的敗筆。

小誠沒有回話，仍努力地在回想先前走過的路，其餘人見他沉默，也就耐下性子繼續跟著走。

「我……突然想到，悅維跟我說過，如果要放過你們，就必須有一個人自願犧牲……」幽幽的，小誠說了段毛骨悚然的話。

「你、你說什麼？」蘇漢杰不敢相信自己所聽到的，又問了一次。

「悅維說……除非有人自願送死，否則……他會把大家都殺了！」小誠顫抖的聲音，無疑讓這段話聽起來更加恐懼。

「自願……送死……」潘宏凱不自覺吞了口口水，曾幾何時，那名被他們長期欺負的男孩已經變得如此怨恨他們了嗎……

「少聽它的鬼話！你們以為它會這麼簡單放過我們嗎？」王昊楊壓根兒不信那娘砲有這麼好心，它可是因他而死的！怎麼可能說放過就放過！

「可是、可是我不想死啊！」這會兒的蘇漢杰堪比早前的曾麗淑，講沒幾句話就掉眼淚，如果要死，他絕對不要當第一個，無論如何，他都要活到最後！

僅僅一段話，已讓同舟共濟的三人相互猜忌。

潘宏凱開始悔悟，如果一定要有個人死，他願意站出來，並在死前將老大的所作所為公諸於世；蘇漢杰則暗地盤算如何在它的復仇下逃過一劫，如果小誠說的屬實，他只要活到最後就沒事了！王昊暘表面上冷靜，不過內心早已不相信兩個同夥，特別是蘇漢杰，他肯定那廢物一定會在危急關頭扯他後腿！

三人各自的情緒盡收於沈舒澐腦裡，不愧是魑魅，短短幾句話就讓相依為命的夥伴各懷鬼胎。人與人之間的信任是很脆弱的，尤其到了生死存亡之際，人性的自私都會顯露無遺，一切，只為了生存。

很明顯，這個自稱小誠的傢伙已經開始分裂他們之間的感情，果真如姜尚霆所說，魑魅以挑撥離間為樂。

但她也相當清楚，猜疑的種子一旦播下，就只有無限地生根蔓延而已，無論說什麼做什麼，都不足以遏止猜忌的心。

「那個說不想死的，早知道如此何必當初呢？」說到這個柳晴風就有氣，好端端去霸凌別人真是吃飽太閒！很多時候，她都覺得應該給這些霸凌者一些永生難忘的教訓！

一路上，姜尚霆都專注於四周的動靜，實在安靜得詭異，除了那些遠古亡靈外，就連一些地縛靈都消失了，這絕對不尋常。

肯定有什麼東西存在，讓它們連現身都怕！或許……除了魑魅以外，還有其他難以察覺的東西甦醒了。

他們跟著小誠的腳步來到幾棵大樹前，此外再無別的去處，明顯是到了盡頭；小誠轉了半身，指著右方那布滿樹叢的山壁說道，「那邊有一條坡可以上去，但是很陡……」

然後他特地回頭，用看似無辜的表情提醒眾人，「千萬不要推、也不要擠喔，不然就危險了……」

聽到這番話的沈舒澐瞬間起了雞皮疙瘩！雖然看不見聽不著，話語背後卻隱隱藏著訕笑聲，很顯然那傢伙是藉她稍早被推出屏障的事情作文章。

樓嬿南瞥了眼曾麗淑，若說會把人推出去，她是最有可能的！況且自己一直懷疑沈舒澐被推出去、屏障差點失效，都是因為曾麗淑想獨佔空間的緣故。

「妳、妳看我幹什麼，人不是我推的！」曾麗淑發現注視的目光，忙激動地澄清。

「最好是！妳連朋友都能放生了，還有什麼做不出來？」王昊楊立刻補上一槍，要不是這女人，也不會害得他差點要拿球棒跟亡靈對幹！

「你亂講！」曾麗淑拔高了聲音，「曼珊，妳倒是幫我說說話啊——」

「我也很想幫妳，但——妳的確拋下了育婷……」佘曼珊的眼神道出了不信任，若是稍早之前，她還能為了她跟王昊楊對嗆，但同樣的事情出現第二次，她只會認定曾麗淑是個為了保命，不惜一切犧牲朋友的人。

「怎麼這樣……妳、妳們……」曾麗淑難以置信地搖頭，她沒有，她真的沒有！

那傢伙的離間計又奏效了，這次對象是那些女生，沈舒澐聽著彼端的爭吵，下了這樣的結論。

即使姓曾的已在腦海用各種方法殺過自己無數次，不過她的念充滿含冤莫白的委屈，犯人並不是她。

「喂，夠了吧？」柳晴風語氣明顯不悅，「都什麼時候了還有心情吵這個？」吵得她耳朵都痛了！

「小風說得對，現在這種情形，我們更應該團結才是啊……」祁欣挽著樓嫣南的手幫忙勸架，她們已經失去育婷了，朋友間不應該再有所分裂。

姜尚霆獨自端詳著山壁，無害的天然景致看起來風平浪靜，但長期累積的經驗告訴他百分之兩百有問題。

為了讓魑魅毫無顧忌帶他們上山，他還特地在啟行前，跟小風要回串珠並撤下結界——無論是亡靈還是妖物，他的靈力都足以對他們造成不小的威脅。

「小誠，帶路！」王昊楊一聲令下，並指名要曾麗淑跟在小誠之後，以防這女的再一次出賣他們。

曾麗淑當然不可能乖乖接受，但綜觀她的好姐妹們，沒有一個人肯為她發聲背書，她只能緊咬著唇，強忍著滿腔委屈與不甘爬坡。

姜尚霆特別把沈舒澐留在自己之前，而柳晴風負責光源，也得走在後方為眾人照路，這麼一來，他所在意的兩位女孩都能就近照望。

坡道狹窄，寬度無法兩人並行，因此小誠之後是曾麗淑，接著依序是負傷的樓嫣南、協助攙扶的祁欣、不想離開好友的佘曼珊、王昊楊三人眾，最後才是柳晴風、沈舒澐、姜尚霆。

「喂！我警告你，你走歸走，要是敢存心不良偷看，我就跟你沒完！」佘曼珊見王昊楊猛盯著自己雙腿，隨即意識到自己只穿了件熱褲，雖然腿上滿是血跡和瘀傷，但是騎虎難下，她不可能下坡重新換位置。

「妳、妳少臭美了啦！」王昊楊赧紅著臉，所幸黑夜中沒人看見自己頰上的兩朵紅暈。

「那傢伙，這種時候還有閒情逸致起色心。」沈舒澐說得很輕，倒不如說是不屑，另外她也趁此機會，將剛才感應到的一切盡數訴與姜尚霆。

「魑魅擅長挑起人性的黑暗面，猜疑、嫉妒……但它終究只是一個灌溉者，若心中沒有種下名為『嫌隙』的種子，魑魅又豈能憑三言兩語挑弄人性？不過……」姜尚霆話鋒一轉，竟輕笑出聲，「幸好妳和小風始終保持神智清醒，要不然應付妳們兩個，我可真是頭大。」

聽到姜尚霆誇獎自己，沈舒澐並沒有絲毫喜悅，她生而具有那種天賦，可說是對人性十分透澈；而柳晴風則不然，她再怎麼看也只是個普通的女生，但論心性之淳良，卻是自己懂事以來所未見，這才是難得之處。

再看柳晴風打從遇上那些鬼，可說是這些人當中最臨危不亂的，即使特地借來手電筒只是出於不想摸黑，但至少顯現出她的遠慮。

順著光源探去，最前方的小誠爬起坡來不費吹灰之力，不曉得是個頭使然、還是魑魅的優勢如此；相比之下，曾麗淑的動作遲緩許多，踩在凹凸不平的地面上，若非兩側還有山壁能夠支撐，她絕對會——

嗯？曾麗淑感覺手指一陣冰涼，因此本能地利用觸覺辨識，軟軟的、滑滑的……是樹上都會分泌的那種樹脂嗎？可是……樹脂會動嗎？動？等等——

曾麗淑像被電到般猛然轉頭，驚見自己的素手正覆在一團蠕動的蛆蟲上！

「哇啊啊啊——」曾麗淑簡直是用全身的力氣在尖叫，這輩子她從來沒有見過那麼噁心的畫面！就在此時，兩側山壁都竄出腐手，未腐爛全的皮膚成了蛆蟲的最愛，一顆顆頭骨宛若浮雕般逐漸從山壁透了出來！

尖叫一聲大過一聲，除了小誠最快爬出坡道，其餘的人均陷入亡者的糾纏中！姜尚霆在第一時間揮動串珠削斷腐手與頭顱，再將串珠準確地套落在沈舒澐周圍形成屏障，讓亡者不敢進犯。

柳晴風因為配戴護身符，所以亡者一時之間無法傷害到她，然而事態緊迫，她沒空取下護符，乾脆直接抽出箭矢，往那些噁心的頭顱扎下去——

轟！頭顱倏地爆炸開來，一如先前射中水鬼的強大威力，柳晴風沒有過多猶豫，直接以箭矢為劍，利用尖端或劃或刺，效率絲毫不亞於姜尚霆！

「哎呀，我早該想到的！」柳晴風瞬間奮起，雖然無法用她引以為傲的長弓射箭，但無論是弓還是箭，都是自己最敬愛的爸爸為她打造的！

光源隨著柳晴風的擺動四處亂照，根本看不清戰況，沈舒澐趁隙取過柳晴風的手電筒，將燈光對準坡道前端的女孩與高中生們——

只見曾麗淑死命掙脫腐手的箝制跳上坡頂，而樓嫵南因為傷勢、加以動作遲緩，山壁兩邊的腐手都將她攫了個死緊，頭顱加速浮出山壁，只為品嘗那久違的活人腦漿……

「上面的，快救人！」沈舒澐感應到亡靈意圖，趕緊向坡頂上發呆的曾麗淑大喊，另一個小誠根本就是魑魅，她自然不會蠢到請魑魅救援——

『都去死吧。』

沈舒澐心中一凜，這是人類的念，而意念來源，不正是坡頂上的女人嗎！

曾麗淑帶著忿恨眼神，一連串的驚嚇終於使得她理智線斷裂，乃至惡向膽邊生，「妳們這群虛偽的人！說是我的好朋友、好姐妹，卻一個個都不相信我！」

不是吧！柳晴風百亂之中聽到這句話，第一個直覺是：她又要放生所有人了？

「還有你們！一群死高中生，處處針對我，要不是你們，我們怎麼會被鬼追！既然這樣，你們就去死吧！所有人都去死吧！」曾麗淑話一說完拔腿就跑，她就不相信那個叫小誠的男生跑得出去，她會沒辦法！

這傢伙！沈舒澐擰著眉，她當真以為獨自逃跑會有機會逃出生天嗎？

「你們通通遠離山壁！」姜尚霆高亢的聲音自後響起，他雙手挾帶凝聚已久的靈力，使勁往兩側山壁一拍——

剎那間，一層藍紫色看似閃霜的光芒迅速刷過山壁，緊接著那些竄出山壁的腐手、頭顱就像定格般，須臾片刻未過，皆碎裂成焦炭片片！

淡淡的焦味彌漫著，沈舒澐暗自心驚，原來直到此刻姜尚霆還留了這麼一手？看他除鬼的方式一次比一次猛烈，就像是逐步解封自己的力量。

眾人重獲自由，祁欣連忙由後穩住樓嫵南的身子，一步一步地協助她登上坡頂；佘曼珊再也不敢觸碰山壁，乃以手代腳四肢前行，心理帶給她的陰影更甚皮肉傷。

王昊楊幾度噁心到腿軟，但顧及面子，他還是拄著球棒爬坡；蘇漢杰嚇得尿濕褲子，加上腿傷不良於行，他乾脆學佘曼珊趴在地上匍匐慢行；較之兩名同夥，潘宏凱則顯得正常，不因他的心理素質有所昇華，而是柳晴風根本像在出氣，手拿箭矢看一個就刺一個，他甚至看到一對亮得發白的眼球被這個大姐迎面戳爆！

沈舒澐看著柳晴風將箭矢收回箭袋，也真是多虧她，那個刺蝟頭才撿回一命，至於那些鬼，該算它們倒楣嗎？

踏上坡頂，腳下踩的終於回到正常的柏油路，柳晴風環顧四周，發現眼前的景物似曾相識，似乎是她們大一登山課爬的路徑。

「老大，幸好你們沒事！我在上面看得快緊張死了……」小誠說著說著竟然哽咽，「但是那個姐姐，我留不住她……」

這看在沈舒澐眼裡只覺得相當矯情，明明是一手設計的圈套，卻能裝作是無辜的受害者？

「不對，這一切都不對……」樓嫵南雙眼無神地呆坐在地，嘴巴呢喃著重複話語，引來其他女孩關注。

「嫣南、嫣南，妳怎麼了？不要嚇我們！」祁欣搖起樓嫣南寬厚的身軀，試圖喚醒她的意識。

「嫣南，看著我，我是曼珊！」佘曼珊在樓嫣南面前蹲下。樓嫣南空洞的視野剛好納入對方擔憂的臉，她霎時顫了一下，瞳孔漸轉清明。

就當兩位女孩為好友的情況鬆一口氣時，樓嫣南突地一反常態將佘曼珊推倒！她的雙眼瞪得極大，眼球布滿血絲，「都怪妳！要不是妳多嘴，我們待在教室就沒事！」

「等等，現在又是什麼狀況⁉」柳晴風訝異看著失控的舉動，怎麼說翻臉就翻臉？

「小風，妳別管！」佘曼珊伸手阻止柳晴風靠近，不服氣地站起身，「跟，是妳自願跟的！腿長在妳身上，我有拿刀架著妳逼妳來嗎？」

柳晴風退到沈舒澐身旁，低聲尋求意見，「換她們吵起來了，怎麼辦啊？」

「隨她們吧。」沈舒澐毫不在意，這一路下來，她早感覺到這幾個女生因為種種不滿而使心理漸趨偏激。

人總得找到怪罪的理由，才能為自己的遭遇找到藉口抒發。

「小風，這不是我們的責任，有很多事情，在於人為。」就拿落跑的那位同學來說，魑魅的挑撥離間只是催化劑，若本身沒有那樣的念頭潛伏，又怎能被魑魅得逞？

說到底，縱使魑魅的手段再高明，終究也只是助長他們的動力罷了。

「要我說，都是祁欣的錯！」佘曼珊忽地槍口一轉，對著祁欣另闢戰場。

「曼珊，妳……」祁欣整個人完全傻住，怎麼反過頭來怪她!?

「要不是陪妳去什麼狗屁教堂，我們說不定早就搭最後一班校車離開了！」佘曼珊終於將心中累積已久的怨氣一吐而出，她越想越不甘願，明明可以在夜店享受大好時光，全都是因為要陪人留下來！

「曼珊！妳怎麼可以這樣說！」祁欣也罕見地動起怒，「事情會變成這樣不該怪我啊！」

就這樣，柳晴風親眼看著同班三年的同學在這種危難關頭互相指責，一個個都變得不像她所認識的人……沈舒澐只是冷眼旁觀，她本就跟班上同學沒有往來，甚至連名字也沒記，對她來說，這些都只是萍水相逢的陌生人。

自幼的天賦帶給她許多感悟，即使感情再好的朋友甚至親人，也終究會因為利益困境之屬決裂，也許前一秒還跟你眉開眼笑，下一秒就在背後捅個幾刀，姓曾的就是最好的證明。

爭吵越演越烈，樓嬿南把一切錯誤都歸咎於佘曼珊與祁欣，而佘曼珊則把氣出在祁欣身上，祁欣不甘平白受辱，也回以兩人顏色。

三個女生吵起架來毫不留情，各自翻起舊帳，甚至以往微不足道的小事也得以無限上綱。高中生們面面相覷，難以想像幾分鐘前還互相扶持的好朋友，一眨眼就變成仇深似海的敵人。

其他人或許沒留意，但沈舒澐與姜尚霆均監視著小誠的一舉一動，他屢次目睹爭吵，都裝作若無其事，唯獨這次，沈舒澐清楚看見他臉上有著細微的變化——是抽動，嘴角的抽動。

「不行……我忍不住了！」小誠終於按捺不住噗哧一聲大笑出來，他誇張地指著吵架中的女孩，又是拍手又是叫好，「哈哈哈——真是太精采了！」

聽聞那瘋狂笑聲，女孩們不約而同地停止爭吵，只見那個最弱最不起眼的小男孩，正用一副輕蔑的態度取笑她們。

「死矮子，你是在笑什麼⁉」佘曼珊火冒三丈，這矮子是不會看人臉色？

「哈哈……沒有，沒什麼。」小誠用手拭去眼角流出的眼淚，「我只是覺得妳們太好笑了！人類啊……」

「終於，肯承認了嗎？」沈舒澐早已厭倦這場無聊透頂的遊戲，如今它肯自曝身分再好不過。

「蛤，承認什麼？」小誠還裝出努力思考的樣子，那模樣說有多欠揍就有多欠揍，「難道……啊！我是鬼嗎？」

此言一出，再遲鈍的人都看得出小誠有問題，佘曼珊的火氣立刻被澆熄大半，蘇漢杰連忙退離它好幾尺遠，王昊楊與潘宏凱則不敢置信地看著它。

「小誠……你真的死了嗎？」自從潘宏凱悔悟，他便對從前的同學抱持著虧欠大於害怕的心態，他想到那晚在樹林，是小誠最先勸誡大家收手的，而現在的它，也要幫助悅維報仇嗎……

「小誠，是那娘砲下的手嗎？」王昊楊只想確認這點，小誠失蹤這麼多天，老實說他也不抱希望，剛剛會相信，純粹是它還像個人樣。

「我一併回答你們的問題喔～」小誠雙手枕在頭後，神色悠然，「第一，我死了，但也不算死了；第二，不是它下手的，但也是拜它所賜喔。」

「什麼？」柳晴風完全聽不懂它在繞什麼口令，「你可以講人話嗎？」

「別再故弄玄虛了，魑魅！」姜尚霆直呼其名，讓小誠顯得有些詫異，似乎沒料到會有人指出它的身分。

「喔？區區靈能者居然也知道魑魅？」小誠語調輕佻，搭著淺笑，「有點料子！」

「小誠是你殺的吧？」沈舒澐沒興趣陪它廢話，「你取代了它，幻化成小誠的樣貌，自然不算死。」

這段對話讓高中生們心涼了一截，他們的同學……被眼前這個叫魑魅的未知東西殺了？而且它還可以裝得跟小誠一模一樣！

「放心，你們三個是它的人，我是不會傷害你們的。」注意到高中生動靜的小誠劃上微笑，倒是沈舒澐獨特的氣場引起它的注目，「姐姐，妳似乎也不是個簡單的人物。」

「不，我再正常不過。」沈舒澐沉靜地望著它，神情漠然，「明知人性脆弱，卻操弄人性自以為高人一等的，才不簡單。」

哇……柳晴風忍不住在心裡讚嘆，沒想到舒澐對上這種人不人鬼不鬼的怪東西都可以這麼嗆耶！

小誠斂起原先輕浮，隱隱殺氣流洩而出，姜尚霆立刻擋在沈舒澐前面，以防魑魅施加暗算。

「原本看在它的份上，要是你們乖乖等我玩膩，我說不定還會放過你們。」小誠攤了攤手，「現在，我只好宣布遊戲結束了。」

小誠狀似輕鬆，其餘人卻感到戰戰兢兢，尤其剛攤完牌沒多久的女孩們此刻又緊緊相擁，互為彼此的依靠——又或者該說是肉盾？

「看在它的份上？那少年和你有什麼關係？」這是姜尚霆真正在意的地方，說不定還可解開那群水鬼與遠古亡靈甦醒的謎團，以及山上頻頻的靈騷現象。

「靈能者你也真是的，都知道我是魑魅了，難道我還會告訴你真話？」小誠唉的一聲搖搖頭，戲謔地看著這些可笑的人類。

自滿的意念不自覺流出，沈舒澐冷笑一抹，這下不必等到它開口，她也能毫不費力地感應到那傢伙的念——

『多虧那個叫悅維的小鬼，它死不瞑目的求生欲，不僅喚醒這片土地的亡靈，也把我們這些妖怪從禁錮中解放出來，哈哈哈——』

「原來，是臨死前的執念，感染了所有已逝的非人。」沈舒澐將讀到的情報低聲訴諸姜尚霆，「而這傢伙，自認是妖怪。」

這下總算可以明白，貨櫃梯那群徘徊已久的女鬼為何猝然現身，還有遙遠的戰場亡靈從地底甦醒，卻滿懷復活、重生的欲望……原來全是受到那個叫悅維的少年影響。

雖然還有部分疑點未能釐清，但很多事情已能聯想得通，姜尚霆了然於懷，山上的靈騷現象，也必是那少年死前的不甘引起的共鳴。

「呵，魑魅，讓我來告訴你吧。」既然弄清他想知道的，就沒有必要繼續耗下去了，「你對人性的通曉與操弄的手段的確厲害，但你自以為那是你的聰明，殊不知你也難逃人性的掌控。」

「你說什麼？」這番話似乎刺激到了小誠，玩弄人性可以說是魑魅最擅長不過的把戲，它既然對人性瞭如指掌，又豈會被人性所掌控！

「你最致命的弱點，就在於……你太有自信了。」姜尚霆優雅地指著腦袋畫圈，「精怪所化的魑魅，縱然那少年一時把你們從封印中解放，要不了多久，你也會因為自大而斷送得來不易的重生！」

小誠瞪大眼睛。這小子怎麼會知道？難道明知故問，是想戲弄於它？

「他沒有耍你。」沈舒澐再度說中它的心聲，「也不是只有魑魅才懂得窺視他人內心。」

「好了，如你所願，遊戲……結束！」姜尚霆一個彈指，連忙攔著沈舒澐退開，「小風！」

「收到！」柳晴風早已等候多時，當舒澐在嗆那個人不人鬼不鬼的東西時，尚霆悄悄向她打了Pass，當下她就知道該怎麼做了！

箭矢破空而去，聲音呼呼作響，小誠見到來勢迅猛，竟還老神在在站著三七步，打算單手接箭。

「妳這箭雖然厲害，卻是對鬼而言，而我隸屬妖的一支，妳又能奈何得了我嗎！」小誠依舊自負，遑論它根本不把柳晴風放在眼裡，區區凡人，豈能傷——呃！

小誠驚駭地看見箭矢貫穿自己的右臂，緊接著由內傳來的劇痛有如火燒！它接連倒退，感受箭的靈力一點一滴地灼燒這副肉體，最終手臂更因負荷不住這股高溫而爆炸！

「啊——」小誠痛得放聲大叫，雖然身為魑魅，但聲音終究是個稚嫩的高中男孩，聽在女孩們甚至同學耳裡，皆不免起了惻隱之心。

「可惡！你們這些人類，我殺了你們——」小誠右肩還在燃燒，卻止不住復仇的憤怒，它舉起僅存的左手，用力地朝射箭的柳晴風抓攫！

手臂在空中變幻伸長了數十尺，大出眾人意料之外！姜尚霆沒料到它寧可捨棄逃命也要拚死反擊，而沈舒澐則是察覺到這股念時已然防範不及！

情況萬分危急，姜尚霆將靈力聚於掌內就要上前救人，哪知柳晴風更快，她一箭射完立刻反射性補回一箭，面對小誠置死於外的攻擊，她更是冷靜地描準目標，然後拉弦、放箭——

箭矢在空中燃燒著火光，更準確來說，是鋒銳的射擊連周圍瀰漫的妖氣都能淨化！小誠吃過箭矢的虧，不敢再與之硬碰硬，情急之下它將手臂橫掃半圈，巧妙地躲過柳晴風的射擊，並轉向攻擊其餘的女孩們！

一旁的佘曼珊老早將高跟鞋提在手上連滾帶爬地躲避；祁欣就近找了棵樹躲藏，但她卻忘了……啊！她忘記順道帶嬿南逃走了！

「嬿南！」祁欣驀然醒覺，焦急大喊，比起佘曼珊只顧自己的生死，算是有血淚得多。

小誠見獵心喜，想不到有此良機，以人類來說，它最喜歡吃的部位就屬肝臟，那滋味鮮甜可口，說不定還能助它療傷！它看準樓嬿南毫無反抗能力，利爪一探，便輕易取出其肝臟，血花當場四濺，畫面令人目不忍視！

樓嬿南嘔出一大口鮮血，卻不及肚子的血如湧泉，但她沒有時間驚惶，甚至還沒感受到疼痛，便隨著血液的大量流失而死亡。

「豈有此理！你這個人不人鬼不鬼的怪物！」柳晴風一口氣架上兩支箭，她就不信這次它還有辦法躲過！

小誠囫圇吞棗般地將肝臟連同其他組織吞下，味道之甜美讓它吮指再三，但柳晴風箭在弦上，何況還有一個靈能者與詭異的女人在，它不敢久戰，因此連忙現出原形，化為人面獸身四足的模樣。

「我沒空陪你們繼續玩，先走一步啦！」野獸般的身軀鑲著一顆高中生頭顱，無不讓人倍感噁心，而它的右前足被柳晴風的箭矢摧毀，卻未影響其行動力。

它前足一點，在黑夜的山中四處跳躍移動，就像森林中的野狼逃避獵人追捕，把預備射箭的柳晴風耍得團團轉。不過沈舒澐早就感應到它的想法，便提前其行動「預告」給姜尚霆，加上小誠現出真身，妖氣已無法隱蔽，於是姜尚霆算準位置與距離，就要解放自己真正的力量。

只見小誠跳到一塊岩石上，企圖跳下山坡，它心裡正竊喜，以為耍了這群人類外加賺到一顆肝臟，還能全身……不，存活而退！怎麼想都是自己佔便宜！

它懷著舒暢的心情躍上半空，眼尾卻瞥見一道紫色的光束襲來，來不及回首，小誠只感到全身一陣劇痛，手腳不聽使喚地發軟，恍若失事的飛機，竟直直墜往山下！

不一會兒，所有人均能聽見清晰的撞擊聲迴盪於山中，沈舒澐微怔，方才她連細看的時間都沒有，那傢伙轉瞬即墜，如此迅捷的威力，會是常人所能駕馭的嗎？即便姜尚霆擁有特殊力量，也實在與她認知的驅鬼道士出入甚大。

「小風，這裡的路妳認得嗎？」眾目睽睽下展現自己的拿手絕活，姜尚霆並未多作解釋，那是他萬不得已才會使出的能力，「從現在開始我們得自己尋路了。」

「呃……這裡我依稀有點印象啦，好像大一登山課走過。」親眼目睹姜尚霆的絕招，柳晴風對他已經不知該驚訝還是崇拜了。

「好，那就麻煩妳帶路了。」姜尚霆走向那蜷曲成一團的屍體，屍體血肉模糊，腸子有一半斷裂在外，導致連祁欣都不敢靠近。

他簡單為樓嬿南念誦往生咒，希望能助她擺脫這一生的業報，死後有個好去處，不至於流離浪蕩；柳晴風聽聞這是她熟記的內容，也一同上前助念。

熟識的同學接連喪生，她並非毫無動容，而是持續地沉溺悲傷，對事態並沒有幫助。她是難過，但為了殘存下來的同學，以及不讓育婷和嬿南死得冤枉，她必須振作起來，跟舒澐、尚霆一起解決這次的事件！

「妳連往生咒也會背啊？」姜尚霆頗為好奇。除非是虔誠的佛教徒，否則這咒語一般人連聽都沒聽過，而柳晴風居然能背誦如流。

「喔！從小我爸爸就教我背了一些東西啦，所以這個碰巧我會。」她的弓箭與護符之所以對妖鬼如此致命，正因上頭附滿了父親為她加護的咒文。

「原來如此。」能打造如此強力法器，又懂得許多咒法，若有機會，姜尚霆還真想當面拜見柳晴風的父親。

「那個……這裡的路我也認得，有需要的話，我也可以幫忙帶路……」祁欣的聲音哽咽，她不想再看見有人犧牲、不希望再有朋友在她面前慘死……

「對耶，我們幾個大一都被登山課荼毒過！」柳晴風還記得體育老師宣布期末成績時，祁欣因為分數太低當場大哭，讓老師傻在原地，不知道這成績該不該送出。

所以山路嘛，祁欣應該記得滿清楚的，只是情感上可能和她不太一樣。

沈舒澐靜靜凝視著那端的談話，感覺到注視的目光，冷不防地對上那人的雙眼——潘宏凱立時抖了下，正不知所措時，那個大姐卻冷冷開了口。

「幾點了？」

潘宏凱慌忙地看向手錶。

「八點……五十九！」

沈舒澐緩緩舉起手，忽略姜尚霆等人，指著遠處的學校方向——

噹——噹——噹——

「九點，時間不多了。」

第十一章　現身

鐘聲似有似無地迴盪於山中，是時冷風颼來，無不令人感到一陣寒意，這陣鐘響……簡直就像開啟最後關卡、抑或通往地獄的喪鐘。

靈飆遍野，伴隨怨鬼出現的陰風越颳越起勁，彷彿宣告少年的集陰之力也將大功告成；樹影搖曳，枝條或搖或擺，像極了一抹抹詭異的人影，一旦有什麼風吹草動，馬上就使人產生要被襲擊的錯覺。

地勢迂迴，道路曲折，長年的植物生根將道路撐得支離破碎，是為名符其實的山路，尤其經歷過滂沱暴雨的洗禮、土石泥流的沖刷，地面變得既泥濘又濕滑，使人不得不專心於步伐的平穩。

一行人由柳晴風領頭，按照她們大一登山課的爬山路徑，設法找到那名少年——悅維的死亡之處；而這趟路程，三名高中生走得心惶惶，現在每一步所走的，的確都是當初將那少年逼至絕境的路線……

「啊！」柳晴風忽然停下腳步，蘇漢杰立刻本能地閃到王昊楊身後，卻被王昊楊重重地巴了一下頭。

「蘇漢杰你要是再給我這麼沒種，我就先把你扔下山！」基本上王昊楊對蘇漢杰已經快沒耐性，貪生怕死不說，以為別人不知道他在盤算什麼嗎！

蘇漢杰這才識相地退回潘宏凱身旁，他撫著疼痛不已的平頭，老大的力道完全沒在客氣，而且老大的兇狠他是見過的，要是再不收斂點，他很有可能落到跟悅維一樣的下場……

「小風，怎麼了？是不是不記得路怎麼走？」祁欣有些擔心，「需要……我幫忙帶路嗎？」她越說越小聲，過去成績帶給她的恥辱感，她至今無法忘懷。

「喔沒事！我只是想到一些事而已，我們繼續走吧。」柳晴風剛才腦筋一閃而過，發現她好像沒有舒澐一起爬山的記憶耶？

「我沒去。」就走在她後面的沈舒澐遽然出聲，再趁柳晴風扔出下個問題前回應，「山上蚊蟲多，我受不了。」

「蛤？還能這樣喔？」柳晴風印象中，那個體育老師沒那麼好講話，不然祁欣就不會嘔這麼久了……不對啊！舒澐怎麼會猜到她在想什麼？

沈舒澐懶得解釋，魑魅雖已被姜尚霆解決，但它造成的影響不會停止，只會持續發酵——在這個敏感的節骨眼上，只要言語稍有不當，便會喚醒人們心中的黑暗，眼下已經有兩個小團體瀕臨決裂，她沒那個閒工夫攪和進去。

她們爬過兩座陡坡，始在轉角之處有耳目一新之感，兩種相似卻又迥異的意念同時傳到沈舒澐腦裡，同的是見到熟悉的景物，一些往事逐漸躍上心頭；異的則在欣然與訝然的情緒差別。

很顯然地，沈舒澐掃視一臉作賊心虛的高中生們，他們根本就來過如此深山境地，而非像他們所說的，遇到鬼就跑了。

屢次的謊言、避重就輕、試圖掩蓋事實的真相，光憑這幾點沈舒澐就可以推知：那名少年的死，就是他們下的手。

回首，映入眼簾的是一座又矮又窄的石橋，橋的兩旁各有紅柱，柱前吊有兩個不甚明亮的黃燈籠，似乎標示著通往某間寺廟。然而最顯眼的不外乎紅柱前的兩隻石獅，或許因為年久失修，石獅剝落破損的情形頗為嚴重，就沈舒澐所知，石獅一般具有鎮煞的功能，只是不曉得在這樣的姿態下還能發揮幾成功力？

「出現了！」柳晴風像是導遊介紹景點般，轉過身對著眾人講解，「這就是我們學校有名的傳說之一，聽說獅子會在晚上自己動起來喔！」

「啊——好懷念喔！」她還有心情感慨，「一轉眼就快變成大四老妹了。」

高中生們定在原地，他們記得當初渡過這座石橋時，旁邊似乎沒有這兩隻石獅啊？而且那兩隻石獅的高度足足高過成人半身，沒有理由被他們忽略掉，尤其那雙雕刻得炯炯有神的瞳孔，他們更不可能會——等等。

王昊楊難以相信地揉了揉眼，他寧願是自己眼花，否則這種破石雕怎麼可能會——栩栩如生地……瞪著他們!?

佘曼珊與祁欣也發現石獅的異樣，她們逐步後退，必須摀著嘴才能阻止自己即將出口的恐懼；蘇漢杰不敢再一個人偷溜，而是拉著王昊楊的衣角，與潘宏凱並肩而退。

「你們幹嘛？」柳晴風還在狀況外，她只是介紹學校的怪談，沒必要反應這麼大吧？她尚在狐疑，已被姜尚霆一把拉回來，他手指前方，勝過他花時間解釋，「妳看！」

柳晴風定神一看，才發現那兩隻石獅雙眼閃著青光，獅頭左右扭動，活像在舒緩被水泥凍結的筋骨，石屑一片片剝落，它們的身軀也越撐越大，直到裂痕迸裂至頭部時，石獅作了一個怒吼狀，終於把囚困它的水泥悉數震碎！

「這、這又是什麼鬼東西……」佘曼珊控制不了自己發軟的雙腿，跪在地上，抬頭望向少說有兩層樓高的怪物，感受著前所未有的震撼。

「什麼來頭？」沈舒澐攢著眉，這東西外形似牛，全身上下繚繞著黑色霧氣，四足陷於地底而不見蹄，猶如深陷泥淖之中，唯一能辨識得出的，僅有那對青光閃爍的眼眸。

除此之外，沈舒澐還能感受到這東西傳來的種種負面情緒，有怨、有憂、有鬱、有愁……層層疊疊、相互緊扣，卻又不像亡靈厲鬼之屬挾帶著單一而強烈的念。

「這東西，我也頭一次見。」姜尚霆難得露出苦惱神情，他接觸過的非人何止上百，但這間學校「物種」之豐富當真令他匪夷所思，不過就他的經驗判斷，眼前這東西應該也是屬於妖的一支。

……咦？柳晴風帶著些微訝異，她總覺得這怪物的特徵好像在哪看過？

怪物看似仰天長嘯，卻不聞聲響，眼眸青光閃動，明明看不見它移動，耳邊卻響著轟咚咚的跺地聲，更離奇的是它四足未動，卻能似航行般前進。

這種詭譎的移動方式，以及諸多怪異特點，終於讓柳晴風回想起……這似乎是她在某本中國古代小說看過的妖怪！可是會有這麼瞎的事情嗎？

「什麼小說？」沈舒澐讀到這個訊息，通常小說野史具有一定真實性，只不過內容經過渲染，抑或存有常理科學無法解釋的現象，才被冠上不入流之名，但有時候反而最能反映現實狀況。

一如她所認知的，肉眼看不見不代表不存在，又或者曾經存在過，只是隨著時間的洪流消逝——光是今天撞見的許多亡靈，就足以證明她這個觀點。

「欸？舒澐妳也知道嗎？」柳晴風一副找到知音的模樣，「就《搜神記》啊，裡面記載過這種妖怪！」

《搜神記》？這名字對沈舒澐並不是太陌生，她會就讀中文系就是出於對神話的興趣，而《搜神記》是一部志怪性質的筆記小說，內容囊括了古中國的神仙、鬼怪、異變、奇談等傳說，只是內容她並沒有深究，自然也未得其詳。

躲在後方的祁欣和佘曼珊也聽在耳裡，祁欣一向成績優異，不過只限於課程本身，像《搜神記》她只知道是中國的志怪小說之祖，對後世鬼怪小說的產生有很深的啟發；至於佘曼珊，平常考試要不是有暗戀她的男同學Cover，她連要歐趴都有困難，怎麼可能有時間看這種無聊破書！

「舒澐同學、小風，它們暫時由我應付，妳們找機會先過橋！」姜尚霆不敢輕敵，當然他的靈力對付這些妖怪是綽綽有餘，但真正目標尚未現身，他不能隨意耗費自己的靈力。

姜尚霆話說完便縱身一躍，以半守的方式展開對敵，怪物動作看似遲緩笨重，但震天動地的跺地聲聽來十分駭人，感覺只要被它踩上一腳、或是撞上一下，五臟六腑就會碎得稀巴爛。

因此他繞行進攻以避其鋒芒，他的體型與怪物們相差懸殊，好處就是對方行動不若自己靈敏，他正好可以針對這一點下手。

趁著姜尚霆與那兩隻怪物纏鬥，沈舒澐連忙把握時間問清楚對方底細，否則某處正增幅的陰邪之念讓她有如芒刺在背。

「《搜神記》我沒涉獵，所以這東西是什麼來頭？」沈舒澐又問了一遍，眼光卻專注於姜尚霆。

「我記得……好像叫患鬼？對，沒錯，是患鬼！」有些昔日記憶開始隨著柳晴風觸景而湧現，「我記得書中記載，患鬼是由監獄裡的怨氣鬱結而生的妖怪，對付它最好的辦法，就是拿酒潑它！」

「別開玩笑了！拿、拿酒？」蘇漢杰擺明了不信，這麼大隻妖怪怎麼可能用酒解決掉？

「哎你真笨，酒能解愁啊！患鬼是怨氣凝結而成的，當然用酒來消它的愁！」柳晴風轉向王昊楊，偏偏這幾個「8+9」身上沒酒，「可惡！到底為什麼監獄的妖怪會出現在這啦——」

「還記得那些遠古亡靈嗎？我想這裡過去曾淪為戰場，而戰爭中押解的犯人、囚禁的俘虜、直言敢諫卻被下獄的參謀，種種抑鬱，時至今日仍糾結於此。」

沈舒澐凝視著那兩隻患鬼，所以它們的負面之念才如此紛雜，正因它們根本是怨氣、愁緒、憂鬱等負面情緒濃縮而成的聚合體，說穿了，就是執著。

「不過也真難為妳，這麼冷僻的內容虧妳記得住？」沈舒澐側眼瞟向柳晴風，她以為這傢伙只擅長八卦，想不到連志怪小說也不放過，就某種程度上，柳晴風也算是博學多聞了。

「嘿嘿，我這是被誇獎了嗎？」柳晴風沾沾自喜，要不是從小受到家裡的薰陶，她也不會對這些神仙鬼怪產生興趣，「託患鬼的福，很多《搜神記》中記載的妖怪，我現在都找回印象了！」

「像是有種妖怪叫『傒囊』啊，喜歡在山裡面伸手引誘活人，要是受到它的迷惑，把它拉走，聽說它就會死掉喔！」不過她覺得有點奇怪，會有這麼蠢的妖怪自尋死路嗎？

西郎？是什麼樣的妖怪會叫「死人」？潘宏凱在心中打了一個大大問號。

此時姜尚霆將兩隻患鬼引了開，沈舒澐也把握機會，趕緊偕同柳晴風過橋，其餘人見狀也急忙跟上，孰知在石橋另一端，塵土飛揚，兩抹黑壓壓的影子越擠越龐大，竟又出現兩隻患鬼！

「不好！我們都忽略對面了。」沈舒澐立即止住腳步，想阻止柳晴風繼續前進，卻見她取下長弓，箭矢抄來，就直接往其中一隻患鬼射去。

「我受夠要一直躲著這些妖怪了！」箭矢貫穿患鬼閃灼青光的眼瞳，她這把弓無論射鬼射妖甚至射人，都是威力十分強大的武器，「與其拚死拚活逃命，不如讓我先解決了它們！」

「舒澐妳快走！」一隻患鬼已經渾身著火，剩下的一隻柳晴風仍在找機會攻擊，趁這個空檔，高中生與女孩們已率先過橋，而沈舒澐則因放心不下，於過橋後屢屢回頭。

她越過石橋遠望姜尚霆的情況，只見一簇火苗躍上患鬼的身軀，原來是姜尚霆將串珠扯了斷，再以灌注靈力的念珠發射，如此一來不必與患鬼近身戰，他也能輕鬆淨化怨靈。

患鬼一下減少了兩隻，沈舒澐終能稍稍寬心，這時肩上一陣輕觸，是祁欣跑了回來，她喘著氣，表示想先帶其他人到安全的地方暫避。

「舒澐同學，我想我們在這裡不僅平添危險，也很可能造成小風他們的困擾……」祁欣面有難色地開口，指著橋後兩條岔路中的其中一條，「這裡的路我有印象，前面有一座古廟，我們先去那裡避避好嗎？」

沈舒澐只是瞥了她一眼，隨後不發一語便走。

◆◆◆

矮小的男孩仆倒在地，從體型上來看不過是個十五、六歲的少年，它白色的制服下少了一臂，另一隻手上則有剩餘的血肉殘渣。它一動也不動，就像死了般——不過不是它不想動，而是它壓根兒動不了！

纖細的手指抖了一下，身體漸漸找回知覺，男孩使盡吃奶的力氣，也無法奪回身體主控權，它只能像隻黏在蛛網上的蟲子，藉由蠕動配合額頭撐地，緩緩跪坐起來。

小誠灰頭土臉地顧盼四周，它……只記得它對那群白癡人類嘲弄了一番，就在要揚長而去時，一道紫色的光束擊中它！那是陣難以言喻的劇痛，說是被雷劈也不為過——

雷⁉小誠頓時凍結了兩秒，難道……它遇上的不是普通靈能者？也真是倒楣！好不容易有機會破除封印回到人間，結果人是要到了，卻連性命也差點斷送！

它舉起發麻的左手，那晚在樹林，它這個魑魅先是感受到一股深沉的絕望，再者是沖天的怨恨，最後是死不瞑目的執著將它從樹根底喚醒。

它也因而遇上這副軀殼真正的主人，小誠。它抓住他，只稍加一點痛苦便什麼都招了，原來是霸凌同學的人類啊……嘻嘻！最後它像寄生獸般，把他的腦、內臟，連同血液、體液通通吸乾——一個全新的小誠取代了原有的冒牌貨，它也接管了他的記憶，得以隨心所欲、恣意任為！可萬萬想不到，出師不利啊……

窣窣……風吹樹叢的擾動聲讓小誠有如驚弓之鳥，它吃驚地四處張望，以為是敵人趕至，心裡七上八下地難以安寧。

「是風啊……」小誠感嘆著自己的沒用，堂堂魑魅現在居然比一個會走會動的老人還不如，要是讓它養好傷，勢必要鬧得這所學校天翻地覆！

它閉上雙眼，藉著消化稍早吞下肚的活人肝臟，使自己達到療傷的目的，那可恨的臭女人、以及白癡靈能者，都是它復原後的首要復仇目標！

窣窣……樹叢發出的細碎聲響，令小誠再次跳開眼睛！它心想著不要再自己嚇自己，否則敵人沒到，它倒是先嚇死了！

就在小誠二度闔起雙眼時，樹叢中驟然竄出一個不明生物，讓小誠當下心涼了一半，該不會它將毫無尊嚴地死於野獸之口吧？

「喵～」

小誠定神一看，發現原來是隻野貓，而且看起來肥嫩肥嫩的。算了，雖然牲畜的肉比不過活人的滋味香甜，但這種情況下也聊勝於無啦！

惡意興起，小誠虛假地吹著溫柔的口哨，想降低野貓的戒心，而貓也真如小誠的計劃慢慢接近……它悄悄伸出利爪，等貓一靠近就要猛下殺手，然而內傷的疼痛讓它分了一下神，俯仰之間，貓便失去了蹤影。

貓呢？小誠愴慌地左右掃視，卻絲毫不見貓影，它暗嘆可惜，難得的獵物就這麼跑了，真是不甘願——

「喵～」貓叫聲自身後響起，小誠驚然轉頭，訝異於貓怎跑那麼快？

「原來你在這啊……來～」沒時間想太多，要是這次再失誤，想拐到這隻貓就難了。小誠堆滿假笑，伸出左手就等著它來蹭。

「喵啊……」野貓張大了嘴，像是在打哈欠。

「好乖，來……等等，你不是!?嗚哇——」

◆◆◆

濕潤的泥土地印出許多紛亂鞋痕，祁欣帶著眾人說要前往不遠的古廟暫避，但幾分鐘過去，周圍景色不但沒有變化，且愈顯荒涼。

高中生們越走越覺得惴慄不安，從石橋開始的路徑，到這片樹林，無一不像是那天晚上走過的……

「欣欣，怎麼走了那麼久還沒到？」或許是吵架後的關係，如今有求於人，佘曼珊語氣反而有些尷尬。

「嗯？」經佘曼珊這麼一問，祁欣才停下腳步觀望四周，「難道我……」帶錯路了？

眼尖的王昊楊已經發覺，這裡正是他們那晚踏足的樹林，待在這讓他渾身不舒坦，他扁了扁嘴，暗罵這女的有夠沒用，連帶路也會帶錯！

「走了，回頭！」回去至少有人罩，在這遇上那娘砲，還有那晚的鬼就死定了！

「我看沒這個必要。」沈舒澐幽幽地出聲，她走在最後面，在這短短幾分鐘內，有很多事情她已經想得差不多了。

「什麼沒必要？出事妳是要負責？」王昊楊一心只想遠離這裡，就算要「車拼」也要找回那兩個打手再來！

「妳把我們引到這裡，有什麼企圖？」沈舒澐直接略過王昊楊不理，默默看向那個人畜無害的嬌小女孩。

「啊？舒、舒澐同學，妳在說什麼……」祁欣瞠然，難道繼曼珊之後，連她也要指責自己了嗎？

「從妳想盡辦法跟著我們時，我就覺得奇怪了。」沈舒澐緩步向前，邊感應這傢伙的念，「普通人要是遇上這種狀況，早就避之唯恐不及，姜尚霆即便再神通廣大，也無法保得妳們全身而退，但妳卻寧願捨棄社辦這種安寧地也要親身犯險，答案只有一個：妳必有所圖！」

一字一句佘曼珊都聽得相當分明，沒錯，那時在社辦，的確是祁欣提議要跟著她們的，理由不外乎是能尋求那帥哥的庇護……

祁欣啞然無言，她是想倚靠姜尚霆的保護沒錯，可是怎麼能說她——

「還有，我曾在貨櫃梯那群水鬼的手中救妳出來，當時我和姜尚霆的談話妳一定聽見了。」沈舒澐直盯著那對游移的雙眼，她的經驗告訴她，這段猜想果然沒錯，「妳知道我所擁有的天賦。」

什麼？她說她把祁欣從……水鬼的手上救回來？佘曼珊暗暗嚇了一跳，這是哪時候的事，她怎麼完全不知道？

「所以妳刻意隱藏自己的想法，設法不讓我讀到，但妳卻忽略了一點。」沈舒澐轉頭看向佘曼珊，以及來時的方向，「在地餐時，她和妳一個心存怨懟、一個則懷春於心，不過很奇怪，在我救過妳之後，卻再也讀不到妳對那傢伙的心思，即使是妳看他看得出神的時候，我也依舊讀不到妳的念。」

沈舒澐說到這裡，一絲害臊忽閃而過，接著是莫名的妒火上升，兩個女生的友情又將面臨愛情的考驗。此時她突地想起了那個聒噪的女孩，若是她聽到這些八卦，想必會很興奮吧。

「最後，是妳自己露出的最大破綻。」沈舒澐驀然回首，冷然一笑，她知道她心裡頭的疑問，「我們似乎從來沒說過要去後山的『樹林』吧？」

祁欣登時倒退了幾步。*往樹林走的是這條路嗎？*自己的聲音猶言在耳，她低垂著頭，看似默認，但個性火爆的佘曼珊就沒這麼簡單算了。

縱使她聽不懂全部內容，但有一段她聽得相當明白，祁欣是特意把他們引到這的！

「祁欣！妳給我解釋清楚，否則我不會放過妳！」火氣湧上，佘曼珊再度暴怒，要不是她說有姜尚霆在萬無一失，害自己捨棄原本的避難所，結果麗淑逃了、嫵南死了，連她也差點沒命了！還有，她明明說過不准對她的獵物出手，祁欣居然還敢對她看上的男人產生興趣？是有沒有搞錯啊！

王昊楊怒在心裡，並未馬上做出反應，比起動手打這個女人，他更想知道她的目的是什麼？還有她為什麼會知道那娘砲死的地方？

「妳的確心思細膩，但妳急於求成，屢次自告奮勇想帶路，已經超出常人該有的反應，不得不讓我對妳起疑。」沈舒澐一步一步走向祁欣，卻保持一定距離，「說吧，目的何在？亡靈跟妳又有何干係？」

電光石火間，惡意迸出，祁欣宛如著魔般衝向沈舒澐，並在她反應未及時拽住她的頭髮！光源隨著掙扎而撩亂，沈舒澐幾度反抗都未曾鬆動，這般舉動更是令她始料未及！直到此刻，祁欣依舊封閉了自己的念嗎——

祁欣的力道大得驚人，面色之猙獰，佘曼珊與高中生們光看就怕，更不敢出手援助。沈舒澐感受著超越人類力氣的拉扯，哪知被往攔路的樹幹一摔，她只覺眼前一片黑暗、頭痛欲裂，便倒地不省人事了，在完全昏厥之前，彷彿還能聽到有人叫喚她的名字……

「舒澐——」

柳晴風在消滅一隻患鬼後，得到姜尚霆的幫忙，好讓她能提著燈籠尋找沈舒澐一行人，但尚霆卻要她反其道而行。

她丈二金剛完全搞不懂為什麼，但心想他會說出那樣的話，必然有他的原由，於是她把心一橫，選擇從來沒走過的另一條路，結果還真的矇到了！

不過當她抵達後，看到的卻是——同班三年的好同學把她今天真正認識的好友推去撞樹！

她第一個念頭是，連祁欣也被那個人不人鬼不鬼的東西給挑撥了，所以她沒有絲毫停滯地奔上前，卻聽到柔弱的小妮子口中喃喃著可怕的話語——

「沒想到我一路謹慎還是被妳識破了，妳果然是很麻煩的人物，舒澐同學。」祁欣露出詭異的笑容，「在綜合大樓把妳推出去沒死，算妳好運。」

什麼⁉柳晴風一度以為是她耳朵有問題，她只當祁欣是中邪或卡到陰，現在聽起來祁欣根本早有預謀，但為什麼？

她緩緩移動腳步，以不驚動祁欣的前提下接近沈舒澐。剛剛舒澐的頭硬生生被推去撞樹，這下沒有頭破血流也一定腦震盪了啦！

「別過來！」祁欣瞪視著柳晴風，亮出一把刀子，「如果妳承擔不起人命的話，就乖乖站在那！」

「妳想做什麼！」柳晴風厲聲回應，她不願刺激祁欣，但現在的她手提燈籠，根本是名符其實的她在明、敵在暗，一有什麼舉動對方馬上就會察覺，該用什麼方法避開祁欣的注意力呢……

「走，這女的瘋了！」王昊楊見情勢不對，身體逐步向後，這女的八成被鬼附身了。

「誰都別想走！」

霎時地面竄出許多骨手攫住眾人，高中生們無一不嚇得心驚膽顫！這……與那晚的情形一模一樣！

「我說過不准走……你們聽不懂嗎？」肅殺的氣焰與嬌弱的形象判若兩人，祁欣毫不受限地行走於遍地骨手間，證明這些骨手聽令於她。

「妳到底是誰？跟那娘砲是什麼關係！」王昊楊雙手緊握球棒，只待祁欣一不注意就要一棒敲昏她，管她是誰！

「閉嘴！霸凌者！」啪的一聲，火辣辣的巴掌直接甩在王昊楊臉上，祁欣忿恨地怒視三名高中生，積怨已久的恨意完完全全反映在這巴掌的力道上。

王昊楊強忍頰上熾熱的痛楚，他必須挺住，不能就這麼沒腦的豁出去！

「姐、姐姐，有話好說！」雙腳被驚悚的骷髏骨手箝制著，卻非潘宏凱的擔心目標，眼前個頭嬌小的女生才是令他震懼的主因。

「拜託、拜託放過我們！」蘇漢杰一如既往地求饒，不管如何他都要保住這條命活到最後！

「住口！你沒資格叫我姐姐！」又是一個耳光甩上，不知為何，祁欣的憤怒似乎燒得更旺。

「還有你！你要我放過你？那些被你們欺負的人、被你們霸凌的人，當他們向你們求饒的時候，你們可曾停手過⁉」巴掌停留在半空中，蘇漢杰以為撿了個便宜，殊不知祁欣換了隻手，猛力往蘇漢杰大腿一刺——

「啊——」蘇漢杰痛到連眼淚都飆出來了，小腿舊傷未癒，大腿又添新創，但這都不足以澆熄他的求生意志！

彷彿共鳴似的，蘇漢杰越是堅定求生，腳下的束縛力道也愈加緊繃！

「許悅維臨死前，他的哀求聲你們可有聽進去過⁉」這句話挾帶著強烈恨意，但從她口中喊出的姓名更令人震驚！

柳晴風同樣被骨手定在原地，不過只要她願意，她隨時可以踹爛這些爛手！然而現下她卻在意祁欣和那些屁孩的對話，祁欣說許悅維……那是在教堂被尚霆打跑的死靈？她怎麼會知道它的全名？

「欣、欣欣……」佘曼珊雙腿不由自主地顫抖，不知是氣溫越來越冰寒的緣故，抑或畏懼腳下的桎梏，「既然妳要找的人是他們……那能不能放我走？」

「放妳走？」祁欣挑高了眉，用輕視的眼神睥著佘曼珊，佘曼珊頓時愣了幾秒，她在系上擁有超高人氣，每當她不屑某人時，也時常擺出這樣的神情……祁欣在模仿她？

「對……再怎麼樣我們也是好朋友、好姐妹對吧？」佘曼珊強逼自己嚥下那口不快，嘗試用友情化解危機。

「好姐妹嗎……」祁欣顯得有點失落，言語也透露出難過，「原來我的好姐妹、好朋友……會在緊要關頭，把一切不幸都推到我身上。」

她走到佘曼珊面前，自嘲般地挑起淺笑，眼角閃著若有若無的淚珠，像是嘲笑所謂的友情脆如薄紙，「這也算是好姐妹嗎？」

「不是的！欣欣，妳聽我說——」

「虛偽！」祁欣怒斥一聲，打斷了為辯而編的謊言，「但我也不是冷血無情的人，我現在問妳兩個問題，只要妳答得出又說得有理，我就放妳走。」

祁欣面無表情地豎起兩根手指，頭側了一半瞪向高中生們，「妳跟他們，有哪一點是決定性的相同？又有哪一點是決定性的不同？」

啊？佘曼珊傻在當下，她的生死全繫於這個沒頭沒尾的問題!?難道她能說他們都是人，只差在她是女生，他們是男生？想也知道沒那麼簡單！

「答不出來嗎？」祁欣斜眼鄙視，「妳仗著自己受男生歡迎，延攬了不少狐群狗黨，自詡為女王。只要誰不順妳意，妳就會聯合周遭的人疏遠排擠。」

「在我眼裡，妳和他們一樣。只不過他們是肢體霸凌，而妳的手段斯文些，玩的是人際霸凌，說破了就是個更矯情的霸凌者，懂嗎？」

「祁欣妳！」佘曼珊氣得脹紅了臉，她也不過就是她身邊的跟班而已，竟敢這麼詆毀她！

「曼珊，妳知道嗎？每次跟妳們這些人在一起，我都覺得想吐！」祁欣說的是真心話，要不是人脈是大學生活中不可或缺的一環，她才不會委屈自己跟這種人做朋友。

對於祁欣的指控，柳晴風只能默不作聲，因為實際上，曼珊的確特別會運用她的優勢，使自己社交、課業、物質等方面立於不敗之地。

「好了，機會我給過了，妳答不出來，所以接受懲罰吧。」祁欣忽然笑得甜美，令佘曼珊不寒而慄，「就用妳的血，當作今晚壓軸好戲的序幕吧。」

「妳、妳想幹嘛！」感受到危險，佘曼珊焦急地想抽開腳逃走，卻被骨手定著不放！她剛剛說……用她的血？那是什麼意思！

「嗯～真是美好的夜晚。」祁欣昂首向天，繁茂的樹蔭阻礙了望向天空的視線，卻不足以阻滯她正躍上高峰的喜悅！

陰風颯颯颳來，枯葉在地上呈滾滾之勢，好比沙灘上一層捲過一層的白浪，這讓柳晴風有點倉皇地環視周圍狀況，這根本是大魔王出現前的橋段啊！

「時候到了。」祁欣雙眼透露著隱隱血光，她等這一刻已經好久了！內心的渴望化作行動，她在佘曼珊雙手手腕上各劃兩刀，鮮血隨著掙扎而四處亂濺！

祁欣舔了口刀上鮮血，不管佘曼珊如何死命抵抗，硬是將她扯離原地，並帶到鄰近的一處土塹，然後——推下！

一支箭矢快速地飛掠祁欣與佘曼珊之間，卻無法挽回佘曼珊被獻祭的命運。柳晴風到底還是不忍心見死不救，即便她的箭所剩無幾，加上舒澐安危未明，但她無法漠視能救卻不救的機會！

箭矢射出後，柳晴風並沒有餘裕看結果，而是以箭削斷腳上的束縛，飛奔至沈舒澐身邊探視，看樣子她只是暈了過去，至於有沒有瘀青或內傷，暗矇矇的她也看不清楚……

佘曼珊掉落土塹後，溼潤軟爛的泥土減緩了衝擊力道，不過她連害怕的時間都沒有，數以百計的骨手接連竄出，將她的身體一吋、再一吋地往下拉——

「哇啊啊啊——滾開、滾開！」佘曼珊猶如一隻落入網中的魚，體會到生命受到威脅的慌張，無論她如何掙扎反抗，地底傳來的拉力依舊驚人，過沒多久，就連柳晴風也逐漸聽不見她耗弱的淒叫聲。

這個結果讓祁欣相當滿意，她歡欣地哼著歌，深情款款望向漆黑不見底的土塹，那是首人從出生到成年，必然會聽過不下十次的歌曲……

「生日快樂歌!?」在這種時候聽到生日快樂歌，真的有股說不出的違和感！柳晴風搓著手臂，她的雞皮疙瘩起來了！

一抹黑影浮現在半空中，捲動著周圍景物，只看祁欣抬首，咧嘴而笑。

「生日快樂……」

「弟弟。」

第十二章　真相

黑影現於空中，冷冽的寒風因而變得淩厲，強烈的風勁狂掃四周的樹木枝幹，落葉被捲成一片片利刃，整個景象宛如龍捲風肆虐。

大量塵土挾帶枝枒碎石，刺激著靈魂之窗；風聲呼呼大作，當中隱隱然地混雜著哀號與哭泣聲，不覺備感悚然。

直到祁欣又喚了聲：弟弟！風勢才稍微減緩了些，眾人也終於能看清那黑影的真面目——其實誰都能料想得到，一如先前的白色制服，只是原有的潔淨已不復存，長條型的焦黑灼痕遍布全身，柳晴風知道那是姜尚霆的傑作。

那時尚霆確實對許悅維造成不小的傷害，不曉得尚霆現在怎麼樣了……可惡！大魔王都出現了，他怎麼還不趕快來啦——

這次現身，許悅維已和先前大不相同，吸取眾多陰暗之力的它，樣貌產生了不少異變——融合怨恨及狠毒的眼神，與祁欣如出一轍；清秀外表不再，部分肢體凸出而迸裂，加上滿是焦灼的傷痕，使它跳脫厲鬼晉升至邪靈等級。

許悅維半降靈體，並沒有與祁欣來個久違的大團圓戲碼，或許是內心的人性受到邪惡侵蝕，讓許悅維只專注於復仇。

『謝謝妳，姐姐。』它乾淨的聲音像是蒙上一層灰，『我到現在才知道，原來當鬼的好處這麼多，可以不必受人欺負，還可以隨心所欲做自己想做的事……』

「小維你放心，這一次，姐姐不會再讓你孤單面對！」姐弟倆一致瞪向霸凌的主事者——王昊楊三人眾，他們都知道，此時它們的意圖只有一個，報仇。

「慢著！」即使這種時候，也不影響柳晴風想說什麼就說什麼的個性，「妳叫它弟弟？但你們明明不同姓啊？」

許悅維睥了眼柳晴風，最後是祁欣回答這個問題，「我和小維是同母異父，雖然出生不同家庭，但我們有相同的不幸。我們透過網路聯繫彼此，互為彼此的心靈依靠，我也考取了這所大學，努力拚獎學金，方便照顧我這位弟弟……誰知道——」祁欣將拳頭握了死緊，表現幾近無法容忍的怒氣。

「誰知道我的寶貝弟弟死了！就被這群死小孩害死了！」害她一直以來的努力通通化作白費，所有構築好的夢想藍圖頓成一片廢墟，「到底憑什麼自以為比別人優越！」

柳晴風靜默半刻，祁欣的怨恨她不是不能理解，要是今天有人親手害死她的親人，她絕對會不顧一切展開報復，雖說私刑並不合法，對她來說，卻是最直接的解決方式。

當然會有人說她衝動、說她以暴制暴，更希望她以德報怨、冤冤相報何時了，但實際上這些冠冕堂皇的話每個人都會講，要是發生在自己身上，多半知之者多，行之者少。

何況她念的是中文系，孔老爺爺說過：「以直報怨，以德報德。」意思就是用最直接了當、最公正的手段來報復怨恨，否則以德報怨，何以報德呢？

也有人會說，既然談到公正，可以藉由法律來解決問題，但是自從她在捷運上用箭射穿歹徒的雙腿，還差點被判防衛過當的時候，她就知道她不該冀望於現行的法律。

不過人人觀念不同，有的人天生克己守法，而她不一樣，她只求做事無愧於心。

所以她不像電視劇裡的濫好人，也不會去勸祁欣把問題交由法律裁決，要是那幾個屁孩裝作思覺失調，藉以逃過一劫，那所謂的公平正義不成了笑話？

但，雖說他們姐弟倆很可憐，要是只針對事主報仇她也不會有意見，不過就如舒澐跟尚霆說的，他們已經牽扯到太多無辜，曼珊、嬿南、育婷、許多老師跟教官，還有太郎……

她不能就這麼放任他們胡來！

況且現在除了他們姐弟倆，還有一堆妖魔鬼怪跑出來害人，事情愈演愈烈，尚霆下落不明、舒澐安危未卜，這是她現在必須站在這裡的理由！

「小風，我知道妳一向很有正義感，所以我並不想為難妳。」祁欣的眼光仍未從那三人身上移開，「請妳站在一邊看就好了。」

「祁欣，要是你們只針對該針對的人，我並不會多管。」柳晴風以身護在昏厥的沈舒澐前面，「但你們傷害舒澐、傷害了許多無辜的人，我就不能坐視不理了！」

「那就沒辦法了……」一聲彈指，祁欣的聲音也變得冷酷，「小維。」

只見許悅維朝柳晴風一揮手，柳晴風整個人便無法控制地被釘在樹上，手握的箭矢掉落在地，四肢動彈不得，更別說是取弓反擊了！

「喂！放開我——」柳晴風試圖出力，哪怕只是能動一點點也好，只要拿到護身符……機車！完全動不了啊！

『王昊楊……我會變成這副模樣全都是因為你。所以我決定，就從……』許悅維抬起了焦痕累累的手——

這一瞬間，仍堅信魑魅蠱惑的蘇漢杰萬分竊喜，他還幻想著許悅維如果先選老大開刀，那麼接下來只要宏凱也死了，他就有機會逃出生天了！

指尖翹起，指向表面平靜，暗地裡卻波濤洶湧的平頭男孩……『蘇漢杰，你先開始！』

「啊!?」蘇漢杰頃刻間從天堂墜落地獄，怎、怎麼會是他!?

「悅維……你是不是搞錯了？」蘇漢杰極力賠著笑，只差沒有跪下來，「平常欺負你，還有那天晚上的事情，全都是老大指使的啊！」

「冤有頭、債有主，你要報仇應該要找老大啊！我、我只是聽他的命令……我——」蘇漢杰不顧一切地把鍋甩回給王昊楊，他已經沒有退路了！

『真諷刺呢，王昊楊……』許悅維嘲諷般地微笑，『原來你在蘇漢杰心中是這樣的份量……』

「他沒種不是一天兩天的事了。」王昊楊臉色僵硬，他害怕的程度不會比蘇漢杰少，但他絕不能低頭！這個娘砲活著的時候尚且被他瞧不起，如今它死了也是一樣——「要殺就趕快動手！」

這番話又重新讓蘇漢杰燃起希望，然而短短幾秒內，他的心情又二度墜入絕望深淵。

『我說了……蘇漢杰是第一個。』

這下蘇漢杰也知道死期將至，從腳底冷到心坎裡的恐懼讓他想立刻逃跑！但他越是存有這種求生欲，腳下的箝制就越緊固，他甚至覺得自己的腳快被捏碎了——

『來吧，讓我宣布你的處刑方式……就和阿侑、豪仔一樣。』許悅維揮了揮手，三人面前立時開了個凹陷大洞，接著它動動眼色，蘇漢杰便被無形的力量拋了下去。

『你在學校裡，總愛仗著王昊楊的勢力欺負我、佔我便宜……』許悅維飄到蘇漢杰上空，想起往日受他威脅，不得已得幫他打掃、跑腿、寫作業，種種怨氣油然而生，『標準的狗仗人勢。』

「啊……我真的不是故意的！對不起，原諒我！」昔日欺負許悅維的畫面，隨著它的指控浮現腦海，他眼淚奪眶而出，毫無自尊地求饒，彷彿只要饒他性命，多麼卑賤的事情他也願意做。

『哼……今天我也讓你嘗嘗狗仗人勢的滋味。』許悅維冷笑了聲，隻手上揚，數具遠古亡靈立時從土裡竄起，『要是你有本事離開那裡……我就放你走。』

第一時間，蘇漢杰還沒察覺事情的嚴重性，仍嘗試作最後的求饒以搏得一條小命，但亡靈們毫無理智，見了蘇漢杰就是一陣猛攻！

刀槍齊來，蘇漢杰右肩先被砍傷，接著腹部又中一槍，他毫無抵抗之力，背部又傳劇痛，一名亡靈手持闊斧在他背後開了一道極深的破口，血液汩汩流出，腥味讓亡靈更加瘋狂！

蘇漢杰負荷不了這股疼痛，整個人仆跌在地，但亡靈並未就此收手，仍舊予以追擊，如同以往他對許悅維的霸凌，時常得寸進尺，得了便宜還賣乖。

而蘇漢杰一心求生，即便倒在地上無法行走，心中仍奢望著，要是用滾的滾上去，說不定還有一線生機……雖然成功機率渺茫，怎麼說他也要試——呃啊！

一口鮮血從他口中吐了出來，被利器貫穿身體的痛楚，險些讓他一口氣提不上來，他覺得快痛死了……

『真沒看頭……』許悅維冷眼看著被長槍釘在地上的小平頭，『你果然是王昊楊身邊最沒用的一隻狗。』

蘇漢杰還在掙扎，他雙手抓著濕潤的泥土地，慢慢、慢慢地往前爬……但每移動幾公分，就有無比劇痛產生，而且他發現，他已連叫都叫不出來了——

『好了……去死吧。』許悅維的話語有如宣布執行死刑，在它語畢的同時，數名亡靈也提起長槍，往蘇漢杰四肢扎入！

殘酷的處決方式，加上許悅維的刻意所為，不僅讓蘇漢杰一時半刻無法斷氣，也始終沒讓他痛到昏死過去，目的就是要他在清醒的狀態下，充分地品嘗那股椎心刺骨的痛。

「夠了！你刻意留他一口氣又不殺死他，到底什麼意思！」柳晴風全身只剩嘴巴眼睛能動，她覺得那小鬼已經不是單純的復仇，根本心理變態！

許悅維置若罔聞，對它來說，蘇漢杰現在所受的痛苦，還不及它過往的一半……這麼處決，算是便宜他了。

蘇漢杰眼神漸漸迷茫，生命即將消逝，他已經沒有力氣再逃命了，他只覺得好痛、好痛……

要是能讓他重新選擇，他絕對不會……不會……

潘宏凱於心不忍地別過頭，雖然他們是罪有應得，但阿杰終究是同班三年的好友，如今在他眼前慘死，又怎能不動容？

王昊楊倒是沒什麼特別起伏，他認為蘇漢杰死一死也好，否則扯他後腿不說，還得擔心隨時被出賣。

許悅維慢慢飄近蘇漢杰的屍體，確認他真的死後，竟殘虐地挖出他的心臟端詳一番，這免不了又是一陣血流肉爛，讓柳晴風看得反胃欲嘔，那小鬼死了不過幾天，人性就泯滅到這種程度了嗎？

它將心臟剖成三分之一，一份自己吞下，一份弄碎了扔給四周亡靈當作犒軍，一份……它親自端到祁欣面前，意在姐弟倆共享這顆復仇「成果」。

柳晴風原本以為按照祁欣扭捏又退縮的個性，見到這種「禮物」必然百般猶豫，說不定還會尖叫昏倒，沒想到她居然想都沒想就接過那顆心臟！

「不行啊祁欣，妳千萬不能吃！」雖然她對祁欣的是非不分氣到想吐血，也覺得這群鬼噁心到讓她想吐，但她絕不能眼巴巴看著好端端的同學越走越偏！

祁欣捧著心臟，凝視了一會兒，忽而抬頭對著柳晴風淒然一笑，「小風，我已經回不去了。」

打從她的寶貝弟弟哭著來向她託夢、打從她親眼目睹寶貝弟弟的死亡之所、打從她決心要為她的寶貝弟弟報仇時，她就沒有回頭路可走了。

祁欣屏住呼吸，硬是將心臟塞進嘴裡，濕熱軟爛的觸感讓她身體本能地抗拒，但為了弟弟，她還是強逼自己吞下那顆心臟！

血味與腥味讓祁欣數度嘔出聲音，她的眼眶盈滿淚水，就是那副表情，讓柳晴風覺得祁欣或許還是保有良知的，只不過是親人的仇怨，讓她寧願捨棄自己的人生，與人格……

「豈有此理！尚霆你到底去哪了啦──」憤怒讓柳晴風全身發熱，她的忍耐限度已經快爆表了，這種時候他還不出來英雄救美，是在拖拖拉拉什麼！

『他找不到這裡的……』許悅維吞下心臟後，模樣又變得更加可怖，它的眼球灌滿血液，像是隨時都會溢出來般；下顎凸出、七孔流瀉著黑氣，已不再是純然的人樣。

柳晴風瞪著它，邊思索話中涵義，找不到這裡？那死人憑什麼那麼肯定？難道是，鬼打牆？

許悅維轉過身，駭人的樣貌使得刺蝟頭男孩不自覺地憎畏著──

『輪到你了……潘宏凱。』

◆◆◆

迷迷茫茫，飄飄渺渺，念之為物，有時可比人的一生，與世漂移，隨波逐流，浮浮沉沉，不由自主……

她是誰？她也不知道……她原本不過是名瀕死的嬰兒，無名無姓，靜靜地等待苦短人生結束，卻在最後關頭蒙人撫養，順利地存活下來……

因為與生俱來的天賦，讓她與常人毫不相融，勾心、猜忌、算計……充斥於人與人的相處間，導致她對人、對人性避而遠之……

長久以來的歷練教會她，在這個既無情又現實的世界裡，只有自己能夠成為自己的依靠，所以她學習獨立、享受孤獨，但——

『沈舒澐——』威嚴的念化作聲音，打斷了她的思緒。

是誰……？她無法開口，只得以念回應。

『人界于汝，何也？』

什麼……？人間對於她的意義是什麼？

她從來沒想過這個問題，這輩子她只打算安安穩穩地做自己的事，逐步實現夢想，世界對她來說是什麼，根本不需要她來思考，也用不著她費心。

『汝願救人界乎？』

……這什麼問題？先不說她何德何能，即便有這個本事，她要怎麼救？又得到哪去救？

『汝，願救人界乎？』那聲音又問了一遍，語氣不容她質疑。

她遲疑了半晌，在過去，要是面對這類問題，她絕對會毫不猶豫地說「不」。正如她一向秉持的觀念，第一，她不愛管閒事；第二，無論世界變成什麼樣都與她無關，況且生死有命，每個人都可憐，要管，她是管不完的。

但不曉得為何，這個觀念似乎受到了撼動……兩張既熟悉又陌生的臉孔浮現，此時此刻這個

「不」字，她竟無法果決地說出口……

……若說是為了她所在意的人，婆婆，還有……他們，那麼她願意，盡她所能，保護這個世界！

『欽哉……』

讚許她嗎……這句話頗為艱深，她聽不是很懂，但從念的波動上來感知，應不是負面的意思……

耳邊傳來淅瀝瀝的聲響，像是穿越水幕般，她感覺意識被急速吸引，彷彿在隧道中穿梭了許多光年，離洞口那道光越來越近，終至眼界開闊——

沈舒澐倏地跳開眼皮，所有怨恨、陰邪，全在這一刻重新讓她與現實連結！而柳晴風把全部心力都放在倒下的沈舒澐身上，那細微的震動，讓她確信舒澐已然清醒！

她出奇地鎮定，內心卻萬分焦炙，但見沈舒澐按兵不動，她也不敢張揚。緊接著下一秒，幽暗的樹林背景出現了一點光源，並從之延伸許多裂隙，整個畫面宛如玻璃碎裂般，既美麗又脆弱！

溫暖的氣場漸而靠近，在陰寒的氛圍裡尤能融化人心，柳晴風展開笑靨，救兵終於來了！

沈舒澐倒在地上，知姜尚霆已至，仍裝作昏迷的樣子，利用她雙耳所聽、天賦所感，為他們製造有利的局面。

透過念的感知，她當然知道柳晴風心繫於她，但她不能成為他們倆的絆腳石，她必須伺機而動。

紫光突入，成功拯救命懸一線的刺蝟頭，姜尚霆泰然自若地走入樹林，手上浮現的一顆紫色光球，為他照亮了前行的路。

「不好意思啊，我並不是無法找到這裡，只是需要時間罷了。」姜尚霆嘴角上勾，透露著淺淺笑意與自信，「小風，久等了。」

「也太久了吧！再遲點你就要到我的屍體前講了啦！」柳晴風笑罵著，一顆心終於能夠安歇下來，現在就只差如何讓舒澐安全撤離了！

她知道舒澐一定醒了，只是礙於這群鬼才裝作昏倒的樣子，可是，要怎麼讓尚霆察覺舒澐其實已經醒了呢……

『你……是怎麼發現這裡的？』許悅維有些吃驚，這裡存在的陰暗能量，已足夠與世隔離，他又怎能輕易找到？

「你太小覷我了，同學。」姜尚霆停下腳步，暗暗搜索沈舒澐的身影，最終順著柳晴風的目光，才找到倒在樹下的女孩，「無論是多強大的力量，終究存在著破口。」

『我不想聽你說教……』許悅維望著自己發出焦味的手，對於姜尚霆，它仍保有幾分忌憚，『最好別插手。否則……那兩個女人就得死。』它指著釘在樹上的柳晴風，身後十數名亡靈列陣般對敵，只待它一聲令下。

姜尚霆眉頭緊皺，心知不能拿兩位女孩的性命去賭，但若臣服於惡靈，不僅延後惡鬥的時間，她們的安危也只會繼續被拿來脅迫罷了。

躊躇之際，卻見柳晴風一副欲言又止的模樣，她注意到姜尚霆的注目，連忙使了眼色，看向地面的沈舒澐，並祈禱他像舒澐一樣很會讀心！

姜尚霆起初不明其意，若是想告訴他舒澐同學昏厥的事情，大可不必這麼拐彎抹角，除非……是不能讓它們聽到的事？

那少年以她們的命作為要脅，而小風又屢屢看向倒地的人兒，莫非……舒澐同學已然甦醒？

沒時間細想，這會兒已是徹頭徹尾的默契大考驗了，他必須在對峙亡靈的同時，為舒澐同學製造良機脫身！

舒澐同學……姜尚霆以心念知會沈舒澐，眼下亡靈環伺，我將設法引開那少年與祁欣同學的注意力，而妳見機行事……

他留意到柳晴風腳下，始終有塊淨土沒有亡靈靠近，從那當中透出的淡淡銀光，可以猜到應當是她遺落的箭矢……舒澐同學，屆時妳再取之防身。

一男一女的念流入腦中，與沈舒澐交織成莫逆的鐵三角，這種不須言語的默契，就連她也感到不可思議……

明明什麼都沒說，卻能互通彼此的心意……正因為如此，她更不能讓自己變成拖油瓶！

姜尚霆將目光轉移到祁欣身上，她嘴角尚殘留殷紅血漬，渾身充斥著戾氣，很明顯是已入了邪，果然……和他所想的一樣。

「祁欣同學……」姜尚霆注視著她，好好一個女孩，終究因為仇恨付出了自己的人生。

「尚……」祁欣別過頭，只覺無顏面對眼前這位俊俏的男性。

堅定的復仇信念忽而掀起漣漪，沈舒澐全神貫注感受周遭的念動，看來，這女的便是她的突破口。

「祁欣同學，直到此刻，我還是不願相信妳選擇了復仇的道路。」姜尚霆言表中難掩惋惜，「儘管早在教堂時，妳就為了仇恨，親手破壞了妳的信仰。」

祁欣瞠大了眼睛，表情宛若在詢問：為什麼你會知道!?

「我一直想不透，在耶穌的聖潔領域下，為何那少年還能肆無忌憚傷人。」見到祁欣的反應，姜尚霆知道計策已然奏效，「妳為免計劃功虧一簣，又夥同曼珊同學跟上我們，爾後舒澐同學被害，我遍觀所有人，發覺妳是最有動機的。」

「妳擔心破壞耶穌像的事情被舒澐同學發現，更擔憂被她拆穿計劃，於是妳不停地在找機會除掉她。」姜尚霆刻意作聲長嘆，「祁欣同學……妳明明是位好女孩的。」

「對不起，尚霆同學……」祁欣低著頭，手中的刀柄握到快陷入掌內，學業與先賢所教的良善她怎會輕易遺忘？加上她第一眼看見姜尚霆時，就已對他心存好感，但是——

『姐姐！』許悅維這已發現，他是想動搖它姐姐的決心，連忙號令亡靈大軍展開攻擊！

不過沈舒澐更快，她感受到這對姐弟倆的心緒紊亂，知道機會來了，連忙火速抄起地上的箭矢，對著祁欣就是一劃！

入了邪的身軀自帶邪氣，箭矢只是劃開祁欣的表膚，竟在傷口之處冒煙燒灼，嚇得祁欣退避連連，深怕落得被火焰燃燒的下場！

「舒澐！」柳晴風大喜，舒澐不只沒事，甚至懂得利用她的箭矢反擊耶！

許悅維聽見祁欣的驚叫聲，正要轉身相助，不想姜尚霆卻攻了過來，這群人就是要逼它大開殺戒是嗎!?

沈舒澐方向一轉，就近消滅了幾隻亡靈，自她從那奇妙的意識中甦醒後，先前被意念衝撞的不適感居然全部消除，似乎有什麼細微的變化正在她身上發酵，是股說不上來的異樣。

而她單憑一支箭矢，暫時免除了她與柳晴風身邊的威脅，到底是力量強大的武器，這些從地底爬出來的腐朽亡靈根本不是對手。

另一頭紫光閃爍，姜尚霆總算可以毫無顧慮地施展自己最擅長的能力，他將光球拋至上空隨他起舞，面對或三或五成排的遠古亡靈團團圍攻，他僅是釋放出自己化作實體的靈力，眨眼間那些亡靈便通通被擊碎！

焦味瀰漫，許悅維始終不敢接近姜尚霆一步，無論是在教堂、抑或剛剛，它均吃過他不少次虧……現在的它，力量尚未到達巔峰，絕不能白白斷送這得來不易的集陰之力——

然而亡靈們根本無法困住姜尚霆，頃刻未過，他便突破重重包圍網，會同著紫光，直取許悅維而去！

許悅維見狀大驚，連忙飛往空中利用夜色與距離優勢，隱蔽行蹤以爭取子時冥誕到來。姜尚霆不可能不知道它的意圖，他一連向空中擊出數道肉眼不及細數的紫色光束，為的就是逼它現身！

柳晴風在樹上看得眼花撩亂，也分辨不清那是什麼東西，唯有沈舒澐微微怔住，即便無暇細看，但她還是分辨得出來，那種光芒、神速般的迅捷、以及事後的焦味，不會錯的，那是……雷電！

旁觀者尚且看不清，許悅維別說躲了，連看都成問題！它只能不斷變換形影躲避，但過於濃厚的陰氣，反倒成為它的標靶！

祁欣專注於那頭的戰鬥，一個是她心愛的弟弟，另一個是她極具好感的對象，無論是誰傷了誰，都非她所樂見，她——

砰！一聲重擊伴隨女孩的哀號，祁欣忽覺劇痛充斥於後腦勺，血腥味在她的鼻腔擴散開來，一陣天旋地轉後，她便雙眼上吊頹然而倒，在完全倒地前，她甚至還不明白到底發生了什麼……

「老大！」潘宏凱驚急的聲音在這種時刻特別突出，成功拉回所有人矚目，他失措看著王昊楊殺氣騰騰的模樣，情緒只在崩潰邊緣。

『王昊楊——』許悅維怒不可遏，他……害死了它不夠，現在就連它姐姐也不放過⁉

「老大！你為什麼要殺她！」潘宏凱聲淚俱下，剛才老大用球棒幫他脫困的時候，他還希望有機會向悅維懺悔，可誰知道——

「就因為這瘋女人，害老子差點死在這！」王昊楊雙手還握著球棒，適才一棍使盡他全身力氣，就不信敲不死她！

「老大，是我們錯了！一條人命，就這麼死在我們手裡了啊——」潘宏凱一股腦將心中的悔恨托出，「你害死悅維，本來就該償命的啊！」

「潘宏凱！」王昊楊怒瞪對方，現在出賣他，就不怕他再多殺幾條人命嗎！

這句事實一點也不令人意外，沈舒澐早猜得大概，如果只是見死不救這麼簡單，許悅維為何堅持用最殘忍的方式復仇？而那些水鬼、亡靈、妖怪之屬，更不可能受到這股委屈與求生欲的影響而復甦。

言行舉止可以作假，然而意念卻切實得真。

柳晴風倒是一副不可置信，這群死屁孩還真的把人推下山或活埋!?

「你用不著生氣，這早就是公開的祕密了。」沈舒澐持著箭在樹下守禦，她這時才有空檔提出真正想知道的問題，「究竟什麼原因非得殺人？」

王昊楊氣得全身顫動，明明不是受害者，卻表現出強烈憤慨，這讓沈舒澐察覺事態有異，那是種要將埋藏內心深處的祕密挖掘出的煎熬感……難道，事有隱情？

姜尚霆停下對許悅維的攻擊，他也從王昊楊的反應中得到不尋常的訊息。

「你們只知道我霸凌它、我害死它……」王昊楊掙扎著那股煎熬，顯然極力不願想起，「又知道它對我做了三小嗎!?」

「就是不知道才會當你霸凌它害死它啊！而且那也是事實！」柳晴風超沒耐性，她不懂有問題憋著不說讓人家猜是什麼意思？

「它……這噁心的娘砲，在升高一的時候，偷拍我在廁所自慰的影片！」

這番話徹底震驚四座，特別是潘宏凱，同班三年，他根本沒聽說過這事！

「我搶了他的手機把影片刪掉，他卻反咬我一口，跑去跟班導告狀！害我日後被班導視為眼中釘，更害我被我爸打得半死！」正是這樣心灰意冷之下，他才去混幫派，也唯有在那裡，才能建立他的自尊與歸屬。

潘宏凱終於完全了解，所以老大才這麼執著於對付他，而且是極盡所能地欺負、霸凌，那麼他對悅維的愧疚——

姜尚霆嚴肅地聽著王昊楊自白，這可不是小事，待他欲向沈舒澐尋得真偽時，她已先行讀到他的疑問，「他沒有說謊。」

視線一致投向齜牙裂嘴的許悅維，它仰起頭，彷彿在回想那恍如隔世的久遠記憶……是啊……它確實在剛開學時，偷拍了班上壯同學在廁所的情色影片，之後它也真的氣不過找老師告狀，讓他得到應有的處罰，但也是從那之後，迎來的只有永不止息的霸凌生活……

可是那又怎麼樣呢！三年來它一直默默地任由他們欺負，它就活該死在他們手裡嗎！

「有句話說，可憐之人，必有可恨之處，老師沒教給你嗎？」沈舒澐冷聲說道，「你也不是真的那麼無辜，總歸一句，是你咎由自取。」

事出必有因，無風不起浪，她就覺得奇怪，那痞子雖然人格低劣，但偏偏誰不霸凌，就專門霸凌這看似無辜的高中生？

按照她對人性的了解，肯定是那傢伙做了什麼，才會惹來別人欺凌，雖說出現例外的事例也是所在多有，但更多時候是在受害者不自知的情況下產生。

沈舒澐一番話惹惱了許悅維，它情緒激憤、恨意高漲，為什麼死的是它？為什麼霸凌它的人還能苟延殘喘地活在世上？為什麼受苦受難的永遠是它!?

無窮的怨恨、無盡的委屈，讓許悅維的負面能量變得更為龐大！狂風猛烈、飛沙走石，從它身上迸發的氣場竟將姜尚霆彈開了好幾公尺！

若非姜尚霆及時張開結界抵擋，只怕就要受到不小的內傷，而他也趁被彈開的同時，馭使光球破除柳晴風身上的禁制，轉頭，卻見許悅維怨怒瀰天，急速朝王昊楊俯衝而去！

王昊楊見狀，既不躲也不閃，反倒是推離身邊的潘宏凱，意在不讓他受到波及，早在那晚踢它下去開始，他就沒打算怕這個娘砲！

他大吼一聲，充分展現他身為老大的氣勢，雙手握緊球棒，用力朝它——呃嘔！

王昊楊吐出一大口血，球棒穿透許悅維滾落在地，他親睹許悅維青筋爆裂的手臂穿過他的身體，體內立時傳來支離破碎的痛苦！

許悅維並沒有即刻殘殺王昊楊，而是帶著他的身軀飛往空中，更利用鬼力讓他維持十二萬分的清醒，目的就是要讓他嘗受最特別的處決方式。

『王昊楊，我的人生全因你而悲慘……』許悅維雙眼益發血紅，正如它連綿不全的恨意，『你在我死前把我割得一絲不掛……現在，我也讓你嘗嘗什麼叫四分五裂！』

「糟！」意識到許悅維即將殺人，姜尚霆當即嘴念驅鬼咒，以靈力幻化出閃電往許悅維劈去——

誰知從許悅維七孔流洩出的黑氣，竟似有生命般擄獲附近——不，吸收了附近眾多亡靈，以它們為養分，硬是產生一層屏障將他的雷電隔絕在外！

「娘砲，你、你以為我會……就這麼，送死嗎……！」王昊楊拚盡最後力氣，取出他為了這一刻準備的武器——

半根亮銀色的箭桿，是那個三八的得意武器，他趁早前沒人注意時，從亡靈殘骸上撿了一支，並將箭桿敲斷只留下箭簇的部分，為的就是現在！

王昊楊使盡最後一絲氣力，直往這個同樣摧毀他人生的仇人身上招呼，所有的怨與恨，就通通在這一擊上了結吧——

『啊——王昊楊——』箭上銘刻的咒文從內灼燒著許悅維靈體，它發狂地撕碎王昊楊的身軀，就像猛獸虐殺獵物般，手段毫不留情！

肉屑四散，姜尚霆趕緊在兩名女性前展開一層結界，不過落單的潘宏凱沒這麼幸運，溫熱血液與殘缺內臟大量地落在他身上，但都不及他內心的悲慟！

「老大——」潘宏凱大聲嘶吼著，原本他還為許悅維的死耿耿於懷，但當他知道事情的真相後，發現老大受的委屈跟傷害根本不會比它少！如今他慘死，做兄弟的一定得為他報仇——

反正他所有的朋友都死了，他也沒什麼好失去的了——

「停下！」感受到澎湃怒意，沈舒澐連忙搶先一步遏止潘宏凱的愚蠢行為。

按理來說，她是不會插手他的死活，不過是念在這刺蝟頭一路上省思、懊悔，讓她覺得他的良心還沒被完全埋沒；再者，絕不能再讓失去理智的邪靈嗜血了！

「別攔我——」潘宏凱儼然陷入瘋狂，直到柳晴風朝他的頭用力揍上一拳，他才逐漸冷靜下來。

「你這白癡！要死不怕沒鬼可以當！但是在那之前，給我好好想想你的家人！」柳晴風說的是實在話，這種時候還逞英雄，只會讓自己的死全無價值！

火焰在夜空燃燒成團，黑氣宛如一層薄紗將其包裹在內，子時轉眼即至，除了頭七，亦是許悅維的冥誕。姜尚霆沉靜地望著這幅景色，心想如今只剩一條路能選擇。

「小風。」姜尚霆面色無比凝重，「趁還有時間，麻煩妳帶著舒澐同學及潘同學前往廟裡暫避。」

「什麼！那你呢！」該不會要一個人解決這隻惡鬼吧？

沈舒澐側目姜尚霆，這股念……她明白了。她撿拾掉在地上的手電筒，拉了柳晴風便走——

她並不是貪生，也非自私，而是受到了那傢伙請託。

之所以支開她們，是因為接下來他所釋放的力量，不僅他無法控制，就連他本身……也不能完全保證她們的安全。

◆◆◆

陰風慘慘，舉目暗暝朦，根本無從探路，她只能藉由潺潺聲音的引導，想辦法循著溪流回到原處，她所熟悉的地方。

一路上跌跌蹌蹌，稍有風吹草動就以為遇上鬼，人家說不做虧心事就不怕鬼敲門，但偏偏她就是做了——縱使她覺得自己根本沒錯！

她靠在樹邊調節氣息，想想還是很不甘願，那群人居然這樣對她！都是生死交關的時候了，她思考都來不及，當然只能先顧自己啊！憑什麼存活下來的她就要面對指指點點的猜疑！

更不爽的是，她原本就沒有要跟著冒險的意思，要不是受到朋友的慫恿，說什麼跟著專家才是萬全之策，她又怎會走到這個死人地方，還被那些噁得要命的腐手抓來碰去！

她憤然抓起樹枝丟擲，意外地聽見撲通聲響，心中大喜，找到溪流代表她可以平安離開了！至於那些討厭的人，就乖乖在山裡被鬼殺死吧！

她奔至溪邊，把身上的髒污跟傷口清洗乾淨，再捧起一把水醒醒臉，讓精神保持在最佳狀態——唔？

水面上晶瑩閃灼，在夜晚下散發著令人留連忘返的星光，她定神一看，發現有個物體在水上載浮載沉。

該不會是什麼昂貴的戒指寶石吧？她心想著，身體已隨貪念行動，好在水位只到她的腰身，走起來毫無障礙，否則她很怕難得的好東西就從眼前流走。

她輕輕撈起，從圓潤的觸感上判斷，應該是珍珠之類的東西？為了確認得更加仔細，她湊近點看，乍覺那真是一顆珍珠！只是……樣子怎麼有點熟悉？

熟悉到……似乎是她做給好友的生日禮物⁉她心頭一凜，內心拚命喊著不可能不可能！她送給好友的物品怎會出現在這！

但材料是自己親手挑選的，她甚至記得這珍珠的作工像極了真品，以為不但賺足面子，還讓好友開心，更憑此大肆炫耀了一番啊！

越想愈加發慌，當下她連珍珠也不要了，只想趕快離開這裡，孰知她一轉身，竟見兩輪黑洞似的眼瞳怒瞪著她！

「哇啊——」她張嘴大叫，卻立刻被對方掐住咽喉，她一口氣出不來，瞬間嗆得鼻管破裂，血腥味飄流而出。

『妳知道……妳真的……很吵嗎……』

對方含糊著話語，是因為每說一個字，便有不少水和沙隨之流出，不過這都不影響這番話帶給她的……熟悉與驚駭！

「育……婷……」曾麗淑氣若游絲地吐出好友的名字，她的眼眶被淚水佔據，模糊了好友在她眼中的樣貌。

施育婷渾身腫脹，宛若在水中浸泡了無數時日，臉皮因為無法承受水分重量而緩慢滑落，露出了黏膩的軟爛血肉，它將髮絲重重捆繞在曾麗淑身上，形成蠶繭般的束縛。

『為什麼要……丟下我……妳……不該——』施育婷流下血淚，身體猝然分裂成無數屍塊，同時讓曾麗淑身上的髮絲越束越緊、越束越——

嘶……血珠噴濺，髮絲倏然化作利刃切割曾麗淑全身上下每一吋肌膚，這時的她總算可以感受到，育婷臨死之前的痛苦……還有絕望。

頭顱瞬而噴飛，咚的一聲落入水中，在漸趨平靜的水面上，猶能看見她與一顆象徵友誼的珍珠共同漂浮著，任隨溪流，繼續載浮載沉……

第十三章　制裁

陰森的樹林裡冷風颼颼，不時迴盪著或遠或近的悲鳴，枝木喀喀地響，又像是惡魔低語，濕潤的土地每踩上一步，都有相同的哀號。

沈舒澐三人的身影快速穿行於林間，經過沈舒澐的概略解說，柳晴風總算稍安片刻，不過她又開始擔心，那刺蝟頭渾身血淋淋的模樣，不曉得廟方看到會不會拿掃把趕她們出去？

回到早前的石橋處，現場只能用一片凌亂來形容，地表碎裂、紅柱倒塌，大小石塊散落得到處都是，讓沈舒澐深深體悟到，那個叫患鬼的妖怪破壞力當真驚人。

沒時間停留，柳晴風繼續領在前，潘宏凱則因全身又血又肉的，自己也不好意思離兩位姐姐太近，雖然內心害怕，但還是識相地選擇了殿後。

她們掠過石橋，拐入一條上坡，按照柳晴風不太可靠的記憶，得再爬上幾分鐘才會到達山頂，而那間古廟就座落於坡頂之上。

潘宏凱始終與她們保持一定距離，思考著未來茫茫，他熟識的朋友都死了，這下回到學校，他又該何去何從？走著走著，他突然頓了一下，他好像……聽到什麼聲音？

「救命啊……」

他不自覺地停下腳步，想尋找這虛弱聲音的來源，卻沒注意到自己已離兩位女孩越來越遠。回身探查，竟見山崖下方、斷壁之處，有名男童卡在那兒呼救，景象簡直驚險萬分！男童注意到來人，如同見到救世主一般，連忙又哭又急地伸出小手，期望崖上的男孩能夠施予援手。

「大哥哥——救救我！」

潘宏凱先是愣住，怎麼在這種時候，還有小孩跑來這種深山野嶺？但人命關天他沒想太多，趴在地上就準備把人拉上來，也是為他往日的罪孽贖罪。

這時沈舒澐與柳晴風折返，就在剛才，她們發現跟在後面的刺蝟頭不見了，趕緊又下坡循路找人，誰知竟看到那刺蝟頭趴在山崖邊，不知道在幹些什麼？

「喂！你一聲不響跑掉，鬼鬼祟祟趴在那裡幹嘛？」柳晴風有點生氣，趕這趟路已經讓她很喘了，最好給她一個正當的理由交代！

「啊？姐、姐姐，有個小男孩卡在下面，我正要拉他上來！」潘宏凱著急解釋，這兩位姐姐生氣的樣子他看過，都不是好惹的人……

「蛤？他有沒有搞錯？小男孩？這種時候？」柳晴風明著不信，是哪家的野孩子會半夜沒事不去跨年，跑來這種地方玩？

頃刻間，一絲惡意倏地穿過沈舒澐腦海，方向……就來自潘宏凱下方！

「慢著！」沈舒澐厲聲喝止，但情況已晚了一步，潘宏凱的手正巧搭上那位男童的小手——

「怎麼了?」潘宏凱不明所以,回頭看了沈舒澐一眼,再回首,卻發現男童一臉詭異地銜著他笑……奸笑。

『謝謝你,大哥哥,你真是好人。』男童還握著潘宏凱的手,察覺異狀的他想把手抽回,卻已無法掙脫,活像被黏住一樣!

「放、放開我!」潘宏凱左手撐地,打算把身體立穩,然而卻聽得男童用稚嫩的童音開口——

『大哥哥,為了答謝你,我向你自我介紹一下喔。』小男孩笑出半輪彎月,瞳仁瞬而發出紅光,『我叫作傒囊,請多指教。』

傒囊……?像是有種妖怪叫『傒囊』啊,喜歡在山裡面伸手引誘活人,要是受到它的迷惑,把它拉走,聽說它就會死掉喔!

柳晴風的聲音忽而在腦裡重新播放一遍,那時他還在心裡OS什麼妖怪會叫死人——

餘音未落,他感受全身上下的精力像是被吸走一般,親眼看著自己結實的手臂漸而消瘦,猶如洩了氣的皮球;另一頭的乾癟小手則愈發豐滿……到最後,他已連呼吸都覺困難……

傒囊藉著潘宏凱的手翻了上來,吸飽活人精氣的它,看起來氣色紅潤、神采盎然,一臉出自富貴人家的玉面驕子。

結果它立足未穩,柳晴風直接不由分說一箭射去!她聽得不能再清楚了,那小鬼自稱傒囊,完完全全就是《搜神記》裡的妖怪,敢在她面前作亂,她就代替神明老天爺滅了這隻妖怪!

咻的一聲,傒囊的頭應聲而斷,整具軀殼起火燃燒,成功地了結它倏忽即逝的新生。

「喂，小屁孩，你沒事吧！」柳晴風看他一動也不動，敢情是嚇傻了嗎？

沈舒澐搖搖頭，「他已經死了。」連念都消失，自然也不會活著，到底還是沒能躲過這一劫。

「什麼，死了!?」柳晴風走近一看，發現「他」真的只剩一具乾巴巴的皮包骨！她以為這種妖怪只會戲弄於人，畢竟書上記載著，將它帶離原本的地方就會死去啊？怎麼死的反而是別人？

「小說的來源之一，本就是街談巷語加以附會，作者沒有身歷其境，自然也無法辨得真偽。」這也是九流十家中，小說家不僅沒入流，還被當成末家，不足以觀者的原因。

「難怪！」柳晴風已經習慣沈舒澐很會讀心的特長，她就想說哪有這種白癡妖怪笨到要找死的？原來是沒安好心眼的部分。

「走吧，時間緊迫。」沈舒澐步伐剛出，頓時一陣寒意襲來讓她直打哆嗦！與此同時，遠遠的山下傳來令人膽寒的鐘響──

噹──噹──噹──

半夜十一點，子時正式到來，意味著自此刻起，便是許悅維的冥誕時刻，同時也是它的頭七。風開始變得強烈，一排排樹被吹得搖搖晃晃，許多枝幹發出咿啞咿啞的聲音，而後連聲斷裂。氣溫驟降，彷彿連空氣也凍結，吸入胸腔，每分每秒都有無數的冰冷穿刺著肺臟。

沈舒澐與柳晴風止在原地，長髮隨著風吹而亂綻，不過影響沈舒澐最深的，莫過於四面八方一致竄出的求生欲、還有躲藏其後隱然欲發的惡念！

「趁還來得及，快走！」危機感讓沈舒澐如芒在背，柳晴風似乎也感受得到這股危險，兩名女孩彼此不言而明，就這麼並肩跑往轉角斜坡。

龐雜紛亂的求生欲念、隱然其後的邪惡之念、遠在他處的集怨之念，更甚於患鬼帶給沈舒澐的駁雜感！所幸現在的她，對於這些意念的抵抗異常堅強，要不然她很可能直接倒在這裡。

拐進轉角，依舊是那條筆直單調的坡路，她們爬上半坡，兩側樹蔭被颳得發出陣陣怪嘯聲，宛如一隻隻凶暴野蠻的怪獸。沈舒澐忽然緊急煞車，直覺告訴她，這條路……走不得！

她拉住柳晴風的手，柳晴風而乃發出疑問，「怎麼了？不是要去廟裡嗎？」

誰料就在她語畢後，一坨黑糊糊便在視野盡頭湧現！她們倆接連後退，卻連地表也開始震動——一隻手冒了出來，在它成功抓住任何人前，沈舒澐先一腳踢斷了它！

「哇，妳反應也太快了吧！」柳晴風跳了起來，她還專注在那頭的黑影與地震，哪想得到腳下會冒出這種鬼東西！

「小心留神。」並非她反應快，而是這些鬼想什麼她還會讀不出嗎？

地面持續震盪，泥沙不斷翻湧而出，接著從土裡、從兩旁樹裡，鑽出了許多骷髏；坡上那團黑影愈顯壓迫，沈舒澐不經意用手電筒照到，加上念的感知，赫然發現那根本是一支行軍的亡靈精兵！

「傻眼！這太扯了！」柳晴風見敵眾我寡，換她拉著沈舒澐往回跑，要是對方只有幾隻雜魚，她還可以不放在眼裡，但這麼多鬼她是要怎麼殺出重圍啦！

她們倆踏著紛亂的腳步，其間柳晴風還不小心把一具剛探出生天的骷髏給踩了回去，她邊抽出最後一支箭矢防身，一路上見鬼就削，幾乎暢通無阻！

回到石橋，同樣是那片凌亂景色，潘宏凱的屍體依舊趴在崖邊，但沈舒澐就是覺得渾身不對勁，似有千萬汗毛豎立般，是本能帶給她的警訊！

說時遲那時快，石橋那裡攀跳上幾個活生生的「人」，其中有男有女，均為孩童樣貌，但光看那不自然的肢體動作，用膝蓋想也知道不是人類！

幾個孩童擋住沈舒澐與柳晴風的去路，用一種可憐兮兮的表情瞅著她們，像是乞求零食般委屈。

『姐姐！幫幫我們好不好？』男童發出天真的語調，指著石橋邊一名仆倒的女童——那女童昂起頭，哭紅著大眼伸出小手，彷彿希望得到大人的關愛。

「還來啊？」柳晴風看著這幾個小鬼又重演了一次不久前的戲碼，是把她們當傻子就對了？

『姐姐……拜託妳！』男童跪在地上懇求，真的哭了出來，其他孩童也跟著有樣學樣，表演得相當到位。

「滾開。」沈舒澐懶得跟它們耗，一隻偏執鬼與滿山滿谷沒死透的死靈已經讓她夠煩了，現在就連這些東西也來瞎攪和？

女童見沒戲可唱，索性直接爬起來，其他孩童則是用一副哀怨的表情瞪著沈舒澐，『無情！沒血沒淚沒心肝！』

「夠了喔傒囊！」柳晴風箭尖對著男童，不要以為幻化成小孩的樣子，她就不忍心動手！

見到柳晴風是來真的，傒囊們嚇得趕緊四散，只敢躲在暗處偷窺。不過這也出乎她意料之外，怎麼說也是妖怪，嚇唬兩句就逃了……該不會真的要主動去拉一把，它們才有辦法害人吧？

『哎，你們傒囊真是沒用～』涼涼的，來自石橋上的男孩，更準確點來說，是擁有野獸般的身軀、以及四條腿的男孩。

它盤踞在護欄上，輕蔑地對著沈舒澐與柳晴風嘲訕。這副模樣對她們來說正是滿滿的既視感，因為稍早前才有一隻從她們眼前墜機。

『畢竟不是什麼妖怪都像我們一樣嘛～』無獨有偶，又一個男童無聲無息地出現，它的外觀與常人相差不大，最多就是皮膚暗沉沉地呈現赭色，雙耳尖長、頭髮濕潤，兩隻眼睛就像是鑲上紅寶石般透紅閃亮。

它走向潘宏凱屍身，蹲低身子，像是在找尋什麼，『討厭，都被吸光了！』

「我的天……到底還有多少妖怪啊！」柳晴風喃喃低語，才剛解決完一隻人不人鬼不鬼的魍魅，現在又多了一個——嗯？

「妳知道？」沈舒澐讀到她腦中的訊息，視線仍不離那兩隻妖怪，基本上敵不動她不動，尤其在這種時刻更須保持冷靜，以靜制動，動則有失。

「蛤？」柳晴風原本還無法會意，而後想到舒澐很會讀心她就懂了，「喔！也是《搜神記》裡面記載的妖怪，叫魍魎，喜歡吃人肝臟。」

沈舒澐瞥了她一眼，這傢伙真不愧是妖怪大百科，然而那兩隻妖怪在活人面前還能各聊各的不把她們當一回事，如此自負，或許便可利用這點脫險。

『復活——重生——』

不遠的求生執念越來越強烈，而且不只一處！沈舒澐擰眉感應著，再過不久，那票不可理喻的傢伙也會到來，現在一分一秒都顯得珍貴。

『話說，妳們在等人嗎？』魑魅忽地話題一改，轉向兩個女孩，以及另一條去路，『我剛才好像聽到有人慘叫，裡面的人可能凶多吉少喔！』

又開始造謠了？沈舒澐沒打算回應，身旁的傢伙卻氣沖沖地回嘴，「你才多凶少吉啦！你這個凶相畢露的東西，少給我烏鴉嘴！」

『我可是好心提醒妳……』魑魅不怒反喜，還是笑瞇瞇地，可見EQ非常高，『那裡頭的惡靈妳們惹不起，現在又到處都是鬼，我是妳的話，就會擔心妳朋友是不是會在緊要關頭出賣妳喔！』

果然，字字句句不離撥弄是非，不過她對於柳晴風的人格相當放心，倒是可以反向離間這對魑魅魍魎。

魑魅以挑撥離間為樂，魍魎喜以肝臟為食，只要製造它們雙方的利益衝突，就算是親兄弟也會反目成仇，何況兩個各懷鬼胎的妖怪？

「你這麼處心積慮分裂我們，無非是想得到我們身上的肝臟吧？」沈舒澐冷冷一笑，刻意營造出十足把握，「那邊的魍魎，我，能讀到所謂的念，所以我知道你特愛以肝臟為食。」

沈舒澐正巧利用這個機會，讓柳晴風見識她的天賦，省得未來她還要多花時間解釋，「這隻魑魅正盤算些什麼，我想我不必敘述太多，魑魅本性為何，你自當比我清楚。反正我們也難逃一死，只是這兩顆肝臟會落入誰手，你倒要仔細斟酌了。」

霎時間，兩股殺氣畢露，一股理所當然地針對於她，另一股……沈舒澐暗暗得意，她的計謀成功了。

『女人！妳胡說什麼！』魑魅瞬間換上另一張臉，剛才那副笑面虎的模樣已不復存，區區人類竟敢在它面前施離間計？儘管它確有把肝臟據為己有的意思，但也非一個小小女娃可以說嘴的！

魍魎瞠目齜牙，心覺沈舒澐再怎麼看也只是一個沒靈氣的小丫頭，能感知它愛吃肝臟，甚至直呼它名，所言必然不假。

『你幹什麼！一個小女娃滿嘴胡言你也信!?』看著魍魎十指利爪並出，眼瞳赤光明滅，魑魅連忙出聲喝止。

『可笑！不信她難道信你魑魅？』魍魎操著與外表不符的言語，『這兩個小丫頭已屬我囊中物，我先解決了你！』

語未畢，魍魎瞬息間躍上石橋，魑魅急忙利用四條腿的爆發力從護欄上跳開，並在空中變化四足為觸手，與魍魎拚鬥在一塊！

「舒澐……」柳晴風傻在原地，原本她都做好背水一戰的決心了，結果她三言兩語就讓這兩隻妖怪內鬨，「……妳簡直比魑魅還厲害！」

沈舒澐朝柳晴風微微一笑，畢竟論人性之透徹，還是她高出一籌，「沒什麼，待會還要倚靠妳了。」

「嘿，我知道妳的意思！」柳晴風心花綻放，悄然取下背上長弓，這是她第一次看見舒澐笑耶！

這股念自然也流到沈舒澐腦裡，這樣的笑……就足以令她這般歡喜嗎？

視線重回戰局，魑魅正與魍魎戰得難分難解！魑魅擁有肢體上的優勢，一會兒如絲緞般柔軟，一會兒又似橡皮般堅韌，攻守兼備，靈活自如；而魍魎擅長掠食活人肝臟，講究肝臟不只新鮮、還要保持生命力，因此爪子之鋒利、出手之迅敏，也使它未立於敗境！

雙方激鬥，魑魅連續變換數次攻擊角度，皆被魍魎蠻橫回擊！待它要進一步撕扯魑魅肢體，卻又被它軟不見骨的觸手從旁化解，因此一來一往，誰也傷不了誰。

最後是魑魅火了性子再度騰上高空，以四足籠罩之姿，分從諸多角度繞過魍魎的利爪，才將魍魎重重纏繞住！

『該死！既然殺不了你，我就和你共生！』感受到魍魎幾欲掙脫，魑魅乾脆四肢緊縛魍魎，像蜘蛛捕食般，連同本體一同附在魍魎身上！

此情此景，不禁讓沈舒澐意會到，那個真正的小誠或許就是死於這樣的寄生方式上。

『就憑你？』魍魎劇烈掙扎著，幾片指甲已穿破魑魅的軀體，接著它只要猛力——

咻！銀光閃動，兩隻妖怪同時燃火上身，魑魅與魍魎驚愕地看向持弓的女孩，火焰逐漸燒毀它們的視界，為什麼一介凡人會——

轟！火光沖天，柳晴風不由得比出勝利的姿勢，真是漂亮的一箭雙鵰！只是這樣一來，她的箭就用光了……

「給，這東西留在妳那才能發揮最大效用。」沈舒澐遞出箭矢，卻被柳晴風推了回來。

「把箭還我，妳就沒有東西防身了。」柳晴風難得一本正經，「我身上還有護身符，不要緊的！」

「……那好吧。」其實她說得對，要是沒了防身武器，接下來在面對那群死靈時，只會成為累贅。

「我們走吧——」

彈指間，一陣電流猛然流遍沈舒澐全身！她火速將起步的柳晴風拉了回來，並意識到了不尋常之處！

從剛才到現在，那些龐雜怨念少說也持續了十幾分鐘，怎麼到現在還不見一個鬼影？不對，她腦海裡驀然一閃綜合大樓的畫面，這是——

她飛快推開柳晴風，自己則受到反作用力踉蹌了好幾步；柳晴風跌坐在地，因而看得清楚有支長槍驟然貫入她們倆之間！

鏘鏘兩聲，隱蔽的亡靈相繼淡出，未腐化全的骸骨也從地底崛起，沈舒澐急忙拉了柳晴風起來，兩人背貼著背，面對亡靈大軍，心中只有一個念頭——

「我絕不會讓這些鬼傷害到妳的！」即使遭逢如此絕境，柳晴風內心依然沒有絲毫膽怯，反而還有名為希望的火燄熾然不息！

她取下護身符纏在手上，準備來一個錨一個，這裡頭灌注了她爸媽給她的愛，她又怎麼會這裡認輸呢！

高亢的氣勢震撼著沈舒澐，就連她也沾染了這份信心！是啊，太郎用生命警惕她的事，不正是不能輕言放棄嗎？即便近如眼前這票亡靈，它們作古上百年了，尚且鍥而不捨地執著於重生，她又豈有退縮之理！

握緊箭桿，沈舒澐當下即先發制人！箭尖掃過半圈，觸及的亡靈立即被火燒上身，烈焰燒灼它們的靈體，也燒毀了它們對復活的冀望！

其他有形體的骷髏更是好辦，她在今天短短幾個鐘頭內已被訓練到經驗滿點，對付這些行動不便的傢伙，只消用腳踹斷它們的下肢，威脅度便去了大半！

柳晴風揮拳擊碎一個妄想咬她喉嚨的怨靈，順勢甩著護身符，將周圍清出一條界線，雖然手感不若慣手的箭矢流暢，不過效率未嘗少於以箭矢一隻隻戳！

護身符在空中發出耀眼光芒，脆弱一點的亡靈直接受不了這股力量消散，但滿山怨鬼亡靈傾巢而出，她們倆雖撐得了一時，不過短時間內極限發揮自己的體能，已讓她們漸感不支，再這樣下去，死在這裡也只是早晚的問題。

思及此，沈舒澐便險些被側砍而來的斧頭劈中，她緊急閃避，卻不慎被從旁偷襲的怨靈抓傷手，腳下還有骷髏死命干擾她的行動，一切眼看就要全面失控，她——

『吼——』

天外一陣咆嘯三度前來救場，大刀定格在沈舒澐頭上，所有亡靈動作乍然停止，柳晴風困窘地看著它們個個仰天慘叫，餘者又驚又慌、又怒又亂地倉促隱身退走，兩名女孩終於稍鬆一口氣得以暫歇！

一抹圓滾滾的黃色身影從天而降，在落地之前，那影子似乎還在空中特地翻了幾圈，既調皮又淘氣！

「這、這是……」柳晴風睜大眼睛，深怕看錯地盯著黃影的真面目瞧，一副「不是吧」的表情，顯然知道黃影的真實身分。

沈舒澐詫異地看著牠，她會進中文系，確是對上古時期那些奇珍異獸與神話傳說抱有相當愛好，其中，有部《山海經》可說是最早以文字記載的方式，記錄了當時的山川河水、神獸妖怪、動植礦物等，內容充滿奇幻瑰麗的色彩，頗受她喜愛。

她曾數度試閱其書，當中就有一種神獸的形體與眼前這隻……動物如出一轍，不會錯的，那便是……

「讙！」兩人異口同聲，也因著這樣的默契相視莞爾。

金黃色的皮毛光滑而豐潤，個頭雖小，但昂首闊步的模樣可愛中蘊含傲氣，最標誌性的特徵莫過於牠只有單眼，以及三條修長靈動的尾巴！

此外……沈舒澐對上那隻咕溜咕溜轉的眼睛，別小覷了這容貌，牠可不是個簡單的傢伙。

「嘩……原來讙是真的存在耶，好可愛！」有幸對鑑古書內容，興奮得讓柳晴風把剛才發生的種種給拋諸腦後。

「很多事物看不見不代表不存在，譬如那些亡靈。世界之大無奇不有，人類只是其中一小部分，千萬別以自身眼界以管窺天。」沈舒澐按著手臂，探向惡念縈繞的一方，裡面還有她放心不下的人物，「走吧，時間有限，眼下群鬼暫退，但危機還沒解除，廟宇方面是去不得了。」

讙隨興踩著碎步，往樹林方向移動，沈舒澐和柳晴風領在前，儘管前路凶險，終究還是得回到源頭。

不過……沈舒澐鑲著淺笑，那小傢伙會保護她的，要不然，牠就不會屢次相助，以及從龜殼花嘴下救走她了。

◆◆◆

火光虛弱地在空中搖擺，看似要將最後一絲生命力燃燒殆盡，是時鐘聲迴響，火苗也益發無力地喘息著，直到鐘響結束，它也宣布告終地，熄滅。

陰氣濃厚，無論是遠古徘徊的亡靈、抑或現代迷失的亡者，所有無主孤魂，通通聚集到了這片土地。

姜尚霆召出兩顆光球隨侍在側，目睹了許多亡魂飛來穿去，盤旋於中央的怨念濃縮體，理由是它們都有著相同的不甘願。

『為什麼……死的是我……』如今的許悅維仇報了，僅剩下至死不渝的求生渴望，與怨嘆人生的不公平。

『我們……也該擁有活下去的權利啊——』這句話融合了眾多聲量，簡直是所有人齊吼般，表達出對上天不公的強烈控訴。

「很遺憾，你已經死了。」當姜尚霆輕快地說出這句話時，周圍的空氣也為之凝結，彷彿又再一次摧毀它們對重生的希望。

怨氣在他眼中染成惡毒的血色，更因他的言語鼓動著、躁動著、沸騰著！

『你……』許悅維從怨氣中蛻化而生，連原本勉強算是人形的外觀都不復存，全身上下嵌滿大大小小的臉孔，模樣十足駭人，『閉嘴——』

強勁的風壓激起土塵，輕鬆擊潰姜尚霆的護身靈氣！雖然吸收死靈和怨氣扭曲了許悅維的外型，卻讓它獲得更加強橫的力量！

姜尚霆拍拍身上灰塵，目睹許悅維毫無節制地吸收周圍靈體，身上跟著冒出對應數量的臉，心中頗感棘手。

靈力在他的運行下流遍全身，身邊逐漸產生靜電力場；劈啪聲不絕，兩顆光球隨著他的意志環繞身軀，對周圍的邪氣釋放電能。

他雙拳交叉平放胸前，兩端之間竟連通著電流，接著他將雙手的連結扯斷，快速地在空中畫上咒語，連同手上的電弧一起打了出去！

閃電不受拘束地在黑夜中奔馳，磨擦出激烈的火花！疾風般的速度，在空中勾勒出平滑的曲線，正面擊中措手不及的許悅維！

爆炸產生的餘波驅散煙霧，卻見許悅維好端端地飄浮在那，一張張死靈臉孔築在身前，成為保護它免受傷害的靈魂護盾。

『你就……這點能耐嗎？』所有面孔口吻一致，已分不清是誰在說話，「它們」有的面目呆滯、有的挑眉鄙夷、有的咧嘴傻笑，形形色色的靈魂，全擠壓在同一個靈體內。

死靈們張大了嘴發出尖嘯，無數怨氣形成了衝擊波，宛如一張巨臉敞開大嘴，誓將阻擋於前的所有生者吞滅噬盡！

姜尚霆見狀，僅是不慌不忙地擴大並加固靜電力場的籠罩範圍，完美地自身絕緣於外！

『重生……說好的重生……』其中一張男人臉突然焦慮開口，它是昔日戰死在沙場的士兵，而今受到許悅維的同化，語言也變得現代，『我妻子還在家裡等我……』

『身材……我要一副好的身材重新開始……』另一張女人臉傻笑著，它是早期想不開，到後山尋短的女學生，如今也成了許悅維的俘虜。

『我只想要回家……爸爸……媽媽……』這會兒換作孩童臉開口，它因為受不了雙親的囉嗦，私自離家出走，結果遭到魍魎虐死。

一句句低喃，皆出於懊悔、遺憾、或是不甘瞑目的怨恨，直到這當口仍惦記著，姜尚霆不由得興嘆，縱然復生，數十年數百年已過，又能改變什麼？

「同學，奉勸你一句，收手吧！你自己心知肚明，即使吸收再多死靈為你所用，同樣無法死而復生！」時而流竄的電氣不斷在姜尚霆周圍擦出火花、引爆邪氣，是他支開兩位女孩的原因之一。

『誰說我們不能復活？你的肉體……看起來就很不錯……』許悅維嚥了口口水，充分表現出對姜尚霆肉體，或是他本人的渴望。

姜尚霆當然聽得出這是雙關，瞧它說這話的同時，也有不少臉孔癡呆地附和著；扭曲的靈體極力表現出婀娜多姿貌，看在他眼裡只是東施效顰。

「可惜我不打算貢獻出自己的身體。」溝通無效，看來他唯有——

「尚——呃這什麼！好噁心！」柳晴風從遠至近奔來，慶幸自己沒晚餐吃，要不然多少胃酸都不夠她吐！

沈舒澐在旁看得清晰，那東西豈止是個人，根本就是一團亂到極致的聚合體！與患鬼相比，那似牛的樣貌倒顯得和藹多了。

『更多肉體——』許悅維欣喜若狂，其他張臉跟著癡笑，它將目標轉為沈舒澐，身隨意動，這個肉體一定能帶給它全新的——

姜尚霆旋身欲救，一抹黃色身影更快躍到沈舒澐之前，怒氣沖沖地發出響遏行雲的咆嘯聲！神威般的虎嘯來自違和的身軀，姜尚霆總算一睹其風采！

許悅維頓時怔住，身體不受控地難以動彈，其他嵌著的臉或驚恐、或哭喪，更有直接被彈出體外者！

「小傢伙你真棒！」柳晴風雙眼為之生亮，姜尚霆趕緊搶在許悅維恢復行動前，由後將它踹離兩位女孩！

「妳們怎麼回來了⁉」漫天死靈嚎叫、萬頭攢動，他只得背對沈舒澐與柳晴風，示意她們別靠近，「離我遠一點，當心！」

「因為撞鬼了啊！不只地上爬出來的，連其他妖怪也來湊熱鬧！」比起滿天死靈，姜尚霆周遭爆裂的電氣更令柳晴風驚詫，「你身上……這是電耶!?」

一個奇妙的想法在柳晴風腦裡油然而生，沈舒澐不明白這思維所為何來？但舉目這片死靈，個個要把它們生吞活剝的樣子，更值得令她在意。

「它利用這群死靈的求生念，現在這些鬼快暴走了！」戰火一觸即發，後頭那票鬼也重整旗鼓，正浩浩蕩蕩朝這裡而來——一切事物的起點，與終點。

「沒辦法了！」求生欲使得受感染的死靈轉化成厲鬼，加以後方濃密漸近的陰氣，讓姜尚霆別無選擇……無論生前有何等委屈、死後有多麼冤枉，都將因此而毀滅！

他馭使光球纏住許悅維，再面對樹林出口打出數道雷電，俯仰間雷光縱橫，不一會兒便相織成一張電網，將死靈大軍排斥於外！

但惡如許悅維的邪靈豈肯甘休？「它們」紛紛掙扎著臉，破除姜尚霆的禁錮；已獲得自由的厲鬼更不顧讙的威懾，直衝沈舒澐與柳晴風，所有陰邪、負暗、罪惡均在這一刻迫近極限——

讙躍了出去，似猛虎出閘地撕裂厲鬼靈體，又像優雅靈狐在空中翻滾半圈，以尾巴鞭笞撲面而來的厲鬼，動作靈活，模樣可愛，實力卻一點都不遜色！

沈舒澐左手照明，壓低身體躲過厲鬼的撲襲，緊接著又偏移身體側閃下一隻，完全不讓厲鬼們有機可乘！

附身……她清楚地感應在腦裡，但光躲不是辦法，體力遲早要被耗盡！戰況不容她細想，迎面又見一隻厲鬼帶著狂喜直撲而來，她本能地擎起箭矢，不料牽動臂上的撕裂傷，讓她痛得連手都舉不起來——

「舒澐！」柳晴風揮舞護身符燒下一隻厲鬼，回身驟見令人心驚的一幕！她急跑上前，緊握護身符於掌心，藉由衝刺的速度飛身打落試圖傷害她好友的惡鬼！

靈體殞落、火屑紛然，柳晴風甫鬆下一口氣，許悅維卻抓緊良機從暗處突襲而至——扭曲的手強行穿過護身符產生的結界，燒出令人反胃的腐臭味！柳晴風大為吃驚，連忙將護身符掛回頸上，再取下長弓抵禦這隻噁爛怪物的襲擊——

靈力消蝕著許悅維靈體，卻不足以燔燒「它們」執著於復活的決心！它將半個身體都穿了進去，與柳晴風僵持不下，連同它在內，身上大大小小的臉孔都迫不及待地扭動著！

眼看柳晴風就有性命之虞，沈舒澐首次感覺到全身的血液流速如此之快！

那是在她昏迷之時救她的人，也是在她危險屢次冒險相護的人，更是她唯二認為是……「朋友」的人，跑馬燈畫面猶在，她絕不能眼睜睜地看柳晴風被一個性格扭曲的偏執鬼所害，她沈舒澐絕對不允許——

乓！一股力量倏然硬生生將許悅維阻遏在外！它忿恨不解地嘶吼，身上的臉全擠在一塊，任憑它如何捶打、如何衝撞，始終碰不到近在眼前的肉體！

沈舒澐一時震愕，這……難道是因為她？

許悅維見附身不成，只得跳離柳晴風另換一人！是時一道電弧劃過，將它從半空擊落，並激發連鎖性的爆炸！許悅維怒目礙事的男人，身上怨氣邪氣齊發，執拗更甚，只因全世界都對不起它——

「柳晴風！」沒等它卷土重來，沈舒澐驀地朝柳晴風扔出箭矢，而柳晴風也不負所託地接住後一個迴身、拉弓，將結合她們默契的箭矢射進許悅維體內，藉以封住它的行動！

「天雷地火，煉獄有燒盡一切罪惡的業火，蒼天自然也有制裁萬物罪戾的震雷。」沉穩的聲音來自俊俏的男性，姜尚霆腳踏布下已久的法陣，他的能力受惠於天，在這塊有限的土地內，皆屬天的直轄地！

蒼天為上……這片土地承載了太多殺業，更有逝者無數徘徊作惡，懇請上蒼降下天威，肅清妖鬼，以彰天道恒在！

轟隆……低沉的雷鳴聲來自極高深遠的天穹，隱隱中自有不怒而威的氣勢，是大自然的莊嚴，亦是蒼天的肅穆。

姜尚霆手結法印，默禱於心，高漲的靈力致使耳邊劈啪聲愈烈，似有源源不絕的雷霆能量聚於此地——

他雙手攤開向上，將全身靈氣聚於掌中，意在以自身的雷靈之力引發天雷共鳴……

少時過後，姜尚霆大喝一聲，將全身靈力化作雷電，融合周遭電氣，以氣貫雲霄之勢擊向漆黑無垠的天際！

剎那間，天空明暗交錯，雷鳴轟隆，似萬馬奔騰、又似地裂山崩，所有厲鬼無不震駭驚惶！跟著轟的一聲，一道偌大的雷殛率先劈了下來，許悅維作為首當其衝的目標，縱有亡靈護盾守禦，依然不敵來自天界的制裁！

塵土激揚，亡魂四處飛散，厲鬼無處遁逃，許悅維靈體大傷，瞬間被打回原形，幾近魂飛魄散！

餘音未歇，又一道雷殛落在遠方的樹林之外，劇烈的爆炸聲響徹漫山遍野，地面為此被震得晃動不止！

沈舒澐竭力維持平衡，腦中忽傳姜尚霆的付託，她倉促拉起柳晴風尋找掩護，一個人影卻搖搖欲墜地奔向奄奄一息的許悅維，沈舒澐認出，是那個叫祁欣的傢伙。

祁欣冒著鼻血，眼白半吊，模糊的意識告訴她，必須要保護弟弟到最後……

就在此時，天空一口氣降下十數道毀滅性的雷殛，姜尚霆用盡僅存的靈力為兩位女孩施加結界擋去天雷；而祁欣緊緊抱著仍懷通天怨恨的許悅維，姐弟倆一同在雷殛下灰飛煙滅！

激劇閃爍的電光刺得人睜不開眼，霹靂聲更彷彿要撕毀人們的聽覺，直至淨化這座崔巍山頭的罪與惡——

不知過了多久，當沈舒澐再次張開眼睛時，四周已是滿目瘡痍，樹折的折、斷的斷，所有厲鬼均不復存，純淨得沒有一絲雜念擾動。

腳邊傳來的依偎讓她安心地勾起淺笑，看樣子麻煩終於落幕，可以回家好好休息了。

噹——噹——噹——

耳熟的鐘聲遽然響起，卻有著截然迥異的感受，沈舒澐昂首向天，一朵煙花在夜空中渲染開來，點綴著芒芒星斗。

新的一年，新年快樂。

尾聲

沈舒澐三人回到學校後，所有洪水均已退去，他們一面踩著階梯，一面聽著遠處的煙火綻放，對他們來說，這種劫後餘生秒接新年的體驗，始終不太踏實。

進到社辦，電競社的人猶如知道危機解除，已早一步離開，僅留下周盈君與雲芮打理兼守候。據雲芮表示，在他們離開後，還有不少社辦也遭亡靈襲擊，慘叫聲此起彼落，唯獨他們這間倖免於難，沈舒澐與姜尚霆均認為，是那名社長的功勞。

至於山上發生的種種，則由柳晴風摘要地向雲芮彙報，發生那樣的憾事，雲芮與周盈君都心有戚戚焉，畢竟一個擔任警察副局長，接觸的青少年案例不會少過；一個長時間站在前線服務學生，孩子間的百態，他們不會不清楚。

所有電子通訊設備重新恢復功能，雲芮總算能聯絡警局支援。他們的警車在洪水洗禮下名符其實的「泡湯」，其餘同仁也不知生死去處，回頭還有很多雜事等著他一一處理跟搓……咳，弭平。

唉，好想放假喔……雲芮內心叫苦連天，他實在很想好好宅在家看他的動漫。

這時沈舒澐從背包拿出飼料袋，暗暗瞟了他一眼，典型的社會心理，她不意外。蹲下身子，抓了點飼料放在手中，一如三年來的餵食習慣，淺笑，「你要跟我走嗎？」牠一路尾隨，一直暗中保護著她，說明被牠所重視。

謹舔舐著爪子，恢復橘貓樣貌的牠，見到熟悉的食物，立刻湊近沈舒澐的手蹭啊蹭的，顯然非常高興。

「這就是所謂的好心有好報吧！」療癒的互動使柳晴風開顏而笑，正是因為舒澐如此疼惜小動物，所以謹才會三番兩次地拯救她於危難之中。

還有太郎，也是舒澐強忍貧血帶來的不適抱牠渡水，太郎為了報恩，才會捨身相救……

「人，果然不能只看表面。」姜尚霆想起柳晴風在排演室時所說的話，兩人相視而笑，對這句話不能同意更多。

就如體態柔弱的祁欣，有誰想得到她為了報仇不惜置同學們於死地？而佘曼珊外表光鮮亮麗，卻是個擅用優勢與手段搞人際霸凌的女生；聲稱自己無辜的曾麗淑，不僅屢次拋下救命恩人性命不顧，更在最後關頭詛咒所有人去死。

還有自始至終最顯可憐的許悅維，實際上是咎由自取，不僅性格扭曲，甚至將自己的偏執無限上綱，把所有不幸怪諸在他人身上；相反地，以為壞事幹盡的王昊楊儼然成了受害者，並非全然之惡；而潘宏凱一副不學無術，卻也是出於救人才中了傒囊的陷阱。

所以說，看待事物往往不能只看表面，每個人都戴著名為「虛假」的面具生活，眼見不一定為憑，人性更須交往至少三十年才會顯現。

他們整理好寄放在社辦的個人家當後，跟著雲芮上了警車，不過柳晴風不是很高興，看到警車就等同再次提醒她好心差點被反咬的回憶。

到了捷運站，沈舒澐表示自己家住附近，若是姜尚霆與柳晴風不介意的話，可以到她們早餐店坐坐。她在手機恢復正常後，有向婆婆留言報平安，希望她這麼晚回去，不會打擾到婆婆睡眠。

長這麼大還沒去過同學家的柳晴風自然連聲答應，還順道拉了姜尚霆下車。儘管三更半夜，周遭依舊宛若不夜城，不禁使柳晴風的心情興奮起來。

「那老師，太郎就拜託妳了！」柳晴風向車內的周盈君揮手，她剛剛「估狗」到附近有家二十四小時營業的獸醫院，其受理的業務包含寵物火化，周盈君便表示可以協助處理太郎的後事。

他們跟從沈舒澐的腳步，邊觀賞璀璨煙花將夜空暈渲成畫，若有似無的硝煙味，頗有逢年過節的喜慶感，在朔風凜冽的夜晚，尤能營造畫龍點睛的溫馨。

路上柳晴風終於按捺不住好奇，詢問姜尚霆的真實身分，這才知道他和她們一樣是大學生，只不過大她們一屆；而姜尚霆也正式提出心中的疑問，畢竟她面對這類事情顯得極為純熟，不像是常人該有的反應。

對此，柳晴風僅回答自己高中曾遇過類似事情，而那副弓箭正是父親打造給她防身用，淡淡帶過的話語，顯然不願多談。

姜尚霆了然於心，每個人都有不願提起的過去，不詢問便是基本的尊重。

一盞舊燈泡在遠方老當益壯地亮著，令沈舒澐頗覺稀奇，都這時間了，難道婆婆還沒睡？

拉起鐵門，果然見到彩華嬸正坐在店內嗑瓜子配電視，她看到沈舒澐歸來，立即笑出兩條親切的魚尾紋，「舒澐，哩鄧來呀？（舒澐，妳回來啦？）」

「婆婆，怎麼還沒睡？」她禮貌地邀請姜尚霆與柳晴風入內，讙也不客氣地跳上椅子舔起毛來，「你們隨便坐。」

「挖丟歡陋哩啊！恩喜工袂帖瞎吼襪？（我就擔心妳啊！不是說要拿什麼給我？）」，彩華嬸揉揉眼睛，以為自己老眼昏花，這囝仔居然帶朋友回來！還有這隻貓係……？

「今晚學校有點事耽誤了，我請他們來店裡休息。」沈舒澐從背包內取出珍奶，搖一搖確認珍珠沒有結塊後才交給彩華嬸，「婆婆，這珍珠口感挺不錯，妳嚐嚐看。」

彩華嬸接過珍奶，看粉紅色的珍珠的確有點意思，當即插了吸管飲用起來，「卡系袂賣喔！領剛架來銃！（確實不錯喔！改天再來弄！）」

「啊，購勒工威！（啊，顧著說話！）」彩華嬸連忙拉了兩張椅子給姜尚霆與柳晴風，語言也自動切換成台灣國語，這能讓她感覺自己年輕一點，「同鞋妳們坐齁！肚子會不會餓？偶去弄點東西給你們吃齁！」

「阿婆妳不用客氣！」柳晴風馬上婉拒，雖然她餓得前胸貼後背，不過來到人家家裡作客，絕對不能沒有分寸！

「是啊，老闆娘，不用特地麻煩。」姜尚霆欠身頷首，斷無讓老人家獨自忙的道理。

「欸你係……」彩華嬸認出姜尚霆是早上幫忙解圍的人客，隨即轉頭賊賊地看著沈舒澐，「原來恁認識？」

「……婆婆，我去準備吃的。」沈舒澐讀到彩華嬸的念，選擇直接忽視。

「哎唷厚啦，不然偶先去睡了齁！」彩華嬸端著珍奶笑瞇瞇地上樓，想不到這囝仔黑矸仔裝豆油，真正看不出來，「樓頂還有空房，同鞋可以在這睡齁！」

「沒問題，阿婆晚安！」柳晴風樂極了，她向彩華嬸揮手致意，真是好有趣的一個老人家啊！

「好了，你們想吃點什麼？我去——」灼熱的撕裂感再度發作，讓沈舒澐痛得無法說話，姜尚霆忙不迭跑上前關心，「妳受傷了⁉」

「嗯……被鬼抓傷的。」沈舒澐緊按手臂，藉此舒緩一些疼痛；柳晴風站在後面，一點也不緊張，瞧尚霆衝得比她還快，根本輪不到她擔心嘛。

「沒意外是鬼毒。妳也真能忍，若不早治，殘留的怨氣會導致妳釀出病來。」姜尚霆嚴正地說著，邊從皮夾拿出一張紅色符籙，再從旁取來一只碗，裝水，焚燒，「五龍吐水，潔身洗清，汙穢妖邪，即淨離身！」

「小風，妳有受傷嗎？」他將符紙放入水中，目光還是只專注於沈舒澐，「冒犯了。」

「沒有～」她全身上下勉強算是傷口的，只有一個小擦傷，還是舒澐推的！

「謝謝……」沈舒澐有些難為情地讓姜尚霆處理傷處，想起身上還穿著他的棉襖大衣，卻因為厲鬼的緣故毀損，心中頗覺過意不去，「抱歉，衣服我會照價賠你的。」

「別見外，經過這次，我們也算是生死之交了吧？」姜尚霆笑了起來，他的聲音本就悅耳，加上隨時嵌著笑意的嘴角，真的相當迷人，「對了，還沒問妳，那隻貓是？」

「等等，我也有問題！」柳晴風舉手加入疑問大隊，「妳曾說妳能讀到所謂的『念』，念是什麼啊？」

「……我先準備吃的，待會邊吃邊說吧。牆上有菜單，你們隨意點。」沈舒澐兀自預熱起煎台，傷口那股纏繞已久的灼熱感已然根除，那道符著實神奇。

柳晴風瞅著牆上琳瑯滿目的品項，她發誓這輩子沒見過一間早餐店可以賣這麼多東西！姜尚霆坐在位置上，選擇和早上一模一樣的餐點，那口感令他難忘，「黑胡椒鐵板麵，謝謝。」

「那我也要鐵板麵！好久沒吃到正常的鐵板麵了——」柳晴風坐在姜尚霆的對面，旁邊的椅子她很貼心地留給舒澐，嘿嘿。

等待的期間，柳晴風已急不可待地和姜尚霆交換資訊，她才知道所謂的讀念是那麼一回事，是連尚霆也不了解的特殊。

而她也把對讙的認知通通報給了姜尚霆，總而言之，讙是上古時期就存在的神獸，具有鎮邪的本領！

至於尚霆……哪裡是來她們學校做報告的？原來他私底下在網路經營了個事務所，專門接這種靈異委託賺外快，如今真相大白，他也能有所交差。

「是說我一直很想問，如果碰到你會不會觸電啊……」沈舒澐把麵送上桌，就聽到柳晴風冒出這麼一句話，原來這傢伙還在糾結這件事？

回頭，她額外備了一份沒調味過的魚肉放在讙面前，柔荑輕撫牠柔順光滑的毛髮，雖然知道讙不是一般貓，但這麼久了，習慣總難一時更改。

「我的老天，也太好吃了吧——要不是我住太遠一定每天都來吃！」富有嚼勁的麵條吸附了飽滿醬汁，直讓柳晴風讚聲連連！她平常吃到的鐵板麵都是用鍋子Cover過去的，完全沒鐵板香啊！

沈舒澐在麵上疊了塊半熟蛋，一同送入口中，這也難怪，麵條取自婆婆的娘家，鐵板麵一直都是婆婆最自豪的招牌。

飢餓讓這頓宵夜成了他們三人回味無窮的一餐，填飽肚後，柳晴風開始聊起昨天發生的種種，甚至拿了張紙，替人物畫起關係圖。

「所以許悅維被霸凌是因為它偷拍王昊楊，王昊楊為了報復，就聯合蘇漢杰、潘宏凱、小誠、金毛仔，還有一個被車壓死的屁孩霸凌它。後來許悅維死了，小誠也被魑魅弄死，然後許悅維跑去找祁欣託夢，換它找上這四個人報仇，還順便把那些女鬼水鬼、遠古大軍、魑魅魍魎等髒東西給喚醒？」

柳晴風試著梳理整件事情的來龍去脈，「最後呢，這些人通通死了，其餘的鬼跟妖也都被天雷制裁了，算是圓滿落——不對啊？」

「不是還有個跳樓死的人嗎？就是差點拖妳當墊背那個！」她記得很清楚，那時尚霆直接一個英雄救美，帥氣又加分啊？

「……還記得他們說過，事出當天是去宿舍找碴嗎？」這問題沈舒澐曾經想了很久想不透，直到……她發現那隻偏執鬼的心理。

無論如何，錯的永遠不是自己，乃至於到了最後一刻，也還在責怪上天不公，「所以它把自己的死，怪到室友身上。」
怪他冷眼旁觀、怪他見死不救，殊不知問題的根本，是出在自己身上。
「而它能找上祁欣託夢，自然也能每晚去問候它室友。我在那人跳樓後，在現場讀到名為愧疚的念。」因為實際上，漠視也是造成霸凌的推手之一，「它室友多半受不了良心譴責，加以每晚不堪其擾，於是自殺尋求解脫。」
「呵，一個念生、一個求死嗎……」姜尚霆輕哂，不知是諷刺還是無奈。
「總歸一句，都是執念使然。妳沒發現，問題的癥結點都圍繞在『復仇』與『復生』上嗎？」無論是王昊楊還是許悅維，乃至於賠上人生的祁欣，三人均對復仇有偏激過頭的執著；在許悅維死後，它不甘心青春人生就此結束，於是又引發了具有相同執念的妖鬼共鳴。
「另外這次的事件也反映出，現今校園依然存有不少霸凌現象。」姜尚霆接著發表看法，無分大中小學，只要有人、有群體，不管理由多麼不濟，就會出現因為優越、歧視等因素作祟，而行霸凌之實。
「正所謂見微知著，現實生活中，又存有多少個許悅維與王昊楊，以及甘願淪為霸凌協力者與旁觀者的人呢？」這番話值得他們三人思考，他們所遇見的，終究只是社會上的冰山一角而已。
一晃眼，晷刻已近凌晨，外頭的聲響也從熱鬧轉為寂靜，姜尚霆表明自己是男生，到底還是不便留下，柳晴風才不繼續挽留。
「那麼，舒澐同學、小風，期待我們下次再見。」姜尚霆站在店門口，向兩位女孩道別，「很高興在去年的最後一天認識妳們。」

「嘿嘿，我也是。下次約你出來可不能推託喔！」柳晴風精神還是相當高昂，短短一天發生很多危險的事，但這種與好友冒險過後的感覺，實在是難以言喻地暢快！

「到時舒澐同學也一塊來吧。」姜尚霆噙著笑，事情解決了，是該找機會好好認識一下這位女孩。

「……有空的話。」彼此生活圈不同，未來難保時間對得上。

「放心啦，到時候我會拉著舒澐去的！」柳晴風在胸前輕拍兩下，真是的，也太明顯了吧！

此話一出，旁邊的沈舒澐不禁暗地白了她一眼，這傢伙……

「哈，再會！」

送走了姜尚霆，回頭讙已經打起盹來，沈舒澐輕抱著牠上樓，並帶柳晴風到其中一間空房，「房內都有浴室，早點休息。」

「然後，謝謝妳奮不顧身救我多次。」沈舒澐說完便是一鞠躬，深深感謝這位視她為「朋友」的人。

「不客氣，晚安~」一抹微笑浮上柳晴風的臉蛋，她柔聲回應，旋即轉身進房，準備好好洗個熱水澡放鬆。

沈舒澐走進房內，將讙緩緩放在床尾，再找來一只紙箱放在窗台，內鋪毛毯，暫時作為牠遮風避雨的小窩。

細微的騷動讓讙惺忪醒來，沈舒澐朝牠招招手，示意牠的暖窩在此，讙也很配合地跳上窗台，左聞右蹭，似乎對新家挺滿意。

她摸著讙入睡，內心頗感不可思議，她這輩子沒養過任何寵物，沒想到一養就是養了隻上古神獸。

《山海經》內記載，讙能作百種叫聲，在上古時期常被養來禦凶煞邪，而她遭逢群鬼，屢次蒙牠搭救，不曉得算不算是天意？

洗完澡的她，全身癱軟在床上，趁著腦袋清醒，又將昨天的事件想了一遍。

一切……看似各得其所，但她沒忘記在她倒下時，那股極具威嚴、問她願不願拯救人界的念。

下意識地輕觸額頭，以及那股情急之下，疑似是她所產生的能力……

闔上雙眼，將雜念排除於外，一縷陽光悄悄地從雲的縫隙中探望出來——

今天，又是新的一天。

跋

嗨！很感謝購買這本書的你／妳，若是看完了，歡迎接著看下去；若是還沒看完，建議你／妳趕快翻回去，否則被暴雷就不好囉！

本作要帶出的主題是：執念。人的一生中，時常為執念所絆，小從物質金錢、大到感情生死，因為有執，無法勘破，以至於讓自己痛不欲生，因此書中藉由最淺顯易明的「生死」來凸顯執念。徘徊不去的怨靈，通常都是心願未了、抑或想著生前之事，但如果都已作古百年，縱然復生，面對改朝換代、物是人非，又真的能夠快樂嗎？換言之，有時人們執著一項事物時，通常只想著追尋、而忽略過程，最終驀然回首，自己要的卻在燈火闌珊處，只可惜為時已晚，悔不當初，所以我們應當學習舒澐的精神，把握當下、及時行樂才對。

再者是本作討論的另一個議題：校園霸凌。在我們求學歷程中，或多或少都有人親眼目睹，或是沒來由地成為其中苦主。然而霸凌的理由百百款，手段更是族繁不及備載，很多人以為不去參與，就不是霸凌，實際上漠視不僅代表著默許，同時也是造成霸凌的推手之一，所以誠摯地希望能夠藉由書中內容，讓大家多關懷自己生活周遭的人事物。

再來談談書中場景，早餐店是以庚晴在大學時期打工的地方為原形，當中確實見過不少形形色色的人，因而有那樣的感觸；至於學校的部分，觀察力敏銳的讀者想必有辦法辨別出，是以哪一間大學作為原形加以改編的，身為該校學生，還能發現不少只有該校才會流傳的彩蛋，想來也不禁莞爾。

另外，書中亦不乏一些小細節，像咖啡廳的邀約，是舒澐為了感謝尚霆救她出水鬼之手，另一方面卻又傲嬌不明確表達謝意，可以看出她的性格並非表面看上去那樣冷漠單一。而天雷的制裁足以消滅一切，包含生靈、死靈、自然等，相當於洗牌重來的概念，所以尚霆才會拖到滿山滿谷都是妖鬼，不得不滅的時候才做出選擇。

再補個冷知識：尚霆曾提到老虎是所謂的「萬獸之王」，可能會有一些讀者認為，萬獸之王不是獅子嗎？然而實際上，古中國是以虎為獸王（獅子則為非洲原生動物），因此西方聖獸才以白虎擔任。此外還有諸多細節，就待各位讀者發掘。

最後，書中預留了一些伏筆，神祕的念、舒澐的能力、小風的過去，就等待未來的新冒險釋疑，屆時，再請大家跟隨舒澐的腳步，多多支持囉！

2021.3.10 庚晴

釀冒險48　PG2557

執靈怨

作　　者	庚　晴
責任編輯	姚芳慈
圖文排版	黃莉珊
封面設計	蔡瑋筠

出版策劃	釀出版
製作發行	秀威資訊科技股份有限公司
	114 台北市內湖區瑞光路76巷65號1樓
	電話：+886-2-2796-3638　傳真：+886-2-2796-1377
	服務信箱：service@showwe.com.tw
	http://www.showwe.com.tw
郵政劃撥	19563868　戶名：秀威資訊科技股份有限公司
展售門市	國家書店【松江門市】
	104 台北市中山區松江路209號1樓
	電話：+886-2-2518-0207　傳真：+886-2-2518-0778
網路訂購	秀威網路書店：https://store.showwe.tw
	國家網路書店：https://www.govbooks.com.tw
法律顧問	毛國樑　律師
總 經 銷	聯合發行股份有限公司
	231新北市新店區寶橋路235巷6弄6號4F
	電話：+886-2-2917-8022　傳真：+886-2-2915-6275

出版日期	2021年5月　BOD一版
定　　價	320元

Printed in Taiwan

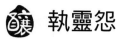

國家圖書館出版品預行編目

執靈怨/庚晴著. -- 一版. -- 臺北市：釀出版,
2021.05
面； 公分. -- (釀冒險；48)
BOD版
ISBN 978-986-445-461-7(平裝)

863.57 110004716

讀者回函卡

感謝您購買本書，為提升服務品質，請填妥以下資料，將讀者回函卡直接寄回或傳真本公司，收到您的寶貴意見後，我們會收藏記錄及檢討，謝謝！如您需要了解本公司最新出版書目、購書優惠或企劃活動，歡迎您上網查詢或下載相關資料：http:// www.showwe.com.tw

您購買的書名：________________________________

出生日期：________年________月________日

學歷：□高中（含）以下　□大專　□研究所（含）以上

職業：□製造業　□金融業　□資訊業　□軍警　□傳播業　□自由業

□服務業　□公務員　□教職　□學生　□家管　□其它_____

購書地點：□網路書店　□實體書店　□書展　□郵購　□贈閱　□其他

您從何得知本書的消息？

□網路書店　□實體書店　□網路搜尋　□電子報　□書訊　□雜誌

□傳播媒體　□親友推薦　□網站推薦　□部落格　□其他__________

您對本書的評價：（請填代號　1.非常滿意　2.滿意　3.尚可　4.再改進）

封面設計____　版面編排____　內容____　文／譯筆____　價格____

讀完書後您覺得：

□很有收穫　□有收穫　□收穫不多　□沒收穫

對我們的建議：________________________________

____

____

____

請貼
郵票

11466
台北市內湖區瑞光路 76 巷 65 號 1 樓
秀威資訊科技股份有限公司 收
BOD 數位出版事業部

....

（請沿線對折寄回，謝謝！）

姓　　名：____________________ 年齡：________ 性別：□女　□男

郵遞區號：□□□□□

地　　址：____

聯絡電話：(日) ______________________ (夜) ______________________

E-mail：____